dtv

Paulina und Lukas können ihr Glück nicht fassen. Endlich soll ihr Traum vom Haus mit Garten mitten in München wahr werden, endlich können sie mit ihren drei kleinen Kindern Cosima, David und Mavie aus der engen Mietwohnung am Mittleren Ring ausziehen. Das freut Paulina besonders für den vierjährigen David. Er ist anders als seine Geschwister, anders als die Kinder im Kindergarten. Er spricht wenig, hat vor allem Fremden Angst, kann kaum Kontakte aufbauen, braucht eine zwanghafte Ordnung um sich herum. Als schließlich die ärztliche Diagnose Asperger-Syndrom lautet, eine Art von Autismus, sind die Eltern zunächst verzweifelt. Doch dann beschließen Paulina und Lukas, ihren Sohn aus seinem seelischen Gefängnis zu befreien. Und damit beginnt das Leben jeden Tag neu …
»Ein sensibles Familienporträt über den Kampf um ein Stück Normalität.« (Freundin Donna)

Asta Scheib, geboren am 27. Juli 1939 in Bergneustadt/Rheinland, arbeitete als Redakteurin bei verschiedenen Zeitschriften. In den Achtzigerjahren veröffentlichte sie ihre ersten Romane und gehört heute zu den bekanntesten deutschen Schriftstellerinnen. Sie lebt mit ihrer Familie in München.

Asta Scheib

DAS STILLE KIND

Roman

Deutscher Taschenbuch Verlag

Von Asta Scheib
sind im Deutschen Taschenbuch Verlag u. a. erschienen:
Frost und Sonne (21183)
Beschütz mein Herz vor Liebe (21250)
Das Schönste, was ich sah (21272)
Schwere Reiter (21420)

Für Wolfgang Balk

**Ausführliche Informationen über
unsere Autoren und Bücher
finden Sie auf unserer Website
www.dtv.de**

Ungekürzte Ausgabe 2014
© 2011 Deutscher Taschenbuch Verlag GmbH & Co. KG,
München
Umschlagkonzept: Balk & Brumshagen
Umschlaggestaltung: Lisa Höfner unter Verwendung
eines Fotos von plainpicture/Mira
Satz: Bernd Schumacher, Obergriesbach
Gesetzt aus der Minion 10,2/13˙
Druck und Bindung: Druckerei C.H.Beck, Nördlingen
Gedruckt auf säurefreiem, chlorfrei gebleichtem Papier
Printed in Germany · ISBN 978-3-423-21530-5

1

Lukas legte seinen Arm um Paulina und zog ihren Kopf sanft an seine Schulter. Paulina seufzte, tat so, als schliefe sie noch. Aber sie verriet sich, drängte sich an Lukas, und er spürte wieder die seidige Weichheit ihrer Haut, ihres warmen, geschmeidigen Körpers. Jetzt zog er sie fest an sich, grub seine Lippen in ihren Mund und suchte ihre Zunge, die ihm rasch entgegenkam. Paulina griff in Lukas' dichten Schopf, dann glitten ihre Finger über seinen Körper. »Verdammt schön, dass du mich so gut kennst«, murmelte Lukas und schloss die Augen, seine Hand streichelte Paulinas Haar. Sie mussten leise sein. Paulina bewegte sich unter der Bettdecke an seinem Körper entlang, bedeckte ihn mit Küssen und liebkoste ihn, als wollte sie ihm ihren gesamten Vorrat an Liebe auf einmal schenken.

»Und du?«, flüsterte Lukas Paulina später ins Ohr. Sie hatte sich noch mal an seine Schulter geschmiegt, lag still da und atmete mit ihm. Sie gab ihm noch einen flüchtigen Kuss, sagte: »Heute nicht«, und stieg graziös aus dem Bett.

Lukas schaute ihr nach, sah die Schwimmerschultern, den festen Po und die langen Beine Paulinas im Bad verschwinden. Er versuchte, alles zu speichern, Paulinas Duft, ihren fast jungenhaften Körper an seinem – dann war es auch Zeit für ihn, aufzustehen. Es hatte sich so ergeben, dass er den Tee zubereitete und für jeden eine Schale Milch mit Flocken, Rosinen und Honig.

Als er in die Küche kam, sah er auf Cosimas Platz die Geburtstagsdekoration, die Paulina wohl gestern noch gemacht hatte, als er schon schlief. Seine Große wurde sechs Jahre alt. Er ging ins Kinderzimmer, setzte sich vorsichtig an ihr Bett und streichelte sie wach.

Sein Sohn David ließ sich nicht stören. Er hockte schon unterm Küchentisch und spielte selbstvergessen mit seinen Soldaten, die er in pingelig genauen Reihen aufmarschieren ließ. Wehe, einer fiel um. Niemand, auch nicht die Eltern, durfte an Davids Streitmacht etwas verändern. Er hatte die Soldaten von Granny bekommen. Die kleinen Figuren aus bunt bemaltem Zinn, etwa daumengroß, waren nach dem deutsch-französischen Krieg in Nürnberg hergestellt worden, denn sie trugen die Uniform des Garderegiments, schwarze Stiefel, weiße Hosen, blaue Jacke. Die französischen Soldaten waren an ihren roten Hosen zu erkennen. Lukas, Franziskas Enkelsohn, war nie an dieser Armee interessiert gewesen, die noch von seinem Urgroßvater stammte. Für David jedoch waren die Zinnsoldaten sein Ein und Alles.

Paulina hatte ihren Bademantel angezogen und stillte das Baby. Wie jedes Mal, wenn Lukas und sie sich am Morgen liebten, hatte sie ihren Kindern gegenüber ein schlechtes Gewissen. Als täte sie etwas Verbotenes. Sie hatte Angst, Cosima oder David könnten plötzlich ins Schlafzimmer kommen.

Sie sah mit einem kurzen Lächeln auf, aber ihre Aufmerksamkeit gehörte nicht mehr ihrem Mann. Lukas erlebte das nicht zum ersten Mal. Kein Gedanke an den letzten Augenblick, er war abgemeldet. Fast war er beleidigt, und er hätte das Paulina gern ein wenig spüren lassen, aber es war schon acht Uhr vorbei, er musste sich beeilen denn ausgerechnet heute sollte er einen Kollegen auf dem Waldfriedhof vertreten. Und vorher wollte er Cosima noch in den Kindergarten bringen.

Lukas legte kurz seine Wange an Paulinas Gesicht, küsste David und Mavie, nahm die fertig angezogene Cosima an der Hand und polterte die Treppe hinunter. Da erschien Paulina noch einmal am Treppenabsatz und rief ihm hinterher, dass er seinen Schal vergessen habe, es sei für den ganzen Tag Schneefall gemeldet. Sie warf den wollenen Schal runter ins Treppenhaus. Lukas fing ihn auf und sah, wie Paulina die Wohnungstür schon wieder schloss. Manchmal war er hilflos – als Mann und als Vater. Familienvater, Vater dreier Kinder. Noch vor sieben Jahren wäre das für ihn unvorstellbar gewesen, und manchmal fühlte er sich so platt, als habe ein Traktor ihn überfahren. Dann wieder fand er alles großartig – durch diese vier geliebten Menschen schien er doppelt und dreifach zu leben.

Dieser Gedanke war ihm zum ersten Mal gekommen, und Lukas fand ihn eindrucksvoll. Vielleicht könnte er den Gedanken seinem Schwiegervater vortragen. Oder der Schwiegermutter. Lukas hatte schon mal gehört, dass sie ihren Mann mit »Herr Professor« ansprach und er sie mit »Frau Doktor«. Das war zwar nicht ernst gemeint, aber Lukas fand es trotzdem lächerlich. Es kam sogar vor, dass die Eltern sich siezten, wie es die gebildeten Schichten in Frankreich machten. Das war auch Paulina jedes Mal peinlich.

Der erste Nachmittag bei Paulinas Eltern war beklemmend verlaufen. Professor Robert Mertens war herablassend wohlwollend aufgetreten, auch nicht sonderlich interessiert; er entschuldigte sich ständig zum Telefonieren. Als er hörte, dass Paulina und Lukas heiraten wollten, war sein Gesicht hart und abweisend geworden. »Was machen Sie denn beruflich?«, hatte Paulinas Mutter in das Schweigen hinein gefragt. Doch auch sie, die Lukas eigentlich sympathisch gefunden hatte, war nur noch höflich, als sie hörte, dass Lukas Landschaftsgärtner sei. Er ärgerte sich, und als Melanie Mertens bemüht fragte, was er denn an seinem Beruf am meisten schätze, sagte er: »Den Feierabend!« Sogar Paulina war verblüfft gewesen, dann aber schaltete sie und verzog sich schleunigst mit Lukas.

Ein Segen, dass die Schwiegereltern selten zu Besuch kamen. Waren sie zwei oder drei Mal in die Donnersbergerstraße gekommen? Lukas und Paulina waren mit Ikea-Möbeln eingerichtet, womit sonst. Allerdings hatte Granny ihnen ihren alten fränkischen Geschirrschrank zur Hochzeit vermacht. Er wirkte trotz seiner Größe elegant mit seinem grau schimmernden Eichenholz. Auf beiden Türen strahlte ein großer Stern in kunstvoller Intarsienarbeit. Fast zu fein für die Wohnung, aber Paulina und Lukas liebten den Schrank. Er war denn auch Anlass für die Mertens gewesen, sich über sein Alter, seinen Wert und seine Herkunft zu unterhalten. Einer wollte den anderen mit seinem Wissen übertrumpfen, bis Professor Mertens schließlich etwas zusammenhanglos erklärte: »Unsere zweihundert Quadratmeter Tengstraße sind das richtige Ambiente für Designermöbel.« Und Melanie Mertens nickte zustimmend.

Die zählen einfach nicht, sagte sich Lukas grimmig. Es ist noch nicht aller Tage Abend, sagte seine Granny immer, wenn sie ihn trösten wollte. Lukas könnte jederzeit nach Kanada gehen, mit der ganzen Familie; er hatte schon mehrere interessante Angebote bekommen. Man lebte dort komfortabler als hier in München, wo man für jeden Quadratmeter ein Vermögen zahlen musste. Doch Paulina träumte nicht von Kanada. Sie träumte von einem Haus in München. Das wusste Lukas, obwohl Paulina nie davon sprach. Aber Lukas nahm die Träume seiner Frau ernst. Für beide war München die Heimatstadt, eine der grünsten Großstädte Deutschlands. Lukas war angestellt bei der Stadt. Sein oberster Chef sei der Oberbürgermeister Christian Ude, betonte Lukas gerne. Er sagte auch manchmal, dass die Münchner oftmals Eingaben machten, zum Teil absurde Vorschläge oder Ideen unterbreiteten. Auf diese Weise seien die Bürger wiederum Chef von Ude, und diese These leuchtete jedem ein.

Lukas hatte nach seiner Rückkehr aus Kanada innerhalb weniger Wochen die Anstellung bei der Stadt bekommen. Er war vor allem für die Pflege der Grünanlagen an den städtischen Schulen, Bibliotheken, Krippen und Kindergärten zuständig. Die Erzieherinnen dort hatten oftmals Träume, die Lukas wahrmachen sollte. Sie wünschten sich Rasen, damit die Kinder darauf spielen konnten. Dort, wo Kinder täglich spielten, wuchs aber kein Rasen, das war ein Naturgesetz, das Lukas geduldig erklärte. Da sprachen die jungen Frauen von Rollrasen. Sie glaubten ihm nicht, dass der auch unansehnlich werden würde. Als er gerade die Mittel hatte, ließ Lukas in einem Kindergarten Rollrasen verlegen. Der wurde dann wirklich rasch häßlich, und diese Erzieherinnen wenigstens glaubten fortan Lukas, wenn er ihnen einen Wunsch abschlagen musste.

Er machte jeden Tag die Erfahrung, dass die meisten Menschen sich nach der Natur sehnen, dass sie Bäume, Pflanzen und Blumen um sich haben wollen, doch allenfalls die Hobbygärtner hatten eine Vorstellung von der Pflege, der immer wiederkehrenden Arbeit, die notwendig war, um der Natur das Bild abzuringen, das sich die Verantwortlichen der Stadt und auch die Bürger von ihr machten.

Paulina ging vorsichtig die Treppe hinunter, Mavie im Arm. Paulinas Vorsicht galt vor allem den Nachbarn, die sich offenbar darauf geeinigt hatten, dass die Ruges einfach nicht in das Haus in der Donnersbergerstraße passten. Niemand sagte es offen, doch Paulina hörte, wie sich Türen leise schlossen, sobald Paulina auf der Treppe war, oder wie ein Gespräch sofort abbrach, wenn Paulina näher kam. Wahrscheinlich hielten sie die Ruges für verrückt, vor allem wegen David. Und er gab den Vögeln reichlich Zucker, flatterte mit den Händen, wenn die Nachbarn aus der Türe kamen. Oder er sah die Nachbarn erst gar nicht an. Außer Frau Ramsauer. Sie schien ihm zu gefallen. Um die Siebzig war sie wohl. Im Sommer trug sie stets weiß. Duftig. Wie eine in die Jahre gekommene Elfe. Wenn sie David sah, legte sie einen Finger auf die Lippen und schaute verschwörerisch.

»Wir fliegen um die Welt«, sagte sie. Und David legte auch einen Finger auf die Lippen. Er nickte. »Wir fliegen um die Welt. Wir fliegen um die Welt.«

Am Anfang erschien es Paulina seltsam, einer Frau im Treppenhaus zu begegnen, die ihr im Vorbeigehen versicherte: »Ich brauche die Menschen, ich brauche die Menschlichkeit.« Paulina fand Frau Ramsauer mit der Zeit liebenswert, weil sie immer fantasievoll aussah und nie Anstoß nahm am Lärm der Kinder.

Paulina mochte eigentlich auch die lange, breite und bunte Donnersbergerstraße jeden Tag mehr. Wenn Paulina im Winter aus dem Fenster schaute, war die Straße manchmal auch grausam kalt und still. Der Mond stand in der Nacht hoch und eisig am Himmel, doch er schickte blausilbernes Licht auf den frisch gefallenen Schnee. Nirgends war der Schnee so glitzernd und funkelnd wie hier. Unbeteiligt und dunkel standen die Häuser, und auch die Zimmer ihrer Wohnung blieben trotz des Mondlichts merkwürdig finster. Granny hatte sie damals gewarnt, aber sie kannte auch die blausilbernen Schneeverwehungen nicht, nicht das Funkeln. Und die Miete der Wohnung war niedrig; sie wollten unbedingt selbstständig sein.

Als Entschädigung lernten sie schon am Umzugstag Frau Ramsauer kennen. Sie wohnte auf demselben Stock wie die Ruges. Zumindest modisch gesehen war sie zweifellos eine Attraktion in der Donnersbergerstraße. Auch jetzt im Winter war Frau Ramsauer modisch auf der Höhe der Zeit, was vor allem David interessant fand. Ihr Wintermantel hatte dicke altsilberne Kugelknöpfe, mindestens zehn Stück. Von der schwarzen, steifen Filzkappe hingen links und rechts zwei dicke Zöpfe hinab, und Frau Ramsauer neigte den Kopf ein wenig, damit die Zöpfe frei hängen konnten. Als sie der Nachbarin zum ersten Mal in dieser Montur begegneten, neigte David sofort ebenfalls seinen Kopf nach vorn und schaukelte sanft, als hätte auch er Zöpfe an der Mütze.

»David will Frau Ramsauer sein. David will Frau Ramsauer sein.«

Da Frau Ramsauer eher klein gewachsen war, mussten ihre Jeans fast zwei Handbreit umgeschlagen werden. Praktisch bis zum Knie. Sie abzuschneiden kam Frau Ramsauer nicht in den Sinn. Die Musikstudentin Michiko, die unterm Dach ein schräges Zimmer bewohnte, hatte respektvoll gesagt, sie möchte wetten, dass die Jeans von True Religions seien. Paulina hatte von dieser Marke noch nie gehört, Frau Ramsauer war einfach anders als die anderen. Paulina hatte schon beobachtet, dass Frau Ramsauer die Donnersbergerstraße auf und ab spazierte, einfach so, mit schwingenden Zöpfen. Sie schien es zu genießen, dass Passanten auf sie aufmerksam wurden.

Paulina beeindruckte das, doch sie wollte vor allem wissen, warum es bei dieser Nachbarin immer rumpelte, auch wenn sie nicht daheim war. Paulina fand das unheimlich, besonders abends, wenn es still war in der Wohnung und Lukas noch spät im Büro arbeitete. Ob es in München noch mehr Häuser gab, in denen es spukte? In denen vielleicht die Geister der Leute umhergingen, die früher hier gewohnt hatten? Die Erklärung war banaler, das Rumpeln bei Frau Ramsauer hatte einen Namen: Ojesses. Ein kräftiger schwarzer Kater, den man kaum zu Gesicht bekam, weil er sein Revier auf den Dächern hatte. Frau Ramsauer hatte ihn einmal auf dem Arm gehabt, um ihn David zu zeigen. Doch der grüßte nur gemessen, und dem Kater Ojesses lag auch nichts an David. Vielmehr strebte er energisch runter vom Arm der Frau Ramsauer und war blitzschnell treppauf verschwunden.

Paulina war ihrem Viertel nicht nur im Winter verfallen.

Konnte Mavie nachts nicht schlafen, zeigte ihr Paulina den Mittleren Ring, auf dem die Autos im nie endenden Corso aus der Stadt hinausfuhren oder von draußen hereinkamen und sich nach der Freiheit der Autobahn wieder einfädeln mussten in das komplizierte Geflecht der Straßen und Plätze. Überm Ring und über dem Hochhaus der Mercedes-Niederlassung konnte Paulina jederzeit den Himmel in seinen exklusiven Farbschattierungen sehen. Am schönsten war das Abendlicht, das jetzt im Februar den Himmel roséfarben und dunkelgrau schimmern ließ. Früh munter waren die Tauben, die auf den Fenstersimsen der Häuser saßen wie dicke Kinder von Adlern.

Alles für Mavie. Besonders in den frühen Morgenstunden, wenn Paulina mit Mavie oft alleine in der Wohnung herumging, schien ihr dieses Kind am vertrautesten. Mavie sah genauso aus wie Paulina auf ihren Babyfotos, hatte dieselbe unbedingte Lebensfreude. Mavie war auch ebenso friedlich, wie es Paulina in den ersten Lebensjahren nachgesagt wurde.

Ihre beiden älteren Kinder, Cosima und David, schienen Paulina dagegen oft rätselhaft. Davids unberechenbare Ausbrüche. Die unkindliche Sicherheit Cosimas. Oft erinnerte sie Paulina an ihre Mutter, nur eben im Kleinformat.

Heute wurde Cosima sechs Jahre alt. Jedes Mal, wenn Cosimas Geburtstag nahte, dachte Paulina an die Tage, als sich Cosima weigerte, auf die Welt zu kommen. Ein ganzes Wochenende lang. Eine Geburt sei harte Arbeit, aber doch sehr schön – war Paulina erzählt worden. Einen Kaiserschnitt, den man ihr irgendwann vorschlug, hatte Paulina abgelehnt, sie wollte dabei sein, wenn ihr Baby auf die Welt kam. Und dann dieses Desaster. Freitagmittag waren sie in die Maistraße gefahren, Lukas und sie. Lukas hatte erst dann Urlaub nehmen wollen, wenn Paulina mit dem Baby nach Hause kam. Das würde ja höchstens drei Tage dauern. Aber Cosima war erst am Montagmittag auf die Welt gekommen. Mutterglück – Pustekuchen. Lukas konnte es nicht fassen, dass Paulina nur weinte. »Gebär du mal drei Tage lang!«, hatte Paulina geschluchzt. In der Klinik war das schon losgegangen. Paulina war von dem anhaltenden Wehenschmerz völlig kraftlos gewesen, und plötzlich bedrückte sie die Zukunft mit dem Baby, so viel Unheimliches schien ihr aufzulauern. Eine Schwester hatte Paulina kühl mitgeteilt, dass es Schwangere gebe, die nach den Aufregungen und Ängsten der Geburt verrückt wurden, vom Wochenbett in die Psychiatrie, das käme durchaus vor. Paulina hatte es sofort geglaubt. Die Spuren dieser Ängste verschwanden lange nicht.

Gestern, vor dem Zubettgehen, hatte Paulina für Cosima einen Kuchen gebacken. In Herzform. Sechs Kerzen hatte sie darauf gesteckt. Dann begann sie, den Familienthron zu schmücken, einen alten Holzsessel mit geschwungenen Lehnen. Er wurde über und über mit Papiergirlanden umwickelt. Paulina öffnete das Fenster. Sie hatte schon das Licht ausgemacht und sah auf die schwach schimmernde Asphaltdecke der Arnulfstraße. Wieder fiel ihr der Tag vor sechs Jahren ein. Damals hatte Paulina an einem Fenster in der Maistraße gestanden und ebenfalls hinaus auf die Fahrbahn geschaut. Der Kampf lag noch vor ihr, und sie hatte mit jedem Auto, das sie vorbeifahren sah, mitfahren, flüchten wollen.

Paulina würde Cosima sanft wecken, was ihr jeden Morgen schwerfiel, denn Cosima mochte abends nicht ins Bett gehen und am Morgen ganz entschieden nicht aufstehen. Sie schlief noch, die Locken auf dem Kissen ausgebreitet, die Arme seitlich neben dem Kopf abgelegt. Lukas saß bei ihr und streichelte vorsichtig ihre Wangen. »Meine große Tochter«, sagte er, und Paulina hörte die Rührung in seiner Stimme.

Cosima und Lukas sahen einander sehr ähnlich. Lukas' schmales, blasses Gesicht mit der langen Nase und den ernsthaften dunklen Augen fand sich in Cosima wieder. Doch anders als bei Lukas, dessen kurze Locken wie ein Rahmen um sein Gesicht standen, fielen Cosimas Haare bis auf die Schultern. Am ähnlichsten schien Paulina der Mund. Genau wie Lukas' Mund war er meist geschlossen, und die Mundwinkel wiesen leicht nach unten. Bei Lukas löste sich diese leicht ablehnend wirkende Mimik rasch auf in Herzlichkeit, Übermut. Cosima dagegen blieb gerne ernst. Auch jetzt, an ihrem Geburtstagsmorgen. Nur ein flüchtiges Lächeln für die sechs brennenden Kerzen auf dem Kuchenherz erhellte Cosimas Gesicht. Paulinas und Lukas' Küsse und Umarmungen nahm sie huldvoll entgegen.

Paulina spürte noch Cosimas Schlafduft, ihre Locken, die Paulina an der Nase gekitzelt hatten. Dann sah sie auf David unter dem Tisch.

»Hey, David, willst du nicht deiner Schwester zum Geburtstag gratulieren?«, rief Lukas, der ihrem Blick gefolgt war, nach unten, doch David kommandierte sein Bataillon. Cosima rief: »Lass den bloß in Ruhe, Papa, sonst gibt es wieder Terz.« Cosima rief es freundlich, nachsichtig, doch sie trank ihren Kakao lieber allein mit Lukas, während Paulina Mavie aus dem Schlafzimmer holte, die ihr Erwachen durch laute Brabbeltöne mitteilte. Morgens bekam sie noch die

Brust, und ihr zahnloser Mund öffnete sich zu dem typischen Mavie-Lächeln, das ein Lächeln hoch drei war und von keinem anderen Baby erreicht werden konnte.

Es tat Paulina weh, dass Cosima so selbstverständlich auf Davids Gratulation verzichtete. Doch sie musste zugeben, dass David es einem mit seinem Eigensinn schwer machte. Obwohl er sichtlich an seiner Mutter hing, war er nicht zärtlich, kein Schmusebär wie andere kleine Jungen. Und dazu seine Spinnereien, sein endloses Singen, immer neue Strophen, von ihm selbst erfunden und vertont, die er im Bett sang, so, dass Cosima oftmals nicht einschlafen konnte. Oder seine Tobsuchtsanfälle, wenn etwas Unvorhergesehenes passierte. Glücklicherweise erwachte er früh, denn wenn er unvermutet geweckt werden musste, war er fassungslos, drückte sich mit dem Rücken gegen die Wand und fuchtelte wild mit den Armen.

Von wem hatte er das nur? Paulina belächelte schon selber ihren Zwang, ständig die Eigenheiten ihrer Kinder bei Verwandten zu suchen. Eigentlich kam nur Paulinas Vater in Frage, der auch jähzornig war und ein Eigenbrötler. Aus Lukas' Familie kannte sie nur Granny, seine Großmutter. Paulina konnte sich nicht erinnern, jemals einen Menschen so rasch lieb gewonnen zu haben wie Franziska Ruge. Die Ruhe und Wärme dieser Frau waren ungewöhnlich. Bald, nachdem Paulina und Lukas sich kennengelernt hatten, lud Granny Paulina zum Kaffee ein. Die Wohnung war mit frischen Blumen geschmückt. Es gab Waffeln, dazu Kirschkompott und Sahne. Willkommen, Paulina. Sie fühlte sich umhegt wie eine Prinzessin.

Kein Zweifel, Franziska Ruge hatte sich auf Paulina gefreut, und man könnte sagen, es war Liebe auf den ersten

Blick. Manchmal, wenn Paulina sich nach einem endlosen Tag erschöpft fühlte, wäre sie gern in die Frundsbergstraße zu Franziska Ruge gegangen. Aber Lukas kam manchmal spät heim, wenn er nach der Tagesarbeit noch Bürokram erledigen musste. Und Franziska konnte die Kinder nicht allein lassen.

Mavie war während des Runtertragens wieder eingeschlafen, und Paulina legte sie behutsam in den Kinderwagen, den sie schon heruntergetragen hatte. Die Nachbarn grantelten. Drei Kinder in einer so kleinen Wohnung, das müsse man sich doch vorher überlegen. Niemand sprach Paulina offen an, sie redeten lieber an ihr vorbei in den Flur hinein. Schon als David so klein war wie heute Mavie, hatten sie gemurrt. Frau Eder hatte einmal den Hausmeister gefragt, als Paulina vorbeiging: »Wos sogn S' zu dem Buam? Der ist doch total durcheinand! Und ewig des Gebrüll! Die jungen Mütter heutzutag – naa, naa.« Ist das in jedem Miethaus, in jeder Wohnung so, fragte sich Paulina manchmal, wenn sie wegen der Szenen im Treppenhaus am Ende ihrer Geduld angelangt war.

Da öffnete sich die Haustür. Die im Parterre wohnende Frau Schierl baute sich in ihrer beträchtlichen Größe davor auf. »Der Kinderwagen bleibt aber nicht wieder die ganze Nacht da unten!« Ihre schrille Stimme brach, und sie fuchtelte anklagend mit Regenschirm und Einkaufskorb herum, und dann ächzte sie, als müsse sie sich mühsam durch einen schmalen Spalt zwängen.

Paulina war schon wieder im vierten Stock angekommen. Sie schaute runter nach Mavie, rief in der Wohnungstür nach David: »Wo bleibst du denn? Komm endlich! Wir müssen doch zum Arzt mit Mavie!« Paulina hörte, dass sie das Radio in der Küche angelassen hatte, machte es aus und rief wieder nach David. Unten im Flur war Frau Schierl dabei, dem Hausmeister das Sündenregister der Ruges zu aktualisieren. Sie würde Mavie aufwecken.

Wo war nur David? Paula sah in jede Küchenecke, ins Wohnzimmer, ins Kinderzimmer und ins Schlafzimmer. Dann hörte sie das Wasser, sprang mit einem Satz ins Bad und sah David unter der Dusche stehen. So, wie sie ihn angezogen hatte, in seinem blauen Wintermantel mit der Schirmmütze und den Stiefeln, stand er im dampfenden Strahl und schaute Paulina an.

2

Lukas Ruge zog die Mütze über die Ohren und stellte den Kragen seiner Jacke hoch. Es schneite leise und dicht, und die Flocken fielen ihm in den Nacken. Der Schal lag im Auto, Lukas hatte ihn trotz der Mahnung Paulinas nicht um den Hals gewickelt, und nun durfte er zur Strafe frieren. Vor allem auf die verdammten Flocken in seinem Nacken hätte er verzichten können.

Lukas war selten im Waldfriedhof, der zum Gebiet seines Kollegen Markus gehörte, aber er wusste, dass auf diesem Gelände um die dreitausend Bäume standen, ein majestätischer Wald, in dem die Gräber manchmal fast überraschend auftauchten. Er hatte dort schon Rehe gesehen und Füchse, und natürlich die frechen Eichhörnchen, schwarze und braune, die sich in den Ästen schwangen wie kleine Affen. Lukas ging in das Büro, las das Fax mit der Liste der Toten durch, die heute begraben wurden. Er hatte dafür zu sorgen, dass keiner seiner Mitarbeiter mit dem Wagen herumrumpelte, wenn eine Beerdigung stattfand.

Sein Blick blieb bei einem Namen hängen. »Nepomuk Anton Huber, Landschaftsgärtner, 73 Jahre«. Nepo Huber, Lukas hatte bei ihm seine Lehre gemacht und danach bis zur Meisterprüfung gearbeitet. Er hatte ihn gedrängt, für ein Jahr nach Kanada zu gehen. »Mach das, Lukas! Zu meiner Zeit gab es solche Chancen nicht. Du hast Englisch gelernt, dich werden sie mit offenen Armen empfangen.«

Lukas hatte schon früh Lust daran gehabt, in der dunklen Erde zu graben und behutsam kleine Pflanzen einzusetzen. Im Schrebergarten seiner Granny hatte er die ersten Erfahrungen gemacht. Er durfte ein Stück Erde besäen und bepflanzen, und Granny hatte nicht geschimpft, wenn Lukas mal sein Biotop vergaß. Als Teenager hatte er für eine Zeit lang die Lust am Schrebergarten verloren, aber eines Tages wusste er, dass er Gärtner werden wollte. Einer, der Landschaft gestaltet.

Nepomuk Huber hatte Blumen und Pflanzen spielerisch wie ein Zauberer behandelt. Wenn Lukas ihm zugeschaut hatte, wie er Rosenstöcke sekundenschnell und doch behutsam in die Erde pflanzte, war ihm anfangs fast schwindlig geworden. Doch Huber konnte auch Terrassen bauen und Gartenmauern. Am liebsten arbeitete er mit Gnais, der seine Farben im Licht immer wieder änderte. Als Lukas zum ersten Mal mit dem Chef gemeinsam einen zementierten Weg, der zu einem Bauernhaus führte, in eine geräumige, von einer Mauer gesäumte Terrasse umgestaltet hatte, wusste Lukas, dass er richtig lag mit der Wahl seines Berufs. Und er hatte einen geduldigen, sehr menschlichen Lehrer, der ihn in allem unterstützte, weil er sah, wie begeistert Lukas seinen Anregungen folgte.

Außer der Gärtnerei hatten Lukas und Nepomuk Huber noch eine weitere gemeinsame Leidenschaft gehabt: Sie waren süchtig nach Eiscreme. Nach einer ganz bestimmten Sorte. Sie hatte einen unaussprechlichen Namen und wurde in Schwabing auf der Leopoldstraße in einem kleinen Laden verkauft. Schier schwachsinnig vor Glück hatten sie große Mengen der Köstlichkeit in sich hineingelöffelt und nur der Ordnung halber das Arbeitsprogramm des nächsten Tages besprochen. Wie lange war das schon her?

Und heute wurde Nepomuk Huber beerdigt. Mit dreiundsiebzig. Am liebsten hätte Lukas geweint. Warum hatte er den Chef, dem er so viel verdankte, völlig aus den Augen verloren? Mit einem Mal kam Lukas sich undankbar vor, oberflächlich. Woran war Nepomuk Huber wohl gestorben? Wenigstens wollte Lukas einen prächtigen Kranz für ihn binden.

Lukas fuhr in die Großmarkthalle, kaufte dort weiße Rosen und Thuja, eine neue, helle Züchtung, und während er alles zu einem üppigen Kranz zusammenband, kamen die Erinnerungen an seine Zeit bei Nepomuk Huber hoch. Es tat Lukas plötzlich weh, dass er den Chef in den letzten Jahren nicht mehr gesehen hatte. Wenn er Bepflanzungen beaufsichtigt hatte, das Fällen und Roden von Bäumen, dann hatte er immer mal wieder an Nepomuk Huber gedacht. Hatte sich vorgenommen, ihn anzurufen. Gleich heute. Nein, besser morgen. Nun war Nepo tot. Lukas wusste, dass es Fehler gab, die man nicht mehr gutmachen konnte. Doch jetzt, da es ihm passierte, spürte er einen tiefen Schmerz, einen Krampf, der ihm die Brust verengte. Über der Heirat mit Paulina, überm dreimal Vaterwerden hatte er den Chef hintenangestellt und schließlich vergessen.

Schon als kleiner Junge hatte Lukas den Gärtner Huber kennengelernt, nach dem Unfall seiner Eltern. Ein achtjähriger Junge, der von einem Tag auf den anderen keine Eltern mehr hatte und keinen Bruder. Nur Lukas und Granny waren noch übrig von der Familie Ruge. Lukas war dabei gewesen, als Granny in der Gärtnerei Huber die Kränze für die Beerdigung bestellt hatte. Und der Gärtner Nepomuk Huber hatte Lukas für die Beisetzung ein Herz aus Rosen zusammengesteckt, das er leicht tragen und sich zugleich daran festhalten konnte. Der Gärtner kam dann auch zur Beisetzung auf den Friedhof. Er war dunkel gekleidet, stand da mit ernstem Gesicht und war später wieder unauffällig weggegangen.

Diese Bilder kamen Lukas in den Kopf, obwohl das alles schon so lange her war.

Als er nach dem ereignisreichen Jahr aus Kanada zurückkam nach München, fühlte sich Lukas geschäftig, wie unter Strom. Er hatte Neues gelernt. Das wollte er zeigen. Um die Anstellung als Landschaftsgärtner bei der Stadt hatte er sich schon von Calgary aus beworben.

Er fand ein Gartenhaus in Schwabing. Es war schon reichlich verblichen, hatte aber einen Wohnschlafraum plus Hexenküche und einen kleinen Garten, den Lukas mit bunten Blumen dicht besäte und gedeihen ließ. Fliedersträucher waren schon da, ein Apfelbaum. Freunde hatten Paulina mitgebracht. Sie stand in der Tür, sah sich um, Lukas erinnerte sich an den hellen Fleck, der ihr Gesicht gewesen war. Sie hatte den Kopf zurückgelegt, ihn angeschaut. Abwartend, schien es ihm. Wie wäre sein Leben verlaufen, dachte er manchmal, wenn ein anderes Mädchen dort gestanden wäre. War es die Stunde null, die einmalige Chance oder nur einer von tausend Zufällen?

Paulina war mit Anna gekommen, ihrer Freundin aus Zeiten des Käthe-Kollwitz-Gymnasiums. Die beiden hatten sich früh verabschiedet. Männliche Begleitung abgelehnt.

Sie wollten noch zum Freitanzen an die Friedenheimer Brücke. Aber ein paar Tage später hatte Paulina geklingelt. »Ich bin grad vorbeigeradelt, da hab ich bei dir Licht gesehen«, und ihr langes Haar hatte im Schein der Türlampe wie eine Gloriole ausgesehen, schön. Paulina wollte ihn zum Essen einladen, einfach so. Er schob ihr Rad, sie hatte sich bei ihm eingehängt, und sie trug nur ein leichtes Kleid. »Kühl geworden, oder?«, lachte Paulina. Dann legte sie den Kopf an seine Schulter, der haarscharf dahin passte, und sie gingen und lachten, und Passanten schauten sie im Vorbeigehen an. Lukas sah ihre Zähne hell schimmern, er roch ihr Haar, dessen Orangenduft schon an der Tür zu ihm hereingeweht war. Er hätte stundenlang mit ihr gehen und das Rad schieben können. »Oh babe, I'm in the mood for you.«

Das Leben hatte ihn und Paulina mit Geschehnissen überschüttet. Ja, wie aus einem großen Sack war über Paulina und Lukas Neues, nie zuvor Erlebtes ausgeschüttet worden. Es war Lukas, als hätten sie nie Zeit genug gehabt, alles zu begreifen, was geschehen war.

Paulinas Eltern, ihre Schwester Lili, die immer häufiger hereinschneite, seine Großmutter, die eigene Wohnung, Lukas' Arbeit bei der Stadt, wahnsinnig schnell drei Kinder, Paulina und er – das war Lust oder Ekstase, aber auch Spannungen, Zufälligkeiten, auf die er nicht gefasst gewesen war. Paulina wohl auch nicht, doch sie sprach nicht darüber; vielleicht störten sie die Irritationen, die so ein Leben mit Heirat und Kindern mit sich bringt, gar nicht.

Lukas war vor allem der Querelen mit der steifen Verwandtschaft überdrüssig. Auch seine oftmals unberechenbaren Kollegen kosteten ihn viel Geduld. Er hatte fast nur noch ungelernte Aushilfskräfte zur Verfügung, die häufig wechselten. Und dass seine Arbeit immer mehr von der Verwaltung bestimmt wurde, hatte er sich so nicht vorgestellt. Oftmals sehnte er sich danach, selbst Bäume in die Erde einzupflanzen, anstatt es anderen vorzuschreiben. Er wollte mit Natursteinen Treppen und Mauern bauen, Teiche, Becken oder Wasserläufe anlegen, Standorte für Gehölze schaffen, Begrünungen, Hang- oder Uferbefestigungen vorbereiten und auch selber durchführen. Doch er kam meistens nur dazu, am Computer zu sitzen und die Arbeiten an den einzelnen Standorten zu koordinieren.

Daheim fühlte er sich manchmal von Paulina manipuliert. Es war oft absurd, was sie von ihm wollte, und er hatte den Eindruck, dass es ihr mehr ums Kommandieren ging als um die Sache. So hatte sie neulich beschlossen, dass Lukas sich um die Wäsche kümmern solle. Die Gemeinschaftswaschmaschine stand im Keller, und die beste Zeit war tagsüber, weil dann die meisten Mieter ihrem Beruf nachgingen. Auch Lukas hatte seine Arbeitszeiten. Das musste Paulina doch wissen.

Seit sie drei Kinder hatten, schien es Lukas, als habe sich Paulina verändert. Das war normal, aber er verstand sie einfach nicht. Sie war ein Sturkopf, der ihm Rätsel aufgab, wenn sie zum Beispiel die Kinder verteidigte, weil Lukas versuchte, sie zu bändigen. »Wenn du mit ihnen schimpfst, tun sie mir leid.« Paulina hatte so eine verdammte Art, ihn zu ignorieren, wenn ihr etwas nicht passte. Dann wieder löste sich alles in ihrer Leidenschaft auf.

Wenn er ganz von vorn anfangen könnte, fragte sich Lukas manchmal, sein Leben neu beginnen könnte, was würde er anders machen? Würde er überhaupt etwas anders machen? War das wirklich so klar? Hatte er die Wahl gehabt? Hatte nicht schon alles damit angefangen, dass er ohne Mutter, Vater, Bruder aufgewachsen war?

Aber er hatte Granny. Als er noch klein war, hatte Granny hohe Schuhe getragen. Sehr hohe Absätze waren das und vor allem sehr dünne. Einmal hatte Lukas versucht, in den Schuhen zu gehen. Er war sofort nach vorne gekippt. Lukas glaubte auch noch zu wissen, dass Granny ihn in einer Karre herumkutschiert hatte, und er soll jedes Mal gerufen haben: »Sing, Granny, sing!«, und dann hatte Granny gesungen und war mit ihm gerannt, bis sie nicht mehr konnte. Die Geschichte in der Post kam Lukas in den Sinn. Er hatte mit Granny Pakete aufgegeben, Weihnachtspakete, und vor ihnen hatte eine Frau gestanden mit einem kleinen Mädchen, das zornig nach der Mutter schlug, brüllte und sich dann auf den Boden warf. Die Mutter, am Ende ihrer Kräfte, sagte zu Granny: »Wir späten Mütter, wir haben es nicht leicht.« Sie hatten die Frau nicht aufgeklärt.

Am Starnberger See war es genauso gewesen. Lukas war auf den Steg gerannt, bis weit nach vorn zum Wasser; Granny konnte auf ihren hohen Hacken nur vorsichtig hinterherbalancieren, damit sie mit ihren Absätzen nicht zwischen die Holzbohlen geriet. Da hatte ein Mann Lukas gemahnt: »Du musst bei deiner Mutter bleiben, an ihrer Hand, sonst fällst du ins tiefe Wasser. Es gibt ja kein Geländer hier.«

Und wenn er manchmal mitbekam, dass die Eltern seiner Schulfreunde kleinliche und aufgeblasene Spießer waren, dann war er ausgesöhnt mit seinem Schicksal, nur noch Granny zu haben.

Granny und viel später Paulina. Lukas dachte sich, dass es Dinge gebe, die man ändern kann, und andere, bei denen das nicht geht. Seine Großmutter und Paulina gehörten zu dem Teil seines Lebens, den er nicht verändern wollte.

Doch heute wurde Nepomuk Huber beerdigt, und Lukas fragte sich, ob seine Großmutter davon wusste. Sie hatte den Gärtner Huber sehr geschätzt, war froh gewesen, dass Lukas gerade bei ihm in die Lehre gehen konnte.

Lukas beschloss, Granny gegenüber nichts zu erwähnen. Sie brauchte jetzt Ruhe nach ihrer Knieoperation.

Als Granny bei einer Freundin zum Kaffee war und wie immer ihre Beine übereinandergeschlagen hatte, konnte sie plötzlich das obere nicht mehr herunterbringen vom Knie, es ging einfach nicht. Erst lachte ihre Freundin, Granny lachte mit, aber dann musste der Notarzt kommen. Granny bekam gleich am Kaffeetisch eine Betäubungsspritze, und dann stellte sich heraus, dass der Meniskus gerissen war, auch Arthrose wurde festgestellt, und man operierte sofort. Lukas war erschrocken gewesen. Was hatte er sich eigentlich gedacht? Dass Granny unverwundbar sei, weil sie immer gut zu Fuß gewesen war? Sie beschäftigte sich mit Walking, Qigong und allem, was im Moment so in war. Der junge Arzt hatte Lukas erklärt, dass seine Großmutter erstaunlich gut beieinander sei für ihr Alter, aber vor Meniskusrissen und Arthrose könne man sich nicht schützen.

Granny war schon wach gewesen, als Lukas ankam. Sie zeigte ihm den dicken Verband an ihrem Knie, und Lukas war es, als hätten sie ihm auch eine Narkose verpasst. Wie im Nebel dachte er, dass er alle Sicherheit durch seine Großmutter bekommen hatte. Bis zu dem Autounfall hatten alle gemeinsam in dem Haus in der Frundsbergstraße gelebt. Seine Eltern, sein kleiner Bruder und er im dritten Stock, Granny im zweiten. Schon als Zweijähriger war er am Morgen die dunkle Holztreppe hinuntergeklettert zu ihr. Es hieß, er habe gesungen »Der Mond ist aufgegangen«, und dann sei er auf die Bank geklettert und habe aufs Frühstück gewartet. Das war eine der Lieblingserzählungen seiner Granny. Lukas drückte den Kopf in ihr Kissen, nah bei ihr. Auch im Krankenhausbett roch er ihr englisches Parfum. Die Großmutter nahm seine Hand, aber sie war müde.

Lukas war bei ihr geblieben, bis sie wieder eingeschlafen war. Das Krankenhauszimmer, der kahle Raum, die kaum merklich atmende Granny bedrückten ihn maßlos. Ähnlich wie in der Nacht des Unfalls hatte er auch jetzt erstickende Angst, dass die Zeit seiner Granny kommen werde. Man würde sie aus ihrem Bett herausheben, und sie würde nicht mehr seine Granny sein, sondern in der Welt verschwinden, in der auch seine Eltern und sein Bruder jetzt waren. Eine riesige Welle stürzte über Lukas zusammen, warf ihn in Tiefen, die er nicht kannte. Er ließ die reglose Hand seiner Großmutter los und trat leise aus dem Zimmer. Auf der Nymphenburger Straße sah er die Menschen in alle Richtungen eilen, die Tram, die Taxen. Lukas beeilte sich, in die Winthirstraße zu kommen, wo er den alten Daimler geparkt hatte. Das Auto seiner Großmutter. Sie lieh es ihm immer, ohne zu fragen, wofür. Auf dem Weg von der Klinik zum Parkplatz hatte sich Lukas vorgenommen, die Großmutter zu chauffieren, wohin sie wollte, wenn sie nur gesund werde.

Der fortwährend weich fallende Schnee hatte den Waldfriedhof auf so endgültige Weise eingehüllt, dass Lukas sich wieder der majestätischen Ruhe bewusst wurde, die besonders im Winter über dem Ort lag und ihn zu einem heiligen Hain des Todes machte, zu einer Stätte des Abschieds.

Seine Eltern und sein Bruder waren auf dem Westfriedhof beerdigt, wo Granny beim Tod ihres Mannes ein Familiengrab gekauft hatte. Lukas konnte sich an den Tag der Beerdigung nicht mehr genau erinnern. Er wusste nur noch, dass er immer verzweifelt gedacht hatte: Granny, Granny, hilf mir, bleib bei mir. Sie hatte sein Gesicht gestreichelt, und er glaubte noch heute das dünne Leder ihres schwarzen Handschuhs an seiner Wange zu spüren.

Lukas suchte in der strengen Schneelandschaft nach dem ausgehobenen Grab Nepomuk Hubers. Er hatte auf der Liste gesehen, dass neben dem Grab Hubers um diese Stunde eine Sechzehnjährige beerdigt wurde. Daher ging er langsam und vorsichtig zu der Grabstelle. Die Beisetzung war gerade zu Ende. Der Geistliche, auf dessen hohem Barrett sich der Schnee sammelte, wollte die Eltern bewegen, den anderen Trauergästen zu folgen, die schon den Rückweg angetreten hatten. Der Mann versuchte auch, die Frau vom Grab fortzubringen, doch Lukas schien es, als hielte er sich eher an ihr fest. Lukas wehrte sich gegen den Gedanken, dass er früher oder später auch Abschied nehmen musste von Granny.

Rasch legte er seinen Kranz an den Rand der schneeweißen Grube, er würde bestimmt wiederkommen, am liebsten hätte er an der Beisetzung teilgenommen, doch er war ja vor allem dienstlich hier, er war schon spät dran, denn er hatte noch einen Auftrag im Westpark zu erledigen.

Mit jedem Schritt aus dem Waldfriedhof heraus hatte Lukas das Gefühl, als gebe ihm diese weiße Stille, die über dem Tag lag, viel von der Kraft zurück, die er manchmal verloren glaubte. Im Auto nahm er den Schal und schlang ihn sich um den Hals. Paulina, dachte er, Paulina, ich müsste dir so viel sagen. Ich mache so oft was falsch. Und Lukas dachte daran, dass er seinen verehrten Chef seit der Anstellung bei der Stadt nie wieder aufgesucht oder ihm seine Familie vorgestellt hatte. Wieder bedrückte ihn die Vergeblichkeit seiner Reue. Aber er schwor sich, diesmal den Augenblick festzuhalten. Er wollte nicht mehr unbesonnen vor sich hin leben. Er schwor den kahlen schwarzen Bäumen, dass er künftig Granny, Paulina und den Kindern gerecht werden wolle.

3

Während Paulina David in sein Badetuch hüllte und frische Unterwäsche bereitlegte, sah ihr Sohn angestrengt zum Himmel. Die Augenbrauen waren hochgezogen, höher ging es nicht. Paulina fragte David, obwohl sie es ihn schon oft und immer vergeblich gefragt hatte: »Warum machst du das, David, warum musst du immer an die Decke schauen?« Wie immer kam keine Antwort, aber für einen Moment ließ David Augendeckel und Augenbrauen sinken, als wollte er zeigen, dass er notfalls auch anders könne, doch dann machte er wieder dieselbe Grimasse wie vorher.

Paulina dachte, dass David sich nicht nur anders benahm als andere Kinder, er sah auch nicht aus wie andere kleine Jungen. Er sah immer ernst aus, traurig. Lukas sagte allerdings jedes Mal, wenn Paulina darüber sprach, dass er als Junge auch so ausgesehen habe. Er zeigte ihr Fotos. Es gab nur wenige, und Paulina dachte, dass die auffallend dichten Locken und der ernste Gesichtsausdruck tatsächlich diegleichen waren. Lukas und David ähnelten sich, aber Lukas hatte ein rundliches, fröhliches Kindergesicht gehabt. Manchmal fand Paulina, dass David besonders charakteristisch aussehe. Dann war sie stolz auf ihren Sohn. Aber heute war sie ungeduldig.

»Warum machst du solchen Blödsinn?«, fragte Paulina und rubbelte Davids dünne Beine trocken. Sein Mantel, die Mütze, Hose, Pulli und Unterwäsche lagen in der Dusche auf einem Haufen.

»Sieh doch mal, alles ist nass!«

David schaute auf den Kleiderhaufen, sagte ruhig: »David mag Wasser Wasser Wellen.«

Paulina wusste, dass er an sein Lieblingsbad dachte, das Hallenbad mit Wellengang. Dort war er glücklich, sprang ohne jede Angst im Wasser herum und ließ sich geschickt von den Wellen tragen.

Düster sah David in eine Ecke des Badezimmers. »David mag Wellen, nicht Arzt!«

»Wie oft soll ich es dir noch sagen, Mavie geht zum Arzt, nicht du. Und ich war doch nur ein paar Minuten im Flur, habe Mavie in den Kinderwagen gelegt«, sagte Paulina streng. »Wir machen das doch immer so. Jetzt kommen wir zu spät zum Arzt.«

Rasch, mit knapperen Bewegungen als sonst, zog Paulina dem Jungen Unterzeug an, den frischen Pulli, die olle Jeans, an der immer der Reißverschluss klemmte; eine andere war gerade nicht sauber. Es gab auch nur noch eine alte, viel zu kleine Jacke für David, aber es half nichts.

»Mantel und Mütze auch«, sagte David freundlicher und sah Paulina aus seinen dunklen Augen an.

»Ja«, entgegnete Paulina heftig, »und das mit der Dusche machst du mir nicht noch mal!«

Beim Arzt angekommen war es schwierig für Paulina, David die Treppe zum ersten Stock hochzuziehen, vor allem, weil sie Mavie auf dem Arm hatte. »David, komm jetzt endlich, du kannst allein die Treppe gehen!«

Schon auf dem Weg in die Nymphenburger Straße hatte Paulina es immer wieder gepredigt: »Nur Mavie geht zum Arzt, David nicht!«

Paulina hatte angerufen, dass sie sich verspäte, Leyla war am Telefon gewesen. Gottlob. Leyla mochte David. Seit sie einen Tobsuchtsanfall Davids miterlebt hatte, tröstete sie Paulina. Sie habe selbst einen kleinen Bruder, der sofort wie am Spieß brülle, wenn er etwas nicht wolle.

Leyla suchte Mavies Karte heraus, legte sie für den Arzt parat und machte sich daran, David beim Ausziehen zu helfen. Paulina packte Mavie aus. Paulina betete still, dass David sich auch diesmal die Freundlichkeit der hübschen Türkin gefallen lassen würde.

»Willst du den Mantel ausziehen und die Mütze runter tun?«, fragte Leyla ruhig.

»David, zieh Mantel aus«, befahl David sich selber und ließ sich von Leyla helfen.

»Ich habe ein ganz neues Buch für dich«, sagte Leyla zu David, »damit kannst du dich hier hinsetzen.«

David nahm das Buch, blätterte vor und zurück und wieder vor und zurück, und Paulina wusste, jetzt konnte sie sich darauf verlassen, dass David jede Seite des Buches genau anschauen würde. Ob er es dann zurückgab, daran wollte Paulina noch nicht denken. Für sie und David ging alles nur Schritt für Schritt.

Die Vorsorgeuntersuchung von Mavie war rasch beendet. Paulina zog die Kleine wieder an, und der Arzt sagte, während er sich Notizen machte, dass er sich solch ein Baby auch wünsche. »Wir warten auf Nachwuchs, und ich hätte gern ein Töchterchen wie Mavie. Übrigens, falls Sie für Ihren Sohn auch einen Termin machen wollen«, sagte der Arzt mit Blick auf den artig lesenden David, »dann wäre es in der nächsten Woche noch günstig. Danach fahren meine Frau und ich in Urlaub.«

»Bestimmt«, sagte Paulina rasch, »sobald ich einen Babysitter für Mavie habe, komme ich mit David vorbei.« Sie wusste, dass sie diese Gelegenheit nicht wahrnehmen wollte.

Ein Glück, dass ihr Vater heute das Geburtstagskind Cosima von der Schule abholte. Er würde seine Enkeltochter zum Essen ausführen und zu einem anschließenden Kinobesuch. Cosima hatte mit dem Großvater verhandelt. Ihre Freundinnen müssten noch mitkommen, wie viele sie denn mitnehmen dürfe? Gott behüte, höchstens noch eine, hatte ihr Vater gestöhnt, und Paulina freute es insgeheim, dass Cosima den Großvater derart um den Finger wickeln konnte. Sie selber erinnerte sich an keinen Kinobesuch mit dem Vater, oder sie wollte es nicht. Wenn, dann waren ihre Mutter und Lili dabei gewesen und meistens wurde gestritten. Paulina seufzte. Zu dunkel war die Zeit daheim bei den Eltern gewesen. Paulina war so verletzt, sie wollte nie mehr daran denken. Gegenüber dem Vater jedoch hatte Paulina gewonnen. Wenn sie ihn jetzt mit Cosima erlebte, wusste sie, dass sie sich sicher fühlen konnte.

Mavie lag friedlich im Kinderwagen. Paulina hatte sie wieder warm eingepackt. David stand auf dem kleinen Trittbrett vorn und hielt sich fest. Er liebte es, auf diese Weise mit Paulina spazieren zu fahren, und manchmal lief er auch freiwillig große Strecken nebenher. Aber nur, wenn er wollte. Einschätzen konnte Paulina das nicht.

Sie war erleichtert, dass der Arztbesuch mit den Kindern so glatt abgelaufen war. Paulina atmete tief die kalte Winterluft ein. Vielleicht war es sogar ein Glücksgefühl, das sie beflügelte.

Jetzt hatte sie wieder Zeit gewonnen, bis sie David einem Arzt vorstellen musste. Ein junger Kinderarzt, zu dem Paulina mit David wegen erhöhter Temperatur im Sommerurlaub gegangen war, hatte von verzögerter Entwicklung geredet, von Verhaltensauffälligkeit. Auf Paulinas Nachfragen flüchtete er sich in medizinische Fachbegriffe. Er hatte Paulina dringend geraten, in München einen Kinderarzt aufzusuchen, der David öfter sehen und untersuchen könne. Er selber komme bei diesem einzigen Termin nicht nahe genug an den Jungen heran, um Genaueres festzustellen.

Am Grünwalder Park bog Paulina in Höhe der Gerner Brücke in die Renatastraße ein, eine ihrer Lieblingsstraßen. Sie wollte die geschenkte Zeit nutzen, mit den Kindern spazieren zu gehen und sich Häuser anzuschauen. Es hatte wieder zu schneien begonnen, und auf dem Kanal waren sie dabei, Eisflächen freizukehren fürs Hockey und für die vielen Eisläufer. Die Eisstockschützen, von jeher die eigentlichen Herren des Kanals, hatten ihre Bahnen längst parat.

Seit sie die Kinder hatten, gingen Paulina und Lukas seltener zum Eislaufen. Und wenn, dann hatte Paulina immer einen Kinderwagen als Bollwerk vor sich, mit dem sie schnell vorankam. Cosima lernte rasch, alleine Schlittschuh zu laufen, und David reichte es, vom sicheren Schlitten aus mit ernstem Gesicht dem Treiben auf dem Kanal zuzusehen. Es schien ihm nichts auszumachen, wenn er fror.

Paulina fühlte sich in dem alten Mietshaus an der Donnersbergerstraße eingeengt. Sie träumte von einem großen, hellen Haus. Und gerade in der Renatastraße, in der auch ihre Frauenärztin die Praxis hatte, standen die herrlichsten Häuser und Villen. Die Augen an die Häuserfront geheftet, ging Paulina langsamer, träumte sich und ihre Familie in ein Efeuhaus hinein, in eines mit Rosenspalier, in eines mit einem richtigen Garten, in dem die Kinder ungestört spielen konnten.

Wie immer hoffte sie, Pierre zu treffen. Paulina wusste nicht, was er ihr eigentlich bedeutete. Zwischen ihnen gab es keine Spielregeln. Jedenfalls fehlte ihr etwas, wenn sie ihn längere Zeit nicht gesehen hatte.

Eines Tages, vor zwei Jahren etwa, sie war von einer Untersuchung bei ihrer Frauenärztin gekommen, hatte sie Pierre zwischen zwei Autos liegend gefunden. Erschrocken hatte sie ihm aufhelfen wollen, doch er hatte dies mürrisch abgelehnt.

»Ich komme schon alleine klar«, hatte er geknurrt.

»Sie brauchen aber Hilfe, ich bin sogar gesetzlich verpflichtet, Ihnen beizustehen. Wenn ich Sie da liegen lasse, mache ich mich strafbar«, hatte Paulina erklärt. Sie wusste nicht, ob sie Stuss geredet hatte, aber ihr war klar, dass der Mann Hilfe brauchte. Sie hatte ihr Handy aus der Tasche geholt. »Ich rufe Ihnen einen Arzt.«

Doch da richtete der Mann sich auf, hielt sich an der Stoßstange eines Wagens fest. Sein Gesichtsausdruck wurde richtig panisch. »Keinen Arzt, bitte, ich brauche keinen Arzt!«, beschwor er Paulina. Schließlich ließ er sich von ihr aufhelfen. Sie brachte ihn die paar Schritte weit zu dem Haus, in dem er wohnte.

Es war nicht ganz leicht gewesen, ihn festzuhalten. Pierre

war zwar ein schlanker, eher sehniger Mann, doch Paulina hatte ihn um die Taille nehmen müssen, damit er ihr nicht entglitt. Er schwankte leicht. Paulina fand, dass er gut roch, überhaupt war er gepflegt und sorgfältig gekleidet. Sein Haar war kurzgeschnitten und grau meliert. Flüchtig dachte Paulina, dass sie das Alter des Mannes schwer schätzen konnte. Vielleicht fünfzig? Aber höchstens.

Er wohnte in einem Haus, das Paulina noch nie zuvor wahrgenommen hatte, denn es lag in der zweiten Reihe und war moderneren Datums. Da die Hände des Mannes stark zitterten, schloss Paulina die Tür auf, behielt den Mann aber fest im Arm. In einer geräumigen Wohnhalle ließ er sich erschöpft in einen Sessel sinken. Er schien jetzt entspannt.

»Ich kann gar nicht sagen, wie dankbar ich Ihnen bin. Ohne Sie läge ich noch zwischen den Autos.« Er bot mit einer Handbewegung Paulina an, sich zu setzen. »Haben Sie noch einen Moment Zeit?«

»Schon«, sagte Paulina, »doch ich möchte Ihnen lieber ein Glas Wasser aus der Küche holen.«

»Ja, wunderbar, Wasser mit Holundersirup. Es steht alles auf dem Tablett. Bringen Sie bitte auch für sich ein Glas mit, wenn Sie mögen.«

Beiden tat das kalte Getränk gut, und der Mann sagte, er heiße Pierre Valbert und danke Paulina, dass sie so energisch zugegriffen und ihn aus dieser schrecklichen Situation befreit habe.

»Wieso haben Sie mich da herausgeholt?«, fragte er. »Hatten Sie nicht Angst, dass ich betrunken sein könnte?«

»Das hätte ich wahrscheinlich sofort gemerkt«, sagte Paulina offen. Dann fügte sie hinzu: »Nein. Ich – ich habe gespürt, dass Sie erschüttert sind, ja, so sagt man doch, in Ihren Grundfesten erschüttert.«

Für einen Moment schien Pierre Valbert verblüfft, irritiert, doch dann blitzten seine hellen Augen auf. »Sie sind eine warmherzige, kluge Frau. Dabei sind Sie ja noch so jung«, entgegnete er rasch, und dann sah er vor sich hin und schwieg.

»Sie sind krank, nicht wahr?«, fragte Paulina leise.

»Mir ist manchmal schwindlig«, antwortete Pierre, »und wenn ich mich dann irgendwo festhalten will, passiert so was wie heute.« Seine Stimme wurde hart. »Die meisten Leute sehen in mir einen Säufer, der schon am frühen Morgen betrunken ist. Oder sie denken, dass ich Drogen nehme.«

Eine Weile war es still. Eine kleine, reich verzierte Standuhr tickte unaufdringlich. Es fiel Paulina auf, dass es keine Blumen gab in der sonst elegant eingerichteten Wohnhalle. Um einen großen steinernen Kamin standen gemütlich aussehende Möbel aus abgeschabtem braunem Leder. Bücher in Glasregalen bis zur Decke. Über dem Kamin hing ein großer Druck von Ferdinand Hodler, ›Der Tag‹.

»So ein Zufall«, staunte Paulina. »Ich habe vor knapp zehn Jahren über Hodler meine Abiturfacharbeit geschrieben«, sagte sie zu Pierre.

Der fuhr aus seinen Gedanken auf. »Sehen Sie, wir haben den gleichen Geschmack«, sagte er etwas kläglich. Paulina spürte auch, dass sich zwischen ihnen eine Traurigkeit ausbreitete, die sie sich nicht erklären konnte.

Paulina stand auf. »Ich muss jetzt wieder gehen, Herr Valbert«, sagte sie und gab ihm die Hand. »Sind Sie denn medizinisch versorgt?«, fragte sie etwas hilflos.

»Sie sind plötzlich so still«, sagte Pierre und schien besorgt. »Hoffentlich bereuen Sie es nicht, dass Sie mich aus der Gosse geholt haben. Machen Sie sich bitte keine Sorgen um mich, ich komme schon klar. Ich stürze nicht jeden Tag zwischen Autos.«

»Ich habe daheim zwei Kinder, eins davon ist etwas schwer zu haben, deshalb muss ich den Babysitter ablösen. Soll ich Ihnen meine Telefonnummer dalassen?«

Pierre nickte, suchte nervös auf dem Tischchen herum und riss schließlich ein Stück von der Zeitung ab, die neben dem Telefon lag. Aus einer Schublade nahm er einen Stift.

Paulina schrieb ihre Telefonnummer auf. »So«, sagte sie betont munter, »jetzt können Sie mich jederzeit erreichen.«

»Heute habe ich richtig Glück«, sagte Pierre lächelnd. Er hatte sich offensichtlich erholt und brachte Paulina zur Tür.

Ein Paar kam die Treppe herunter, das sehr zuvorkommend grüßte und vor allem Paulina aufmerksam betrachtete. Dann sah die Frau Pierre mit zuckriger Freundlichkeit an und fragte, ob er auch wieder einmal daheim sei. »Auf Besuch, sozusagen?«, setzte der Mann hinzu, und Paulina sah, dass Pierre sich wortlos abwandte und in seine Wohnung ging. Auch Paulina wollte sich nun beeilen, doch das Paar sprach sie an. Die Frau fragte, ob Paulina zur Verwandtschaft von Pierre Valbert gehöre.

»Ich weiß nicht, ob Sie das etwas angeht«, sagte Paulina und ging rasch, ohne die beiden noch mal anzusehen, über den Hof zur Straße.

Daheim, als die Kinder im Bett waren, hörte Paulina in der ruhigen Wohnung die Geräusche der Straße. Das Anfahren der Autos, Gelächter, Rufen und dann wieder Stille. Es war wie jeden Tag. Doch völlig anders. Gleich wurde es acht, Paulina überlegte sich, ob sie wieder einmal Nachrichten anschauen sollte. Doch dann begann sie, das Bad zu putzen, ihre Strümpfe zu waschen, den Kühlschrank auszuwischen. Sie dachte an Pierre, ob sie Lukas von ihm erzählen sollte.

Als sie an dem Abend im Schlafzimmer die Betten neu bezogen hatte, war Lukas hereingekommen, gefolgt von Markus, der etwas verlegen grinste. »Hey, ich bin gleich wieder weg!« Lukas gab Paulina einen flüchtigen Kuss. »Markus hat eine Idee für ein Bewässerungssystem. Wir wollen uns hier damit beschäftigen, tagsüber haben wir ja nie Ruhe.«

Die beiden gingen ins Wohnzimmer, und Paulina hörte sie mit Papierrollen rascheln. Beide bemühten sich, leise zu reden. Es berührte Paulina, wie sie sich offensichtlich freuten, ungestört kreativ zu arbeiten, ihre Ideen miteinander zu erörtern.

Es war schon fast zwölf, als Lukas ins Bett kam. Paulina hatte gerade ihr Buch weggelegt und das Licht ausgemacht. Lukas kuschelte sich zufrieden an Paulina, sie spürte seinen warmen Körper und fühlte sich geborgen, und sie begann, ihm von Pierre zu erzählen. »Du, ich habe heute einen Mann zwischen zwei Autos gefunden. Ich habe ihm geholfen aufzustehen, und dann habe ich ihn in sein Haus gebracht. In der Renatastraße war das, als ich von meiner Ärztin kam …«

Paulina hörte die ruhigen Atemzüge neben sich, Lukas murmelte Unverständliches. Er legte seinen Arm um Paulina, und sie sah Pierre, seine hellen Augen. Hörte seine Stimme, und ein warmer Schauer lief ihr über den Rücken. My love, my love, my love, dachte Paulina und schalt sich sofort eine Schwachsinnige, die wach im Bett lag und an einen fremden Mann dachte. Pierre Valbert hatte etwas angerührt in ihr, Dunkles aus ihrem alten Leben.

Zwei Jahre waren seit der ersten Begegnung Paulinas mit Pierre vergangen. Pierre hatte nach wenigen Tagen angerufen, und wenn Paulina das Auto zum Einkaufen zur Verfügung hatte und Michiko als Babysitter, dann besuchte sie Pierre. Seit Paulina einmal erwähnt hatte, dass sie Rosen mochte, hatte Pierre meist einen umfangreichen Strauß bunter Rosen in einer Bodenvase.

Paulina hatte ihn irgendwann nach der merkwürdigen Begegnung mit dem Paar gefragt. Pierre erzählte, dass es sich um seine Mieter handele und dass sie sein Haus kaufen wollten.

»Die erzählen in der Nachbarschaft, dass ich Drogen nehme, weiß der Teufel warum. Ich habe ihnen schon längst durch meinen Anwalt gekündigt«, sagte Pierre grimmig. »Aber sie sind sehr geschickt, bestreiten meine Vorwürfe.«

»Ich würde sofort bezeugen, wie unmöglich die sich benommen haben«, sagte Paulina.

»Vielleicht muss ich auf dieses hochherzige Angebot noch zurückkommen«, lachte Pierre.

»Tatsächlich«, hatte Pierre eines Tages gestaunt, »ich habe tatsächlich eine Freundin gefunden.« Paulina genoss es, mit Pierre über alle möglichen Dinge zu reden, die sie interessierte. Mit Lukas unterhielt sie sich vor allem über Alltagsgeschichten. Sie erzählte ihm, was am Tag mit den Kindern passiert war, und Lukas sprach über neue Pflanzenarten und -sorten, die er anpflanzen ließ. Sie hatten am Abend nur wenige Stunden, in denen sie allein waren und Ruhe hatten. Manchmal hatte Paulina das Gefühl, dass Lukas sie für überspannt hielt, eben typisch weiblich, und daher nicht so recht diskutierfähig.

Paulina versuchte, sich in der Welt zurechtzufinden. Sie suchte ihre Position zwischen Wasch- und Spülmaschine, der Sorge für die Kinder, ihrem Wunsch, wieder einmal auf der Bühne oder vor der Kamera zu stehen. Und sie wollte politische und zwischenmenschliche Verbrechen begreifen. Darüber redete sie mit Pierre. Einmal kamen sie auf die Todesstrafe.

»In Amerika hat man wieder eine fast schwachsinnige Frau getötet«, sagte Paulina verstört. »Sie hat einen Mord in Auftrag gegeben. Vielleicht wusste sie gar nicht, was sie da tut! Es könnte doch auch sein, dass der Killer sie vorgeschoben hat.«

»Todesstrafe – ja oder nein«, sagte Pierre nachdenklich, »das ist so eine Frage, die ich mir lange nicht beantworten konnte. Aber dann habe ich bei Albert Camus eine Stelle gefunden, wo er sagt, es sei besser, sich zu irren und niemanden umzubringen, als recht zu haben auf einem Berg von Leichen.«

Solche Momente gefielen Paulina. Sie hatte Vertrauen zu Pierre, sie glaubte ihm, er entlastete sie von vielen Fragen. Es war eine Herzlichkeit zwischen ihnen entstanden, die Paulina sehr genoss. Paulina hatte das Gefühl, für Pierre wichtig zu sein. Er zeigte Interesse an allem, was sie berichtete. Sogar über ihre Eltern konnte sie mit ihm reden, Pierre hatte Verständnis dafür, dass sie noch heute unter ihnen litt, sich aber auch nicht von ihnen lösen konnte, wie es Lukas am liebsten gewesen wäre.

Dann war da noch Granny, die oftmals in die Donnersbergerstraße kam. Für Lukas war Granny Mutter und Großmutter in einer Person. Sie hatte ihn aufgezogen.

Paulina hatte in der Klinik angerufen. Die Operation war gut verlaufen, doch Granny wollte nicht, dass Paulina mit den Kindern ins Krankenhaus kam; man höre so viel von Keimen. Paulina freute sich auf Grannys Genesung.

Granny sollte Pierre kennenlernen. Unbedingt. Aus irgendeinem Grund glaubte Paulina, dass Granny und Pierre sich gut miteinander verstünden. Pierre war auch sehr an Lukas' Beruf interessiert. Paulina konnte ihm nur aufzählen, an wie vielen Orten München begrünt werden musste, aber Pierre wollte Genaueres über Lukas und seine Arbeit erfahren, und manchmal war es Paulina richtiggehend peinlich, wenn sie seine Fragen nicht beantworten konnte.

Paulina dagegen fragte nie nach Pierres Familienverhältnissen. Doch eines Tages berichtete Pierre Paulina von der Zeit, als seine Frau ihn verlassen hatte.

»So wie man es Männern nachsagt, dass sie zum Zigarettenholen gehen und nicht zurückkehren, so ist meine Frau weggegangen.« Als Paulina betreten schwieg, setzte er hinzu: »Ihren Schmuck und die Kleider hatte sie aber schon fortgeschafft. Und bei der Bank eine beträchtliche Summe abgehoben. Alles ohne ein Wort zu mir. Seitdem habe ich das Gefühl, dass die Welt mir immer mehr abhandenkommt, als würde sie abbröckeln, jeden Tag ein Stück.« Pierre sah Paulina fast flehend an. »Können Sie das verstehen? Ich will aber trotzdem leben. Und das hat auch mit Ihnen zu tun.«

»Mit mir?«, fragte Paulina überrascht. »Ich bin es doch, die von Ihnen beschenkt wird. Sie haben immer Zeit für mich, gehen auf jede Spinnerei von mir ein. Bei Ihnen darf ich sogar von unerreichbaren Häusern träumen.«

»Dazu haben Sie doch jedes Recht. Schließlich brauchen Sie für Ihre Kinder ein Nest.« Und nach einer Pause setzte er vorsichtig hinzu: »Sie sehen wie ein junges Mädchen aus.«

»Ja«, lachte Paulina, »wenn man nicht genau hinsieht«. Dann wurde sie ernst, sagte leise, dass sie vor allem für ihren Jungen, für David, so gerne einen Ort hätte, wo sie alleine wohnen könnten. »David will nicht sprechen. Lächelt niemanden an. Brüllt manchmal wie am Spieß. Seinetwegen werde ich oft scheel angesehen.«

Zum ersten Mal nahm Pierre Paulinas Gesicht in seine Hände. »Sehen Sie«, sagte er liebevoll, »wir haben die gleichen Überlebenskämpfe. Aber inzwischen glaube ich, dass man immer wieder neu anfangen kann. Darauf trinken wir.« Er goss für Paulina und sich Sherry ein.

Das war vor ungefähr vier Wochen gewesen. Seitdem hatten sie mehrmals telefoniert.

Als Paulina mit David und Mavie in die Renatastraße einbog, dachte sie, dass Pierre Valbert inzwischen einen festen Platz in ihrem Leben hatte. Sie wollte ihn mal zu sich nach Hause einladen, damit er und Lukas sich kennenlernten. Sie kannten sich noch nicht persönlich, und den Berichten Paulinas hatte Lukas ein eher unwilliges Interesse entgegengebracht. Irgendwann hatte er wie nebenbei gefragt: »Wie alt ist der Typ eigentlich?«

Paulina wollte David, der gleichmütig neben ihr her trottete, auf das Brett aufsteigen lassen, denn es kamen ihr junge Frauen entgegen, die spezielle Kinderwagen schoben. Darin saßen Kinder, etwa in Davids Alter, deren Köpfe verkrampft nach hinten oder zur Seite gebogen waren. Ein Mädchen lachte schrill, als sie vorbeigeschoben wurde. Einem niedlichen Jungen mit Dreadlocks lief Brei aus dem Mund. Die

Betreuerinnen waren aufmerksame, hübsche junge Mädchen, die Paulina auf siebzehn Jahre schätzte.

Paulina spürte einen Kloß im Hals, wenn sie daran dachte, dass diese kleinen Geschöpfe in einen Körper eingesperrt waren, der ihnen keine selbstständigen Bewegungen erlaubte, nicht einmal die Finger konnten sie öffnen und schließen, geschweige denn auf ihren Beinen stehen oder gehen, so wie sie wollten. Sogar zum Liegen mussten die Betreuerinnen ihren Körper in eine spezielle asymmetrische Position bringen. Das wusste Paulina.

Paulina nahm David in die Arme und vergrub ihren Kopf an seinem kalten Gesicht. Sie spürte ihre Liebe zu dem Jungen. Geduld haben musste sie mit David, seine Eigenheiten akzeptieren. Er war noch klein, und er würde sich so gut entwickeln wie Cosima, die ja auch eigensinnig war, sich aber im Kindergarten sehr gut eingewöhnt hatte. Morgen würde David zum ersten Mal hingehen. Und wenn er zurückkam, egal wie und warum, sollte er eine Belohnung bekommen. Paulina würde sich etwas ausdenken.

Gerade, als Paulina sich mit den Kindern näherte, kam Pierre Valbert ihr aus seiner Hauseinfahrt entgegen. Er freute sich, Paulina und die Kinder zu sehen. Dass David ihn nicht grüßen würde, wusste Pierre inzwischen, trotzdem sprach er den Jungen freundlich an. »Na, Herr General, wie geht es den Soldaten? Müssen sie bei dieser Kälte auch immer ins Manöver?« David sah ausdruckslos ins Leere. Nach einer Pause sagte er aber plötzlich: »Stimmt's oder hab ich recht.« Pierre Valbert sah Paulina zuversichtlich an. »Stimmt's oder hab ich recht«, sagte David wieder, und Pierre lachte und schwenkte David herum, der sich sofort wieder auf den Kinderwagen stellte und streng

»Häuser schauen« sagte. David hatte nicht vergessen, dass Paulina oftmals Häuser anschaute und ihm dann erklärte, dass sie dort mit David, Cosima, Mavie und dem Papa wohnen möchte.

David musste aufs Klo, sie gingen zu Pierre ins Haus, und Pierre erzählte, dass er es verkaufen wolle. »Es ist einfach zu groß für mich. Und Mieter will ich auch keine mehr. Die ziehen endlich aus. Bis Ende März bin ich sie los. Dann kaufe ich mir eine Wohnung. Helfen Sie mir dabei?«, fragte er Paulina.

4

Pierre Valbert begleitete Paulina mit den Kindern bis nach Hause. Er machte mit David Wettpusten. Ihr Atem stand sekundenlang wie dünne Watte in der Luft. David wollte gar nicht mehr aufhören mit dem Spiel.

»Ich habe mich lange nicht mehr so frei gefühlt«, sagte Pierre zu Paulina, die ihn gefragt hatte, ob David ihm nicht lästig sei. »Ich habe wieder Tritt gefasst, und ich glaube, durch Sie und die Kinder kriege ich wieder was mit vom Leben.«

»Hoffentlich was Gescheites«, lachte Paulina.

»Mir geht es nicht aus dem Kopf, dass Sie ein Haus brauchen. Ich würde Ihnen ja meines geben, aber ich muss es verkaufen, sonst habe ich kein Geld für eine anständige Wohnung.«

Paulina entgegnete, dass sie zwar eine Traumtänzerin, aber nicht größenwahnsinnig sei. »Von Ihrem prächtigen Haus würde ich nicht einmal träumen«, erklärte sie.

Mavie war längst aufgewacht, und sie bedachte ihre Begleiter großzügig mit ihrem Lächeln. Man sah überhaupt nur ihr Lächeln. Die Mütze war ihr tief in die Stirn gerutscht, und die Zudecke reichte übers halbe Gesichtchen.

David saß inzwischen auf den Schultern Valberts, denn

er war müde und durchgefroren, und hatte sich von Pierre widerspruchslos hochheben lassen. Ein Wunder. So schien es Paulina, die ihm etwas Ermunterndes zurief, ohne eine Reaktion Davids. Der schaute nur fasziniert seinem Atem nach, den er mit vorgeschobenem Unterkiefer immer wieder von sich blies.

Paulina hatte das Auto ihrer Eltern gesehen, das unweit des Hauses parkte. Sicher brachte ihr Vater Cosima zurück. Da sah sie, dass Cosima im Wagen saß. Allein. Paulina öffnete die Beifahrertür, und Cosima erklärte ihr kurz, dass sie ›Die kleine Hexe‹ noch zu Ende hören wolle.

»Dann kommst du aber sofort rauf, okay?«, sagte Paulina. Sie umarmte Pierre zum Abschied und sah noch, dass er sich ein Taxi rief. Er drehte sich um und winkte. Paulina dachte, dass Pierre ihr seinen Beistand so selbstverständlich anbot, während ihre Eltern sie immer nur beurteilten. Und meistens verurteilten.

Paulina nahm David bei der Hand und schob den Wagen mit Mavie ins Haus. Ihr Vater kam ihr auf der Treppe entgegen. Er sah sie vorwurfsvoll an. »Ja wo bleibst du denn so lang?« Paulina hatte die ungeduldige Frage des Vaters schon erwartet und drückte ihm Mavie in den Arm, die froh war, dem Kinderwagen entronnen zu sein, und sich von Paulina den Schnuller in den Mund schieben ließ. Robert Mertens begleitete seine Tochter etwas widerwillig nochmals nach oben. Er wollte auch das berühmte Lächeln der jüngsten Enkeltochter genießen, doch der Schnuller machte es unmöglich. Paulina schleppte David die Treppe hoch, dazu alle Kissen und Decken aus dem Kinderwagen. Im Wohnzimmer legte sie erst einmal alles auf den Teppich und nahm dem Vater Mavie ab, um sie auszuziehen.

David sollte dem Großvater die Hand geben, aber er dachte nicht daran. Er war immer noch damit beschäftigt, den Unterkiefer nach vorn zu schieben und die Luft herauszublasen. Es enttäuschte ihn maßlos, dass sich keine Wölkchen mehr bildeten. Da musste David mit den Händen flattern. Er hob die Augenbrauen und wendete sich ab. Es zog ihn unter den Tisch zu seinen Soldaten, aber erst musste er sich ausziehen.

»Ausziehen. Anziehen.«

»Du musst doch zugeben, dass das nicht normal ist«, sagte Robert Mertens. »Dass David unhöflich ist, wissen wir ja schon lange, aber diese Faxen, die er jetzt gerade wieder macht – du musst doch zugeben ...«

»Dass das nicht normal ist«, vollendete Paulina scharf, die dabei war, David den Mantel und die Schuhe auszuziehen. Mütze und Handschuhe hatte er schon freiwillig abgelegt. Musste ihr Vater David immer schlecht machen? In Paulina stiegen wieder alte Bilder auf, die sie sonst verdrängte, obwohl sie davon nicht verblassten. Aber heute spürte sie eine Trauer, die sie nicht länger schwach sein ließ.

»Ausgerechnet du hältst das Verhalten meines Sohnes für anormal? War das denn normal, was du früher mit mir gemacht hast?«

Paulina raffte die Kindersachen zusammen und hängte alles über den Heizkörpern zum Trocknen auf. Dann begann sie, ohne ihren Vater zu beachten, die Spülmaschine auszuräumen. Ihr Vater machte einen Schritt auf sie zu, blieb neben der Spülmaschine stehen. Sie spürte, dass er sie fest im Auge behielt – doch dann drehte er sich um und ging.

Plötzlich blieb er stehen und kam langsam auf Paulina zu. Sie tat, als bemerke sie ihn nicht. »Ich habe alles aus Liebe getan«, sagte der Vater, »aus einer großen, reinen Liebe zu dir habe ich das getan ...« Er schluchzte auf, dann weinte er und ging langsam wieder zur Tür, ließ sie laut ins Schloss fallen.

Ein Peitschenhieb. Waren die Bilder nur Fieberträume, Wahnsinn, Albtraum, Grauen? Paulina klapperte noch heftiger mit dem Geschirr und dem Besteck, haute Deckel auf Töpfe, als wolle sie die Bilder verjagen.

Der Krach war für Mavie zu schrill. Sie verzog den Mund und begann, lauthals zu brüllen.

Cosima klingelte, sie hängte sogar ihren Mantel ordentlich auf.

Paulina küsste Cosima und wiegte Mavie summend hin und her. Cosima hatte rote Wangen von der Kälte, sie rieb ihre froststarren Finger.

»Der Großvater war ganz komisch. Der hat mich gar nicht angesehen. Ist einfach eingestiegen, und ich sollte aussteigen.«

Cosima sah Paulina aus großen Augen aufmerksam an, und in Paulinas Herz wurde es warm und hell. Sie empfand die Gegenwart ihrer ältesten Tochter als tröstend. Doch ihr Hals war wie zugezogen. Da drückte sich Cosima fest an sie.

Paulina streichelte Cosimas Wange und sah auf die schon schlafende Mavie. Sie wusste nicht mehr genau, wie alt sie damals gewesen waren. Jedenfalls beide noch klein, ihre Schwester Lili und sie. Vielleicht vier und sechs Jahre. Immer hatten sie sich gestritten. Worum es gegangen war, hätte Paulina nicht mehr sagen können. Das Gezänk war im Badezimmer entstanden, immer vor dem Schlafengehen. Dass ihre Mutter die kleine Schwester mit in ihr Schlafzimmer genommen hatte, das wusste Paulina noch genau. Der Vater hatte Paulina hochgehoben und in sein Zimmer getragen. Das Fenster ging auf die Hohenzollernstraße, genau wie heute. Paulina konnte immer noch den Lärm der Straße hören, die Tram, die mitten durch Vaters Zimmer zu fahren schien. Das Rauschen verlor sich, dann kam es zurück. Wie das Meer, das kommt und wieder geht. Der Vater hatte seinen Mund nah an Paulinas. Er gab ihr einen Kuss, der nach Rotwein schmeckte und nach seinen Zigaretten. Paulina fand das eklig, traute sich aber nicht, es dem Vater zu sagen. Schließlich wollte er lieb zu ihr sein, weil Lili schon wieder so blöd gewesen war.

Als der Vater begann, sie unter ihrem Nachthemd zu streicheln, als seine Finger zwischen ihren Beinen waren, fühlte Paulina sich beklommen. Er tat ihr weh. Sie wollte in ihr Bett. Sie sehnte sich nach Mama und Lili. Versuchte, sich wegzudrehen vom Vater. Doch seine Hände hielten sie fest, ganz fest. Und er flüsterte: »Es ist doch schön für dich, Paulinchen, ist es nicht schön? Ich habe dich lieber als Lili und Mama. Du bist meine Prinzessin.«

5

IN DER WOHNUNG WAR ES RUHIG. MAN KONNTE DIE AUTOS auf dem Mittleren Ring hören. Es klang eigentlich schön, dies Näherkommen und Verschwinden; Paulina hatte sich daran gewöhnt. Lukas' Schlaf war ohnehin unverwüstlich, und es war meistens Paulina, die nachts aufstand, wenn David oder Cosima aufwachte. Mavie, die bei den Eltern schlief, hörte Paulina schon beim ersten Seufzer, und sie holte das Baby rasch ins Bett, damit Lukas nicht wach wurde. Vielleicht war das auch ein Grund, warum Paulina jedes Kind so lange gestillt hatte – sie musste nicht mitten in der Nacht ein Fläschchen zubereiten, und es war immer so gewesen, dass die Kinder nach dem Stillen wieder geschlafen hatten. Sogar David.

Als Lukas heimkam, merkte Paulina sofort, dass er bedrückt war. Er half ihr, die Kinder zu duschen und ins Bett zu bringen, war aber irgendwie gedämpft. Er setzte sich an den Küchentisch, fragte Paulina, ob sie auch Lust auf ein Bier habe. »Bedrückt dich etwas?«, fragte Paulina.

Lukas wusste auch nicht, warum ihm der Tod seines Chefs so sehr zu schaffen machte. »Ich war heute auf dem Waldfriedhof«, sagte er leise, fast wie zu sich selbst. »Ich habe den

Markus vertreten und plötzlich sehe ich den Namen Nepomuk Huber auf der Beerdigungsliste.«

Paulina richtete sich auf und sah Lukas überrascht an. »Dein früherer Chef?«, fragte sie. »Was hat ihm denn gefehlt? Hattest du noch Kontakt mit ihm?«

»Nein«, sagte Lukas rau. »Er ist heute beerdigt worden. Ich konnte ihm gerade noch einen Kranz binden, dann musste ich wieder los. Ich bin so ein Arsch ...«

Lukas war ganz blass geworden. Sein erster Chef war sehr gut zu ihm gewesen, so viel wusste Paulina. Zur Hochzeit hatte er für sie einen Kranz geschickt in Grün und Weiß, ganz schmal und zart geflochten, sodass Paulina ihn überhaupt nicht affig fand und sofort aufgesetzt hatte, obwohl er nicht eingeplant war zu ihrem kurzen weißen Kleid. Sie war im dritten Monat gewesen.

Paulina streichelte Lukas. Sein Gesicht, seine Hände. Sie konnte verstehen, dass er sich jetzt mies fühlte. So ein Tod war wie Blei oder Zement. Nichts konnte man mehr ändern.

Paulina spürte, dass sie todmüde war. Sie fühlte sich hilflos, weil Lukas nichts mehr sagte.

»Komm, Lukas, lass uns ins Bett gehen«, sagte sie vorsichtig und streichelte seinen Nacken.

Auf ihrem Nachttisch lag immer noch das Buch von Werner Schwab. Unberührt. Dabei liebte sie es genauso wie Lukas, vor dem Einschlafen noch einige Seiten zu lesen. Auch wenn sie oftmals mit dem Buch in der Hand einschlief.

Flüchtig ging ihr durch den Kopf, ob sie Lukas von Pierres Plänen mit seinem Haus erzählen sollte. Wie oft hatte sie von ihren Gesprächen reden wollen. Aber immer waren andere Dinge wichtig gewesen. Und heute passte es auch nicht, weil Lukas traurig war über den Tod seines alten Lehrers.

Sie musste mal eine Gelegenheit finden, ausführlicher über Pierre zu reden.

Paulina hatte Werner Schwabs Buch von Anna zum Geburtstag bekommen. Sie schlug das Stück ›Die Präsidentinnen‹ auf, das vor Jahren an den Kammerspielen mit Erfolg gelaufen war. »Der Werner Schwab hat eine Sprache – einmalig«, sagte Paulina zu Lukas, der auch ins Bett gekommen war. Sie wollte ihn ablenken. »Du, der ist komisch und sehr traurig. Schade, dass er schon tot ist. Den hätte ich gerne gekannt.«

Paulina setzte sich aufrecht ins Bett. »Hör mal, so etwas möchte ich auch im Theater sprechen. Hier sagt das Mariedl: ›Jeden Tag kann der Mensch einen inwendigen Stoß bekommen und auf einmal geht ihm der Knopf auf.‹ Dann die Erna: ›Da muss aber schon mehr aufgehn beim Herrmann als ein kleiner Knopf, eine ganze Knopffabrik muss da in die Luft gehen. Er kann ja seinen eigenen Menschen in sich nicht aushalten. Wenn er sich bei der Wasserleitung das Gesicht abschwemmt, dann muss ich ihm vorher den Spiegel zugehängt haben mit einem Handtuch.‹«

Paulina gab Lukas das Buch und legte sich hin, die Arme unterm Kopf verschränkt. »Wenn ich mir vorstelle, ich wäre geschminkt wie die alten Frauen und könnte dann so starke, kaputte Sachen sagen …«

Lukas legte das Buch auf den Stuhl neben seinem Bett, rückte dicht zu Paulina und sah sie an. »Die Schauspielerei ist dein Traum. Immer noch, oder?«

Mit Blick auf die Deckenleuchte sagte Paulina leicht verlegen, dass sie wahrscheinlich, da sie so wenig Erfahrung habe in der Schauspielerei, alles verherrliche. »Ich weiß ja, dass es ein Knochenjob ist. Aber damals, im Schultheater auf der

Bühne, die tollen Texte von Victor Hugo oder Dürrenmatt, wenn die Leute applaudierten ...« Paulina wandte den Blick zu Lukas. »Ich spinne, das denkst du doch.«

Lukas gab Paulina einen Kuss auf die Nase. Sein Ton war sarkastisch. »Ich hätte gerne eine Schauspielerin zur Frau. Ich glaube auch, dass du begabt bist. Wir hätten eben Cosima, David und Mavie nicht kriegen dürfen. Dann wärst du heute vielleicht an den Kammerspielen.«

Da fauchte Paulina Lukas an. »Das habe ich noch nie bereut! Du vielleicht?«

»Jetzt willst du mich aber falsch verstehen«, meinte Lukas noch und drehte Paulina den Rücken zu.

»Dann quatsch auch nicht von den Kammerspielen – ich habe ja nicht mal eine Ausbildung!«

Lukas sprach gegen die Wand. »Immerhin hast du die Hauptrolle in einem Fernsehspiel bekommen.«

»Das ist vier Jahre her, und seitdem war nicht mehr viel. Ich bin bald neunundzwanzig ...«

Plötzlich spürte Paulina, dass Lukas weinte. Sie legte den Arm um ihn und schob ihr Gesicht an seinen Rücken.

6

Paulina und Lukas hatten am Morgen lediglich gemeinsam einen Kaffee getrunken, dann musste Lukas zur Arbeit. Als er sich die Jacke anzog, sagte er, dass er nach Dienstschluss Granny besuchen werde.

»Soll ich ihr sagen, dass Nepo Huber gestorben ist? Sie hat ihn ja auch gut gekannt«, sagte er, wartete aber keine Antwort ab und küsste Paulina flüchtig auf die Wange.

Dann fiel die Tür ins Schloss, und Paulina fühlte sich für einen Moment vollkommen allein. Fast hatte sie Angst vor dem Tag, Angst, nicht allen Schwierigkeiten gewachsen zu sein. Sie konnte mit Lukas nicht darüber reden, wie unberechenbar ihr Sohn war. David, was war nur mit ihm los? Was würde passieren, wenn sie ihn im Kindergarten zurücklassen musste? Sie war hin- und hergerissen zwischen dem Wunsch, etwas mehr Zeit für sich zu haben, und der Angst, dass es zu schlimmen Szenen kommen könnte.

Seit sie dann die Nachricht von der Stadt bekommen hatte, dass auch für David ein Platz im Kindergarten frei sei, hatte Paulina ihrem Jungen immer wieder erklärt, dass er bald mit Cosima in den Kindergarten gehen werde.

»Stimmt's oder hab ich recht, stimmt's oder hab ich recht«, sagte David ständig und schaukelte einige Zeit hin und her, bis er sich entschied, mit seinen Soldaten unter den Tisch zu gehen und das Bataillon aufzustellen.

Paulina redete sich immer wieder ein, dass es David gut tun werde, mit anderen Kindern zu spielen; vielleicht würde er dadurch seine seltsamen Angewohnheiten ablegen.

Cosima sagte, als sie sich fertig machten: »Lass den doch zu Hause, der macht wieder Scheiß.« Ihr Gesicht verzog sich vor Abwehr.

Paulina hatte Sorge, dass Cosima aus Wut zu weinen anfangen und dadurch David völlig aus der Fassung bringen würde. »Du bist seine Schwester! Wenn er sich fürchtet vor all den Kindern, dann musst du ihn in den Arm nehmen. Ich bin doch so froh, dass du noch bis zum Sommer im selben Kindergarten bist.« Paulina drückte Cosima fest an sich. »Meine Große. Du weißt doch, wie stolz ich auf dich bin. Ich weiß, dass David für dich nicht einfach ist. Aber du kannst ihm helfen. Und wenn er dann so groß ist wie du, dann versteht er alles besser. Bitte, Cosima, tu es für mich, du hilfst damit uns allen.«

»Aber wenn er wieder spinnt, dann ist mir das peinlich«, sagte Cosima verzweifelt.

»Versuch es doch wenigstens einmal«, bat Paulina.

Cosima schaute auf David, der bisher still zugehört hatte und nun anfing, mit den Armen zu flattern.

»David nicht Kindergarten. Stimmt's oder hab ich recht.« Wie ein Mantra wiederholte er immer dieselben Worte. Paulina hätte heulen können über ihren Jungen. Aber es half nichts, sie musste alles versuchen, David am Leben der anderen teilnehmen zu lassen. Nur dann würde er eine Chance haben, nicht zum Eigenbrötler und Außenseiter zu werden.

Bedrückt schob sie den Kinderwagen. David stand still auf seinem Trittbrett, er spielte wieder das Atemwolkespiel. Cosima trabte mit verschlossenem Gesicht nebenher. Nur Mavie schaute mit wachen, fröhlichen Augen unter ihrer Wollmütze hervor. Paulina dachte, dass sie durch Mavie offenbar belohnt worden sei für die Mühe mit ihrem Jungen. Für sie und David war jeder Schritt ins Leben ein Ereignis, das Kampf erforderte und endlose Geduld. Machte sie gerade einen Fehler? Wäre es nicht doch besser, David noch daheim zu lassen? Musste sie sich und ihre Wünsche mehr hintenanstellen?

Im Kindergarten rannte Cosima sofort in den Flur, riss ihren Mantel und die Mütze herunter und war verschwunden. Paulinas Mut sank immer tiefer, bis sie einen anderen Jungen sah, der mit verschränkten Armen bockig an der Garderobe stand und keinen Schritt weitergehen wollte. Seine Mutter hockte vor ihm und sprach liebevoll auf ihn ein. Er rührte sich nicht. Noch so einer wie David, dachte Paulina und war ein wenig erleichtert. Sie stellte den Kinderwagen neben der Garderobe ab und begann, David beim Ausziehen zu helfen. Doch er flatterte mit den Armen.

»David nicht Kindergarten. Nicht Kindergarten!«

Die Erzieherin, die zu Cosima und Paulina ein freundschaftliches Verhältnis hatte, kam zu Paulina, begrüßte sie und David und schaute fröhlich in den Kinderwagen und dann auf David. »Hey, du hast aber eine lustige Schwester. Die kommt dann auch bald zu uns, oder?«

David drehte die Augen zum Himmel, versuchte wieder,

eine Atemwolke zu fabrizieren, was natürlich nicht gelang. Also drehte er wieder die Augen zum Himmel und sagte: »David nicht Kindergarten. Stimmt's oder hab ich recht.«

Kurz entschlossen nahm die Erzieherin den bockigen Jungen bei der Hand, mit der anderen ergriff sie David und zog mit beiden ab. David war offenbar so verblüfft, dass er einfach mitging.

Paulina schob den Kinderwagen so rasch nach draußen, als befände sie sich auf der Flucht. Sie zitterte richtiggehend vor Angst, dass David mit seinem mörderischen Geschrei loslegen und sie zurückhalten könnte. Aber nichts dergleichen passierte. Auch ihr Handy blieb den ganzen Weg über stumm, und der Wunsch, sich etwas Gutes zu tun, stieg in ihr auf. Sie ging mit Mavie in den Kaufhof, den sie mit David auch nicht mehr gern aufsuchte.

Wie das gekommen war, wusste Paulina nicht mehr genau. Jedenfalls hatte David plötzlich begonnen, sich für die Rolltreppe zu interessieren. Das beunruhigte Paulina zunächst noch nicht, doch David glaubte wohl, dass die Rolltreppe immer nach oben liefe. War Paulina David zuliebe bis in den zweiten Stock gefahren, wollte David immer weiter fahren, immer höher. Als es nicht mehr ging, begann er zu wüten, und als Paulina ihn dann fest am Arm fasste und wieder mit ihm hinunterfuhr, tobte er auf der Treppe, wollte nach oben klettern und kämpfte mit Paulina, dass Kunden und Personal zusammenliefen.

Doch diesmal hatte Paulina nur ihre kleine Mavie dabei, und sie fragte nach ihrem Lieblingsparfum, einem Orangenduft von Prada. Sie genoss es, nach so einer Kostbarkeit zu fragen; meist kaufte sie nur Pampers und Babyöl. Das Orangenparfum hatte sie mal von Franziska zum Geburtstag bekommen, und seither war es ihr Lieblingsduft. Wer weiß, dachte sie, vielleicht wird heute doch noch ein guter Tag für David und mich. Und wenn es wieder schiefging, hatte sie wenigstens das Parfum.

Mavie schlief. Es war ruhig in der Wohnung. Paulina hörte nur die Wasserspülung der Nachbarn und mal laute Stimmen im Treppenhaus, Türenknallen, dann wieder Stille. Paulina setzte Teewasser auf und wusch eine Bluse im Waschbecken. Für das Mittagessen tat sie Kartoffeln, Kohlrabi und Möhren in den Schnellkochtopf. Dann setzte sie sich an den Küchentisch und schlug die Zeitung auf. Der heiße Grüntee wärmte sie von innen, und die Schlagzeilen der Politik verschwammen in ihren Gedanken an Lukas und Pierre.

Sie war neunundzwanzig. Was half es ihr? Wer war sie? Oftmals fühlte sie sich wie ein Kind. Hätte den Tag durchträumen wollen. Oder auch einfach losheulen. Manchmal war alles so unklar, dann sehnte sie sich nach Pierre. Mit ihm musste sie nicht konkurrieren, ihm musste sie nichts beweisen. Bei Lukas hatte sie den Ehrgeiz, perfekt zu sein. Die perfekte Frau im Bett, die perfekte Mutter. Leider waren nicht alle drei Kinder perfekt ...

Paulina hörte das Telefon klingeln. David, dachte sie. Es ging tatsächlich um David. Paulina müsse ihn sofort abholen, sagte die Kindergärtnerin, er tobe und randaliere. Sie sei mit ihrer Weisheit am Ende.

Paulina konnte nicht abwarten, bis Mavie ausgeschlafen hatte. Wenn David außer sich geriet, konnte nur Paulina ihn beruhigen. Rasch zog sie sich an, wickelte Mavie behutsam in ihre Schlafdecke und legte sie in den Kinderwagen. Die kalte Februarluft tat im ersten Moment richtig weh, denn Paulina hatte weder an Mütze noch Schal gedacht, und so rannte sie los mit dem Kinderwagen und der schlafenden Mavie, die sie mit ihrer Anspruchslosigkeit fast beschämte.

David sei lange Zeit richtig lieb gewesen, sagte die Erzieherin ratlos, die bereits mit dem Jungen im Flur stand. Das kleinste und zarteste Mädchen aus der Gruppe habe sich zu David gesetzt und ihn ab und zu gestreichelt, berichtete sie. Er sei darüber offenbar erstaunt gewesen, habe es sich aber gefallen lassen. Doch plötzlich habe er gebrüllt. Die anderen Kinder hätten erzählt, dass die Kleine ihm eine Ohrfeige gegeben habe, woraufhin er sie wütend von sich geschubst habe und zu brüllen anfing. Dabei habe er immerzu mit den Armen um sich geschlagen und niemanden mehr an sich herankommen lassen. Auch Cosima habe nichts ausrichten können.

»Nehmen Sie es nicht zu schwer, Frau Ruge, ich kann David ja verstehen. Wir würden es uns auch nicht gefallen lassen, wenn uns jemand plötzlich eine Ohrfeige verpassen würde. Aber ich kann ihn einfach nicht hierbehalten. Die anderen Kinder sind schon ganz durcheinander.«

»Ich ziehe meinen Mantel an«, verkündete David. »Und die Mütze. Und den Schal.«

Einige Kinder standen in der Garderobe und hörten zu. Ein Junge rief plötzlich: »Die Silke hat den David gehauen. Er hat gar nix gemacht!« Die anderen bestätigten das.

Cosima kam zögernd herbeibei, hatte ihr gelangweiltes Gesicht aufgesetzt, doch Paulina wusste, dass sie sich wieder für ihren Bruder schämte.

Jetzt war auch Mavie aufgewacht und betrachtete aus großen Augen den Trubel um sich herum. Als sie David sah, strahlte sie. Doch Paulina wusste, dass Mavie sich bald beschweren würde, denn nach dem Schlafen war sie hungrig.

Ergeben bedankte Paulina sich bei der Erzieherin.

»Vielleicht braucht er noch etwas Zeit«, meinte diese, »wir versuchen es immer wieder. Lassen Sie uns telefonieren.«

Paulina fühlte Rührung und Schmerz in sich aufsteigen. Ihr war Davids Unglück vollkommen klar. Sie sah die Augen ihres Jungen voller Leid und Nichtverstehen auf sich gerichtet, dass sie schlucken musste, um nicht zu weinen. Er konnte nicht begreifen, warum er bei diesen fremden Kindern sein sollte und nicht daheim bei seiner Mutter. Paulina hätte David an sich ziehen und ihm ins Ohr flüstern mögen, dass sie ihn niemals verlassen würde. Nie. Aber Mavie begann, sich zu beklagen. Paulina schob ihr den Schnuller in den Mund, zog David an ihrer freien Hand hinter sich her und lief durch die vereisten Straßen, um rasch nach Hause zu kommen. Mavie stellte ihr Murren bald ein, es gefiel ihr, wenn der Kinderwagen schnell fuhr und gehörig rumpelte. Paulina spürte die Geschäftigkeit der Menschen, für die sie ein Hindernis war mit dem Kinderwagen und dem widerspenstigen Jungen an der Hand. Sie hastete durch dieses Schweigen und war froh, als sie die Haustür hinter sich zufallen ließ. Draußen waren ihre Feinde, vor allem die Feinde Davids.

7

Lukas fand Platz in der Parkbucht, und er spürte wie immer, wenn er Grannys alten Daimler umstandslos in eine knappe Lücke bugsiert hatte, eine leise Befriedigung. Seine Großmutter war grenzenlos gutmütig im Ausleihen ihres Autos, genau betrachtet fuhren Lukas und Paulina meistens damit. Natürlich übernahmen sie auch Chauffeurdienste. Dazu die Wartung komplett. Öl- und Reifenwechsel, TÜV, kleinere Reparaturen – alles.

Der Parkplatz lag nahe bei dem grünen Häuserblock, in dem Granny wohnte und wo auch er aufgewachsen war. Lukas sah sich um. Jedes Haus und jeder Baum war ihm vertraut. Die Dom-Pedro-Schule am Eingang der Straße war renoviert und strahlte in Gelb und Grün. Als er dort Schüler gewesen war, hatte das alte abgelebte Treppenhaus nach scharfen Putzmitteln gerochen und nach ungeduschten Kindern. Wie eben eine alte Schule riecht. Das sagte Granny. Lukas wusste noch, dass auch er das Bad gerne links liegen gelassen hatte, bis Granny ihn hineintrieb. Lukas glaubte sich zu erinnern, dass die Mädchen in seiner Klasse besser gerochen hatten als die Jungen. Es gab brütende Hitze im Sommer, und im Winter, wenn die Heizung ausfiel, war es bitterkalt. Lukas dachte daran, wie Granny immer darauf geachtet hatte, dass er einen Wollpullover trug. Seine Granny. Warmhalten wollte sie ihn noch heute. Sie kaufte ihm Pullover, Anoraks, teure Hemden, er hätte damit handeln können.

Lukas hatte eine schöne Schulzeit gehabt, an die er gerne dachte. Daher lag ihm daran, auch Cosima in der Dom-Pedro-Schule einzuschulen.

Lukas mochte das lang gestreckte grüne Gebäude, in dem er viele Jahre gewohnt hatte. In seiner Kindheit war es ein Mietshaus gewesen, doch vor einigen Jahren hatte eine gründliche Renovierung eingesetzt, und Granny war bei den Glücklichen gewesen, die sich ihre Wohnung kaufen konnten. Sogar den Innenausbau hatten sie weitgehend bestimmen dürfen, und Lukas erinnerte sich daran, wie sie im gegenüberliegenden Laden, der »Brauseschwein« hieß, knallbunt bemalte Kacheln gekauft hatten.

Inzwischen bekleideten die Kacheln schon seit zehn Jahren das Bad, und auch Paulina hatte sich auf den ersten Blick in sie verliebt: »Wenn wir mal umziehen, möchte ich genau diegleichen Kacheln haben!«

Lukas war sehr erleichtert gewesen, als er merkte, dass Paulina und Granny sich richtig gernhatten. »Ich habe das Gefühl, als hätte ich auf deine Granny schon immer gewartet«, hatte Paulina gesagt. Lukas wusste, dass das gar nicht selbstverständlich war, dass richtiggehend Kriege ausbrechen konnten zwischen Schwiegermutter und Schwiegertochter, denn Granny war in gewisser Weise Paulinas Schwiegermutter.

Lukas betrat den hübschen Innenhof zur Wohnung seiner Großmutter. Ihm gefiel es jedes Mal wieder, dass dieser von den Eigentümern der Wohnungen zu einem Spielplatz mit Sitzecke für die Erwachsenen umgebaut worden war. Kein Zweifel, er und Paulina hatten ihre Wohnung vorschnell und nur mit Blick aufs Geld gemietet. Natürlich glaubte er damals daran, dass das Mietshaus an der Donnersbergerstraße nur eine Übergangslösung sei, dass sie etwas Schöneres finden würden. Dann kamen die Kinder, und sie suchten etwas wie hier. Mit Garten, klar. Eine Wohnung, wie Granny sie hatte, auch wenn das Haus ohne Lift war.

Lukas war froh, dass Granny schon aus dem Rotkreuzkrankenhaus entlassen worden war. Er hatte ein unbestimmtes Grauen vor Krankenhäusern, obwohl er noch nie Erfahrungen als Patient gemacht hatte.

Lukas schloss auf und rief »Hallo, Granny« in den Flur. Granny saß an der Schreibkommode, die sie von ihrer Mutter geerbt hatte. Die Krücken lehnten an der Wand, und Granny ergriff sie, um Lukas zu zeigen, wie gut sie schon laufen konnte.

»Wenn ich die Krücken wieder los bin, Lukas, dann feiern wir!«

Lukas küsste seine Großmutter, bat sie, sich wieder zu setzen. »Schau, ich habe Croissants mitgebracht. Von Seppis Zuckerbäckerei. Mit Vanille und Schokolade. Ich mache uns einen Kaffee dazu, ja?«

»Es ist schrecklich!«, seufzte Granny glücklich, denn Vanillecroissants gehörten zu ihren lässlichen Sünden.

Lukas füllte den Kaffee in die Maschine, deckte den Tisch. Er wusste, dass Granny auf Untertassen bestand. Franziska Ruge schaute ihm aus ihren dunklen Augen liebevoll zu. Lukas spürte, Granny war glücklich, dass er sie besuchte, ein wenig Zeit für sie hatte. »Komm gesund zurück. Du bist mein Ein und Alles«, hatte sie ihm gesagt, als er für ein Jahr nach Kanada geflogen war.

Granny hatte ihren Mann, Lukas' Großvater, früh durch einen Krebs der Bauchspeicheldrüse verloren, an dem er innerhalb von wenigen Monaten starb. Als der Anruf aus dem Krankenhaus kam, begriff Franziska zunächst nichts, obwohl sie gewusst hatte, wie es um ihren Mann stand. Franziska hatte auf das Telefon gestarrt, die kühle Stimme war verstummt. Sie hörte vor dem Haus die Müllabfuhr lärmen. Sie sah das flackernde Licht, das auf dem Flurboden tanzte, und sie hörte, wie die Männer mit lautem Knall die Container wieder an ihren Platz wuchteten. Es dröhnte in Franziskas Ohren.

Zwanzig Jahre später war es noch härter für Franziska gekommen. Und für Lukas. Es passierte in dieser Nacht. Lukas wusste, dass er im Gästebett von Granny geschlafen hatte; es stand heute noch dort, auch das Bild vom Münchner Marienplatz im neunzehnten Jahrhundert hing noch da und ein Foto von ihm und seinem kleinen Bruder im Mittelmeer bei Alassio. Immer noch glaubte er das Rauschen dieser Regennacht zu hören, die durch den grellen Klingelton des Telefons in zwei Teile geschnitten wurde. Ein Vorher und ein Nachher. Die plötzlich hohe, schrille Stimme seiner Granny ließ ihn erbeben. Es ging um seinen Vater, um seine Mutter und um seinen kleinen Bruder, und er spürte, wie er in ein dunkles Loch sank, tiefer und tiefer. Manchmal kam die Erinnerung an die Nacht zu ihm zurück, überfiel ihn förmlich mit ihrem Grauen, und er musste Licht machen und sich das Bild anschauen, das ihn und den kleinen Bruder zeigte.

»Stell dir vor«, hörte Lukas wie von Weitem Granny

sagen, »jetzt habe ich ein frisch operiertes Bein und dann in der Nacht habe ich Krämpfe in den Füßen bekommen. Ich habe mich schon bei Gott beklagt. ›Ich bin doch nicht Hiob‹, habe ich ihm gesagt.«

»Und was meinte er?«, fragte Lukas interessiert.

»Ich soll mich nicht so haben.«

Granny rückte sich auf ihrem Sessel zurecht und bat Lukas, sich neben sie zu setzen. »Ich muss mit dir reden, Junge«, sagte sie bedeutungsvoll und legte ihre trockene, kühle Hand auf Lukas' kräftige Hände, die so merkwürdig silbrige Fingernägel hatten und braun waren von der Luft. »Du weißt ja, dass ich aus Volkach komme, aus Franken. Deine Urgroßeltern hatten dort eine Wirtschaft, die vor allem für den guten Spargel bekannt war, den es im Mai und Juni dort gab. Das Jahr über hatten sie das Übliche: fränkische Bratwürste und Kraut, Brotzeitteller und so. Als die Eltern verpachtet haben, nach Würzburg ins Bürgerspital gingen, haben sie ihr Testament gemacht. Der Georg, die Gertraud und ich waren überrascht, dass die Eltern Grundstücke besaßen. Davon hatten sie nie gesprochen. Sie haben immer lieber geklagt über die schlechten Zeiten. Und dann erbte jeder von uns zwei Grundstücke mit Baurecht. Ich habe damals schon in München gelebt. Als die Eltern nach Würzburg zogen, haben sie unser Haus mit den Gärten verkauft und uns Kindern einen Teil des Geldes gegeben. Davon habe ich mir damals diese Wohnung gekauft. Die Grundstücke wollte ich erst hergeben, wenn ich nicht mehr selbstständig sein würde, betreut werden müsste.«

Granny trank von ihrem Kaffee und schob mit dem Zeigefinger die Zuckerkrümel auf ihrem Teller zusammen. Sie sah Lukas auffordernd an. »Jetzt bist du so überrascht wie ich damals«, sagte sie zufrieden.

Lukas hatte das Gefühl, als drehe sich alles in seinem Kopf. Grundstücke. Baurecht. Altersheim. Er stotterte: »Granny, ich kapiere das noch nicht. Du musst ja richtig viel Geld haben?!« Er drückte Granny an sich. »Das ist doch klasse, Granny, dann kannst du dir was wirklich Schönes leisten. Am Entenbach oder im Augustinum – oder draußen am Starnberger See. Ich helf dir beim Suchen, Granny.«

Lukas machte sich nicht erst jetzt Gedanken darüber, wie es aussehen könnte, wenn Granny Pflege brauchen würde. Sie erschien ihm zwar so jung wie eh und je, aber irgendwann würde auch sie alt und pflegebedürftig sein. Er war erleichtert, dass sie selbst davon angefangen hatte.

Granny sah ihn jetzt lächelnd an. »Typisch mein Lukas – du denkst überhaupt nicht daran, dass mein Vermögen auch deines ist! Als Vater von drei Kindern solltest du ruhig etwas berechnender sein.«

Lukas war irritiert. »Aber ich hatte doch keine Ahnung, Granny, dass außer deiner Wohnung noch mehr Vermögen da ist. Ich habe gedacht, wenn du einmal Pflege brauchen solltest, würdest du die Wohnung verkaufen und dann für dich einen Ort suchen, der dir gefällt und wo du gut aufgehoben bist.«

Franziska lehnte sich in ihrem Stuhl zurück und betrachtete Lukas, der die Ellenbogen auf die Knie aufgestützt hatte und den Kopf in den Händen vergrub. So, in derselben Haltung, hatte sie ihn auf dem Bettrand gefunden, als der Unfall passiert war. Als sie sich nach dem nächtlichen Telefonat angezogen hatte, um zur Klinik zu fahren. Das Bild würde sie nie vergessen.

Sie hatte viel verloren, aber Lukas war ihr geblieben. Für ihn wollte sie ihrem Leben nochmals eine Wende geben. Bisher hatte sie ihn alleine kämpfen lassen; denn es war ein Kampf heutzutage, als junger Mann für eine Familie mit drei kleinen Kindern zu sorgen. Paulina arbeitete tatkräftig mit, sparte, vor allem an sich selbst, daran hatte Granny keinen Zweifel, aber sie würden nur viel zu langsam eine Chance haben, aus der Enge herauszukommen, dem Zwang, jeden Cent genau zu berechnen, obwohl das bestimmt nicht ihrer Natur entsprach. Franziska Ruge sah, dass Lukas allein nie auf die Idee kommen würde, dass das Geld seiner Granny auch seine Lebenssituation verändern könnte.

»Also, mein lieber Herr Enkel, ich habe inzwischen andere Pläne. Das neue Leben mit diesen Krücken hat mich daran erinnert, dass man schon früher als mit achtzig gebrechlich werden kann. Hör gut zu und überlege es dir dann auch gut: Ich möchte mit dir und deiner Familie eine Wohngemeinschaft gründen.«

Lukas schluckte. Er sah seine Großmutter an, und er spürte, dass sie ebenso aufgeregt war wie er. Er würde sofort wieder mit ihr zusammenziehen wollen. Und Paulina auch, davon war er überzeugt. Aber wo sollten sie dann wohnen? Sie waren immerhin zu sechst.

»Granny, für sechs Leute brauchen wir ein Haus. Oder eine Sechszimmerwohnung. Und das in München. Wie sollen wir das bezahlen?«

Die Granny lachte und nahm die Hand ihres Enkels.

»Grundstücke in Franken können einiges wert sein. Unser Geld reicht für ein Haus. Es kann natürlich keine Villa sein. Cosima hat mir erzählt, dass ihre Mama gerne Häuser anschauen geht. Und dass der Papa nie im Leben so ein

Haus kaufen kann, weil er drei Kinder hat und die Häuser so teuer sind. Ich habe deine Paulina sehr gern. Dich und die Kinder liebe ich sowieso. Und für den kleinen David ist es auch besser, wenn er mit mehr Ruhe im eigenen Haus aufwächst. Er braucht eine verständnisvolle Umgebung. So habe ich beschlossen, für die Grundstücke und den Erlös aus dieser Wohnung ein Haus für uns alle zu kaufen – wenn ihr das wollt.«

Granny schwieg, verschränkte die Arme vor der Brust und zog die Schultern hoch. Das machte sie immer so, wenn sie einen Entschluss, auch gegen sich selbst, verteidigen musste.

Lukas konnte vor lauter Überraschung nicht mehr geradeaus denken. Er begriff es einfach nicht. Wieso hatte Granny auf einmal Geld, richtig viel Geld? Die Verwandten in Volkach, das waren doch einfache Leute gewesen. Er erinnerte sich dunkel daran, dass er einige Male mit der Großmutter in dem fränkischen Ort gewesen war. Vor allem im Frühjahr zum Spargelessen.

Die Urgroßmutter kannte Lukas nur von vielen Erzählungen und einem Foto. Sie hatte eine braunschwarz bestickte Trachtenjacke angehabt mit schwarzem Spitzenkragen und einem Schößchen; so eine Jacke hatte Lukas noch nie gesehen. Granny hatte ihm erzählt, dass ihre Mutter eine Truhe besessen habe mit alten fränkischen Gewändern, und dass sie ihre Mutter nie in einem modernen Kleid gesehen habe. Sie habe ganz weiße Haare gehabt mit einem kleinen Knötchen im Nacken. Der Großvater habe zur schwarzen Hose eine ebensolche Weste und ein weißes Hemd getragen; er hatte sich offenbar fürs Foto nicht extra fein gemacht.

Seltsam, dass Lukas sich plötzlich an die Bilder von seinen Urgroßeltern erinnern konnte. Granny hatte ihm erzählt, dass zuerst ihr Vater gestorben sei. Die Mutter habe einen Grabstein setzen lassen mit Namen und Daten des Großvaters, wie es üblich sei. Sie habe aber auch schon den eigenen Namen auf dem Grabstein anbringen lassen, mit Geburtsdatum. »Dann habt ihr keine Arbeit damit«, hatte sie zu ihren Kindern gesagt.

»Wo bist du nur in deinen Gedanken?«, fragte Granny schließlich belustigt. »Wenn du noch einmal mit deiner alten Granny in einem Haus wohnst, wäre es ja diesmal nicht für so lange.«

Lukas umfasste seine Großmutter, strich ihr hilflos über die Wangen. Hier saß seine Granny und sagte ihm einfach, dass sie Geld habe für ein Haus. Diese Veränderung seines Lebens war so groß, dass sie ihm Angst machte. Bislang hatte er gedacht, dass er immer weiterarbeiten müsse, und dennoch würden die bescheidensten Wünsche Träume bleiben. Lukas wusste natürlich, dass Paulina seit Langem von einem Haus träumte. Manchmal hätte er losrennen mögen und wer weiß was anstellen, um seiner Familie ein Haus bauen zu können.

Als Franziska ihren Enkel mit so geistesabwesendem Blick dasitzen sah, musste sie wieder lachen. Da hatte ihr Enkel gehört, dass seine Familie wohlhabender war, als er angenommen hatte. Dass für ihn die Zukunft materiell gesichert war, und nun saß er da und schaute düster.

»Hast du bei mir nicht gelernt, dich einfach zu freuen?«, fragte sie mit halbem Ernst.

Lukas schaute sie an, atmete tief durch. »Doch, Granny, aber ich wollte alles selber schaffen.«

»Du hast schon viel auf die Beine gestellt, Junge, und du wirst sehen, es gibt noch eine Menge zu tun. Vielleicht fängt die Arbeit jetzt erst richtig an.«

8
—

Als Paulina mit Mavie und David zu Hause ankam, hockte Michiko vor der Tür. Sie hatte sich praktisch mit ihrem Geigenkasten zugedeckt. Paulina musste lachen, und Michiko erklärte, dass sie ihren Schlüssel vergessen habe. Hoffentlich. Jedenfalls sei er nicht in ihrer Tasche.

Warum sie nicht bei den Nachbarn geklingelt habe, wollte Paulina wissen.

»Die sind schlecht gelaunt, wenn ich sie störe«, meinte Michiko. »Ich habe euch drei kommen sehen, da wollte ich lieber warten.«

»Lieber warten. Lieber warten«, sagte David vor sich hin und ging, ohne zu murren, an der Hand Michikos die Treppe hinauf. Sie setzte Davids Wiederholungen im Rhythmus der Stufen in Gesang um, und David stimmte ein. Die Ederin, die immer im Treppenhaus zu tun hatte, wenn sie etwas hörte, schaute verblüfft den beiden hinterher. Paulina trug Mavie auf dem Arm, und langsam musste sie grinsen. Michiko lachte Frau Eder fröhlich an und sang mit dem Jungen weiter: »Lieber warten. Lieber warten.« Paulina sah noch, wie sich Frau Eder an die Stirn tippte, aber diesmal machte es ihr nichts aus.

Michiko hatte den Schlüssel tatsächlich zu Hause vergessen. Daheim in Tokio hatte sie an der Staatlichen Universität für Musik Violine studiert. Die Lehrer rieten ihr, nach Deutschland zu gehen. Auch die Eltern, beide Musiker, waren dafür gewesen, dass die einzige Tochter eine gute Ausbildung bekam. Sie konnten Michiko aber nicht unterstützen. Sie hatte außer ihrem Stipendium keine Mittel. Zunächst war sie an die Hochschule für Musik in Nürnberg gekommen, da war alles billiger gewesen, der ganze Lebensunterhalt. Michiko war von der Alten Musik fasziniert gewesen, und kam bald an die Hochschule nach München in die Meisterklasse, und hier war sie glücklich, Barockvioline studieren zu können. Sie bewohnte in der Donnersbergerstraße ein Zimmer ohne Dusche. Gleich in den ersten Tagen hatte sie Paulina kennengelernt. Es hatte sich so eingespielt, dass sie bei den Ruges duschte, sooft sie wollte, und dafür ab und zu als Gegenleistung auf die Kinder aufpasste.

Paulina gab Mavie ihr Fläschchen und überlegte, was sie für David und sich rasch kochen könne. Sie nahm Eier und Dinkelmehl aus dem Schrank für Pfannkuchen mit Nougatcreme. David kam unter dem Tisch hervor und aß.

»Morgen bleibst du noch bei mir, aber dann gehst du wieder in den Kindergarten«, mahnte ihn Paulina. »Du bist so ein großer Junge, du kannst schon in den Kindergarten gehen. Genau wie Cosima. Wie alle Kinder.«

Verstand David, was Paulina ihm sagte? Er schaute sie ausdruckslos an, dann stieg er umständlich von seinem Stuhl herunter und begab sich wieder zu den Soldaten, die er dort in Reih und Glied aufgestellt hatte; da war er pingelig, und er konnte aus der Haut fahren, wenn jemand seine Ordnung störte.

Als das Telefon klingelte, dachte Paulina an Granny, die Handys überflüssig fand und nur auf dem Festnetz anrief. Doch es war eine junge Stimme, die sich meldete, sie sagte mit einem leichten Akzent, dass sie Maxine heiße und Lukas Ruge sprechen möchte.

»Er ist nicht da«, sagte Paulina.

»Wann kann ich ihn denn sprechen?«, fragte Maxine höflich, und Paulina antwortete, das könne sie nicht genau sagen. Sie wusste nicht, warum sie sich nicht als Paulina Ruge, die Frau von Lukas vorgestellt hatte.

»Ich bin eine Freundin«, sagte Maxine, »Lukas und ich kennen uns aus Calgary. Ich weiß, es ist lange her. Aber nun bin ich in München und würde mich gerne mit Lukas treffen. Könnten Sie mir seine Handynummer geben? Dann muss ich nicht wieder stören.«

Was erwartete diese Maxine? Wollte sie eingeladen werden? Ach was. Paulina diktierte ihr die Nummer, und dann legte die Anruferin dankend auf.

Paulina schaute aus dem Fenster. Die Sonne schien richtig stark, doch die schwarzen Bäume duckten sich vor dem Wind. Paulina war draußen gewesen und froh, nicht wieder in die Kälte zu müssen. Der Wind machte die Wärme zunichte, und Paulina war zu leicht angezogen gewesen. Sie hatte sich auf die geheizte Wohnung gefreut, auf eine Stunde ganz für sich allein, und dann kam die Stimme dieser Maxine ins Haus. Lukas. Er hatte nie von einer Maxine erzählt. Was bedeutete sie für ihn? Und was erwartete Paulina von Lukas? Sie nahm sich vor, mit ihm darüber zu sprechen.

Paulina fiel ein, dass ihre Schwester sich heute angekündigt hatte. Das fehlte ihr gerade noch. Sie konnte sich denken, dass Lili Paulina wieder brauchte, um sich über ihren Chef zu beklagen.

Lili war sechsundzwanzig, zwei Jahre jünger als Paulina, und sie erinnerte sich immer dann an ihre Schwester, wenn sie Probleme hatte, Zuspruch wollte oder wenigstens eine Zuhörerin. Lili sah sich ständig auf einer Bühne. Paulina war ihr Publikum. Schon als Paulina und Lili Kinder waren, hatte sich Paulina wertlos gefühlt, enttäuschend und lasch. Immer hatten die Eltern Lili hervorgehoben, ihre Pfiffigkeit gelobt, ihren Witz, ihre Schönheit. Trotzdem hatte Lili eifersüchtig reagiert, wenn Paulina etwas geschenkt bekam. Sofort wollte Lili damit spielen, und die Eltern mahnten Paulina, nicht egoistisch zu sein. Zerstörte Lili Paulinas Spielsachen, mutwillig oder tapsig, wurde Paulina ermahnt, der Kleineren gegenüber Rücksicht zu nehmen.

Auch heute noch mahnte sich Paulina oft selbst, ihrer Schwester zu helfen. Den geheimen Groll, den sie gegen Lili hegte, konnte Paulina nicht bannen. Sie versuchte trotzdem, Lili zuzuhören und ihr etwas Vernünftiges zu sagen. Obwohl sie wusste, dass es nicht fruchten würde.

Lili hatte ihren Besuch auf dem Anrufbeantworter angekündigt. Dringend sei es. Lili hieß eigentlich Elisabeth, Dr. Elisabeth Mertens. Es kam Paulina manchmal unwahrscheinlich vor, dass ihre kleine Schwester promoviert hatte und bei einer bekannten Film- und Fernsehproduktion angestellt war, die stets bequeme, unordentliche und vergnügungssüchtige Lili. Sie hatte äußerst lässig Theaterwissenschaft studiert, doch dann war sie eine Zeit lang in ihren Professor verliebt und schaffte sogar die Promotion. Mit einem anderen Freund, einem Drehbuchautor, schrieb sie einen ziemlich erfolgreichen Tatort, und der Produzent bot ihr eine Stelle in seinem Ressort an. Damit begann Lilis aktuelles Problem, und Paulina wusste, heute würde nur davon die Rede sein. Gut, dass Cosima heute über Mittag im Kindergarten blieb; Lukas würde sie abholen.

»Wann zieht ihr endlich aus diesem Hasenstall aus?«, fragte Lili atemlos, als sie keine halbe Stunde später schon klingelte, und warf ihren Mantel in Richtung Garderobe.

»Sofort, wenn du uns eine lichtdurchflutete Vierzimmerwohnung mit Balkon oder Terrasse oder Garten besorgst, die achthundert Euro Kaltmiete kostet«, sagte Paulina. Sie warf Lili ihren Mantel zurück und sagte, den solle sie gefälligst ordentlich aufhängen. »Den Kindern ein Vorbild.«

Lili sah sich um.

»Hier ist Gott sei Dank kein Kind. Ach doch, David, hallo, lass dich nicht stören.«

Lili schaute nur kurz unter den Tisch, wo David immer noch hockte. Es war klar, dass sie nicht das geringste Interesse daran hatte, sich mit ihrem kleinen Neffen abzugeben.

»Magst du einen Pfannkuchen?«, fragte Paulina der Ordnung halber. Sie goss Tee auf und ging Lili voran ins Wohnzimmer, wo Cosimas Geburtstagsgeschenke noch auf dem Tisch lagen.

«Ach ja, Cosimachen hatte ja Geburtstag. Gestern hatte ich keine Minute Ruhe, um anzurufen. Von mir kriegt sie ein Dirndl. Ist dir das recht? Ich gehe mit Cosima zu Lodenfrey und dann ins Café Luitpold zum Eisessen.«

Plötzlich hörten sie David unterm Küchentisch hervorrumpeln. Er sah Lili mit ernstem Gesicht an.

»Eis essen. Eis essen. Stimmt's oder hab ich recht.«

»Nee«, rief Lili ihm zu. »Du sagst mir nicht guten Tag. Du

gibst mir nicht die Hand. Und du spielst nie mit mir. Da geh ich auch nicht mit dir Eis essen.«

David blieb eine Weile stumm, und Paulina sagte, dass sie mit ihm Eis essen gehe.

»Wir gehen zum Sarcletti, David. Du hast ja auch bald Geburtstag. Da gehen wir Eis essen mit Cosima und Mavie. Okay?«

»Eis essen mit Cosima und Mavie, okay?«, wiederholte David ein paarmal, drehte sich um und ging wieder.

Paulinas Blick war auf David gerichtet, der nicht mehr spielte und sich auf die Couch gesetzt hatte. Er bewegte sich vor und zurück, vor und zurück. Paulina sah, dass auch Lili zu David hinschaute. Ihr Ausdruck war kalt und verächtlich, und Paulina spürte, dass sie ihre Schwester hasste für diesen Blick.

»Du könntest mit David ruhig ein bisschen liebevoller umgehen, Lili. Ich habe es schon schwer genug mit ihm.«

»Sei nicht gleich beleidigt, Paulina. Du musst ein bisschen strenger sein mit deinem Sonnenscheinchen. Der hat einen verdammten Dickkopf.«

»Du hast doch keine Ahnung von David.«

Lili überhörte die Bemerkung, sah sich suchend um, sagte: »Wo ist eigentlich Cosima?«

»Sie bleibt heute im Kindergarten. Da ist ein Projekttag. Nachher holt Lukas sie ab. Sie gehen dann noch bei Granny vorbei.

Paulina goss für Lili und sich Tee ein. Sie hatte auch Milch erhitzt, rührte Kakaopulver hinein und stellte einen Becher davon für David auf den Tisch. Der hatte inzwischen mit schlenkernden Bewegungen vor dem Küchenfenster Aufstellung genommen und schaute hinaus.

»David geht nicht raus«, teilte er sich selbst mit und wiederholt es noch ein paarmal. »David geht nicht raus.«

»Hier steht ein Becher mit Kakao für dich«, rief Paulina ihm zu.

Mit betont schweren Seemannsschritten kam David ins Wohnzimmer, fasste den Kakaobecher an und blieb ratlos stehen.

»Du musst vorsichtig sein, David, es ist heiß«, riet ihm Paulina, und David ging langsam, mit wichtigem Gesichtsausdruck aus dem Zimmer, den Becher vorsichtig balancierend. Lili schaute ihm skeptisch hinterher. Sie zog wie frierend ihre Beine zu sich auf die Couch.

»Jetzt im Ernst. Der Lutz macht mich fertig«, sagte sie unvermittelt.

Paulina fragte harmlos: »Wieso – hat sich denn etwas geändert?«

Lili fauchte: »Nein! Es hat sich eben nichts geändert!«

»Öffnet er sich jetzt endlich oder zieht er sich wieder auf seine Familie zurück?«

»Es gibt eben überhaupt keine Entwicklung«, stieß Lili hervor. »Und täglich grüßt das Murmeltier!«

»Muss ich es mir so vorstellen«, fragte Paulina, »immer wieder Start bei Punkt null?«

Lili nickte. »Das ist alles ganz schön, hat aber keine Konsequenzen.« Sie wickelte sich eine dicke Locke um den Finger.

Paulina lachte kurz auf. »Für ihn ist es wahnsinnig praktisch. Er hat ein aufregendes Betthäschen und im Hintergrund als Sicherheit seine Familie. Bitte, Lili, du läufst ihm hinterher, weil du dir was anderes vorstellst.«

Lili warf ihren Kopf wütend zu Paulina herum. »Lutz

weiß genau, dass ich das nicht sein will, sein Betthäschen. Er weiß, dass ich mit ihm leben will!«

Paulina meinte, dass Lutz vielleicht in einem Zwiespalt stecke. »Vielleicht will er diesen Schwebezustand aber auch. Wie lange läuft das schon mit euch? Ein halbes Jahr, oder? Da kann sich ja doch noch viel entwickeln.«

Lili blickte auf und meinte müde: »Du hast gut reden, du hast ja alles. Mann, Kinder, nur eure Wohnung ist scheiße.«

Paulina holt Mavie aus dem Bett, deren Jetzt-bin-ich-wach-Laute schon eine Weile zu hören waren. David stand in der Küche und spielte wohl gerade mit seinen beiden Freunden namens Haubibchen und Schreusa. Die hatte noch niemand in der Familie gesehen, aber es musste sie für David geben, denn er bekam rote Ohren vor Wut, wenn Paulina ihn fragte, wo sich denn seine Freunde befänden. Offenbar fand David diese Frage so unangemessen, dass er jedes Mal mit seinen Armen flatterte. Doch er weigerte sich, zu verraten, wo Haubibchen und Schreusa sich aufhielten.

Granny hatte Paulina erzählt, dass der verstorbene Bruder von Lukas auch immer mit zwei unsichtbaren Freunden gespielt habe. »Ich weiß heute nicht mehr, wie er sie genannt hat. Aber für ihn waren sie da.«

Ach, Granny. Paulina war ihr einfach dankbar.

Lili kam aus dem Bad und fragte Paulina, ob sie im Fernsehen den Bericht über Rasuren im Intimbereich gesehen habe. »Weißt du, dass sich alle jungen Frauen im Intimbereich rasieren? Und zwar komplett?«

»Och ja?«, meinte Paulina halbherzig, während sie Mavie das Fläschchen gab. »Glaubst du das? Ich habe das in dem Bericht zum ersten Mal gehört.«

»Ist doch verrückt, oder?«, fragte Lili. »Alle Welt scheint es zu wissen, nur wir nicht. Ich habe mir natürlich die Bikinizone rasiert, aber alles komplett weg – nee!«

»Das sieht doch aus wie bei einem Kind«, sagte Paulina etwas irritiert.«

»Eben«, bestätigte Lili, »das wäre eine Riesenveränderung.«

»Komisch«, überlegte Paulina. »Was soll das für einen Sinn haben. Total clean, oder was?«

»Na ja, Achselhaare finden wir aber auch eklig«, gab Lili zu bedenken.

Lukas und Cosima kamen ziemlich verfroren heim. Paulina half Cosima aus den Stiefeln. Lili setzte Teewasser auf, deckte den Tisch gemeinsam mit Cosima, und bald saßen alle beim Essen um den Küchentisch. Es gab Brot, Käse und Aufschnitt, dazu ein Glas Spreewaldgurken. Paulina fragte Lukas, ob er morgen zu Aldi fahren könne, sie habe eine lange Einkaufsliste, das schaffe sie nicht ohne Auto.

»Wasser brauchen wir und Apfelsaft. Kartoffeln. Gemüse. Vielleicht auch Bier.«

»Da komme ich mit, Papa«, rief Cosima mit vollem Mund. »Hol mich vom Kindergarten ab, ja? So wie heute.«

»Auto fahren! Auto fahren!«, rief David. Er kaute konzentriert an einer Gurke.

Lili hatte ihn direkt vorm Essen beim Wasserspritzen im Bad erwischt. »Er stand da«, berichtete sie, »drehte den Wasserhahn auf und zu, immer wieder, aufdrehen, schließen.« Sie erzählte das eher liebevoll und belustigt.

Paulina fragte sich, ob David ihr überhaupt zuhörte, er schien so unbeteiligt wie oft, nahm sich noch eine Gurke aus dem Glas. Paulina irritierte, dass es nicht dieselbe Lili war, die vorhin so abfällig gegenüber David gewesen war. Wieso tat ihre Schwester mit einem Mal so weich und herzlich, sprach verständnisvoll von David? Sie sah Lilis Blicke, die den von Lukas suchten. Was war nur mit ihrer Schwester los?

9

»Paulina, du musst mal den Mond anschauen – der ist rund und voll wie ein Rieseneidotter. Und der hat ein Licht – das ist richtig mit dem Tageslicht verschmolzen, das macht eine tolle Dämmerung. Du musst dir die Wolkenbänke ansehen, so ein Himmel ist doch wunderschön, oder?«

Lukas schaute zu Paulina, die ihre Nachttischlampe anknipste und ein Buch auf dem Schoß hatte. Auf nackten Füßen kam sie zu ihm ans Fenster und staunte auch über den Himmel.

»Es ist wirklich ein toller Himmel.«

Lukas wollte Paulina an sich ziehen, aber sie schob ihn weg, setzte sich wieder aufs Bett.

»Hast du mit Maxine auch immer in den Himmel geguckt?«

Lukas, der gerade den Vorhang vor das Fenster zog, sah verblüfft auf Paulina. »Maxine? Wie kommst du auf Maxine?«

»Sie hat heute angerufen. Warum hast du mir nie etwas von ihr erzählt? Sie will dich doch besuchen. Hattest du mal was mit ihr?«

»Paulina, das ist zehn Jahre her! Wir haben uns bei der Stampede kennengelernt. Auch ihre Eltern haben mich oft eingeladen. Da ist es doch selbstverständlich, dass ich mich jetzt auch um Maxine kümmern werde.«

»Für dich vielleicht«, meinte Paulina, »sie will dich besuchen. Vielleicht fällt sie ja in Ohnmacht, wenn sie sieht, dass du drei Kinder hast.«

»Du liebe Zeit, Paulina, ich habe Maxine mehr als acht Jahre nicht gesehen. Und gehört habe ich auch nichts von ihr. Nicht mal etwas gelesen. Bist du jetzt beruhigt?«

Paulina las wieder in den ›Fäkaliendramen‹, doch dann ließ sie das Buch sinken, sah Lukas nachdenklich an. »Ich fand, dass Lili dich heute angebaggert hat. Sie hat nämlich Stress mit ihrem Lutz, der wankt und weicht nicht von seiner Familie.«

Lukas stieg auch ins Bett, schaute streng auf Paulina. »Erst Maxine, dann Lili. Sonst noch was?«

»Ich habe auch noch andere Sorgen«, seufzte Paulina. »David bleibt nicht im Kindergarten. Es hat einen richtigen Tanz gegeben. Ich musste mit Mavie loshetzen und ihn nach einer Stunde wieder abholen. Ein Mädchen hatte ihn geschlagen.«

Lukas beugte sich zu Paulina, strich ihr die Haare aus dem Gesicht und sagte, dass sie diesmal David nicht nachgeben dürfe. »Du musst tatsächlich einmal hart sein mit ihm, er muss sich an den Kindergarten gewöhnen. Du willst schließlich mal ein paar Stunden für dich haben, oder? Du musst es versuchen, jeden Tag wieder.«

»Ja – aber wenn du ihn gesehen hättest! Er hat nicht begriffen, was er da soll. Da kannst du ihm erklären, so viel du willst, er will es nicht begreifen!«

»Sag ich ja. Und deshalb muss er morgen wieder dahin. – Bitte.«

Wortlos nahm Paulina wieder ihre Lektüre auf.

Lukas las auch in seinem Feuchtwanger. ›Erfolg‹, das war sein Lieblingsroman von dem Autor. In der Schule hatten sie ihn gelesen, aber erst jetzt begann er, ihn zu verstehen. All die politischen Anspielungen. Das mochte er. Für ihn war es ein wichtiges Werk, auch zu Hitler, obwohl es ein Roman war.

Doch heute konnte er sich nicht konzentrieren, er musste wieder an das Gespräch mit Granny denken. Er konnte es noch nicht fassen. Eigentlich wollte er erst einmal darüber schlafen, doch dann schaute er zu Paulina. Bis er es nicht mehr aushielt. Er setzte sich auf.

»Granny will ein Haus kaufen.« Dann erklärte er ihr, dass seine Großmutter sich wieder richtig gut fühle und dass sie mit ihnen leben wolle, anstatt in einem Pflegeheim. Und dass sie viel mehr Geld habe, als er gewusst hatte.

Langsam ließ Paulina ihr Buch auf die Bettdecke sinken. Sie sah Lukas an, begriff aber nicht. »Kannst du mir das noch einmal sagen?«

»Ich kann es selber kaum glauben, aber Granny hat es mir heute erklärt und gefragt, ob wir uns das vorstellen könnten. Ich war vorhin bei ihr.«

Mit einem Satz sprang Paulina aus dem Bett. Sie bewarf Lukas mit den kleinen Kopfkissen, die sie alle zum Schlafen brauchte, sie tanzte durchs Zimmer.

»Ich glaube das, ich glaube das sofort. Unsere Granny ist ein Engel, und ich fühle mich wie eine Wolke, ich bin wie aus Luft, so leicht, ich ertrinke in einem Meer von Freude, jetzt kommt die neue Zeit, Lukas!«

Lukas räusperte sich, sagte, dass er schon gewusst habe, dass es für sie schwer gewesen sei in dieser Wohnung. »Aber ich habe hin und her überlegt, mir fiel nichts ein. Du weißt am besten, dass unser Geld immer knapp ist. Doch ich wollte keine Schulden machen. Und Granny hätte ich nicht gefragt, auf die Idee bin ich nicht gekommen.«

»Einmal habe ich Granny erzählt, wie beleidigend meine Eltern sind. Wie sie es mich spüren lassen, dass wir die winzige Wohnung haben und nicht einmal ein Auto. Bei jeder Gelegenheit redeten sie von meinem Abstieg.«

Paulina presste die Hand auf die Brust. »Oh Gott, wir ziehen in ein Haus! Da müssen wir Granny aber Miete zahlen. Sie muss doch sicher Geld aufnehmen.«

Lukas war gerührt von Paulinas Eifer. Und von ihrer Redlichkeit.

»Morgen gehen wir zur Granny, Lukas. Ich kaufe Blumen, ziehe die Kinder schön an, und dann besuchen wir sie alle zusammen in der Frundsbergstraße.«

»Besser am Wochenende«, überlegte Lukas. »Wir müssen gerade so viele Außenanlagen ausstatten. Ich träume nur noch von Pergolen, Zäunen und Rankvorrichtungen. Aber am Wochenende gehen wir alle zusammen zu ihr. Dann haben wir auch wirklich Zeit für Granny.«

Paulina saß wieder im Bett. Lukas sah, dass sie überlegte.

»Pierre«, sagte sie plötzlich, »Pierre Valbert will doch sein Haus verkaufen, er muss es verkaufen, weil er aus dem Haus ausziehen will in eine Wohnung. Lukas, Pierre hat ein schönes Haus in der Renatastraße, in zweiter Reihe. Er würde es bestimmt Granny verkaufen, ganz bestimmt. Er weiß, wie sehr ich mir ein Haus wünsche. Meinst du, ich kann ihn noch anrufen?«

»Paulina, es ist gleich zwölf Uhr! Wir müssen schlafen,

und Herr Valbert schläft sicher schon lange. Morgen kannst du ja anrufen.«

»Ich werde heute Nacht bestimmt kein Auge zutun«, seufzte Paulina glücklich.

Lukas begann, Paulinas Körper mit Küssen zu bedecken. Kein Körperteil ließ er aus, und Paulina genoss es schläfrig und träge. Immer wieder schweiften ihre Gedanken ab zu Pierre, zu dem Haus, das plötzlich kein verrückter Traum mehr war. Doch dann war Lukas über ihr, seine Zunge drängte sich fordernd in ihren Mund, und Paulina schlang die Beine um seinen Körper, aber sie sah die weiß getünchten Wände ihres Schlafzimmers, den Vorhang, den sie zu knapp genäht hatte. Daneben Mavies Bett.

»Woran denkst du?«, fragte Lukas. »Sag mir bitte, woran du denkst.«

»Ich will, dass du es tust«, antwortete Paulina und versuchte, sich auf Lukas zu konzentrieren, aber die Bilder des Hauses waren stärker. Es war das Haus von Pierre.

10

Franziska hatte immer noch dickes, lockiges Haar. Wie Lukas. Wie Cosima. Bei allen dreien war die Farbe ein Gemisch aus Blond, Aschblond und Braun. Das erwies sich im Alter als praktisch. Die grauen Fäden wurden zwar immer zahlreicher, fielen aber nicht auf. Da Franziska ihr Haar kurz geschnitten trug, brauchte es keinen Aufwand. Sie ging nur noch selten zum Friseur. Letzte Woche hatte sie ihre Sammlung hochhackiger Pumps bei der Inneren Mission abgegeben. Nicht mal beim »VollCorner« an der Ecke würde Franziska damit heil ankommen. Auch ihre Sonnenbäder hatte sie sich abgewöhnt. Wenn Sonne Falten machte, dann müsste Franziskas Haut plissiert sein.

Das Alter war nicht schlimm. Es war banal. Eher fragte sich Franziska, wer sie eigentlich war. Jetzt, mit siebzig, müsste sie doch an sich herankommen. Die Angst vor anderen Menschen verlieren. Damals, als ihr Mann starb, hatte sie daran gedacht, neu anzufangen, noch einmal zu studieren. Sprachen. Englisch, Italienisch. Vielleicht hätte sie promovieren können. Und dann wieder unterrichten. Der Gedanke, dass es sich womöglich nicht mehr lohne, war stärker gewesen. Oder ihre Feigheit. Sie hatte den Hohn ihrer Freundinnen gefürchtet, von denen vier ebenso Grundschullehrerinnen waren wie Franziska. Mit Bea hatte sie einmal über ihre Idee gesprochen. »Aber du hast doch den Jungen«, hatte sie vorwurfsvoll gesagt.

Nicht nur den Enkelsohn Lukas hatte Franziska. Es gab Augenblicke der Freude. Tee am hereinbrechenden Abend. Das alte Sofa, noch von den Eltern. Der rote Ledersessel, den Michael mitgebracht hatte. Die Geborgenheit in der Zeit. Das Innehalten kann Glück sein. Wenn man den Augenblick spürt, ihn schön findet und auslebt, als würde man morgen schon sterben.

Lukas und Franziska. Er war ihre einzige Liebe. Lange Zeit war Franziska jung. Innen ein Kind, das fragt, wartet. Nie wieder war sie so eins mit einem Mann gewesen wie mit Michael. Jahre nach seinem Tod hatte sie versucht, sich wie ein Mann zu verhalten. Hatte hier und da Sex gehabt, aber die Lust rasch verloren. Sie war unabhängig, das ja. Aber sie wusste immer noch nicht, wer sie war.

Manchmal sagten es einem die anderen. Seit Franziska außer Lukas noch Paulina und die Kinder hatte, war sie angreifbar. Der kleine Junge, David, war krank. Franziska wusste es, wollte es aber nicht wahrhaben. Besonders eine ihrer Freundinnen, Bea, gab keine Ruhe. »Und dein Kleiner, dein Urenkel, wie geht es dem eigentlich? Der ist bestimmt anstrengend.« Da Franziska schwieg, beeilte sie sich zu sagen: »Der wird schon noch! Aber ich kenne kein Kind, wirklich kein einziges, das ständig mit den Armen flattert. Und mit welcher Beharrlichkeit er versucht, einem das Bein herunterzuschieben, wenn man mit übereinandergeschlagenen Beinen dasitzt, das ist schon komisch.« Bea war die gutmütigste von Franziskas Freundinnen.

Ihre Sorge war ehrlich, und daher gab Franziska eine Antwort.

»Hätte David mich nur früher ermahnen können, hätte ich die Beine nicht immer übereinandergeschlagen, wären mir viele Schmerzen und Scherereien erspart geblieben. Du weißt ja, was ich erlebt habe. David ist gewiss ein schwieriger Junge, aber in vielen Dingen ist er klüger als wir alle zusammen.«

Das war kürzlich gewesen, als Franziska ihre Freundinnen zum Tee bei sich gehabt hatte. Das Motto war: Ich habe keine Angst vor dem Alter, denn ich spiele Bridge und mir steht Lila. Alle hatten etwas in Lila getragen.

Franziska sah unwillkürlich an sich herunter. Die lila Bluse gefiel ihr mit einem Mal nicht mehr. Sie war nicht mehr sicher, ob Lila ihr gut stand, und der ganze Spruch schien ihr blödsinnig. Sie sah ihre Freundinnen an. Die Nachlässigkeit Constanzes in ihren ewigen Jogginganzügen erschien Franziska eher von Lebensüberdruss zu zeugen als von sportlichem Ehrgeiz, und Dagmars hektische Ausflüge zum Wertstoffhof entsprangen reiner Verzweiflung. Franziska sah die Spannung in ihren Gesichtern, weil keine von ihnen auf die Nachmittage bei ihr verzichten wollte. Hier wusste jede vom Schicksal der anderen, und ihr Kreis war wie eine Heimat, die eine jede dringend brauchte.

Franziska selber sah sich zum ersten Mal in einer aussichtsreichen Lage. Zweimal im Leben war sie uferlos verzweifelt gewesen. Seitdem ihr Mann gestorben war, hatte sie nur langsam ins Leben zurückgefunden. Nie hatte sie in Worte fassen können, was ihr durch den Tod ihres Mannes passiert war. Der eine oder andere Mann hatte ihr gesagt, dass er in sie verliebt sei. Sie konnte damit nichts anfangen, sie war nicht mehr verliebt gewesen seit Michael. Einmal lebte ich wie Götter. Sie hatte es irgendwo gelesen.

Sie hatte auch in den Zeiten mit Michael nie gewusst, ob sie schön war. Oder hübsch. Doch hatte sie zu den Frauen gehört, denen man hinterhersah. Ja. Man hatte ihr hinterhergesehen. Einmal war ein Mann von der Kante des Gehsteigs heruntergefallen, weil er sich so weit nach ihr umgedreht hatte. Das konnte heute nicht mehr passieren. Dennoch war Franziska schön, für Lukas zum Beispiel. Er sagte und schrieb ihr auf Zettel, dass er sie schön finde und vor allem stark. Zu ihrem siebzigsten Geburtstag hatte er ihr einen Brief geschrieben: »Intelligent, liebevoll, stark – und auch noch siebzig! Ich schätze es so sehr an dir, dass ich, wenn es mir nicht gut geht, immer zu dir kommen kann und du mir zuhörst und mir zur Seite stehst...«

Franziska machte sich natürlich auch Gedanken über Davids Entwicklung. Nach zwei ziemlich normalen Jahren – jedenfalls meinte Paulina das – war der Kleine plötzlich unberechenbar geworden, passte in keine Schublade mehr. Sein Gesicht wurde mit einem Mal still, als gehörte es nur noch ihm. Er sprach auch meist mit sich selber. Am liebsten saß er am Tisch, spielte still. Das stille Kind, hatte sie immer gedacht. Als er knapp vier Jahre alt war, kam der Spleen mit den Knien. Ob Frauen oder Männer, David litt es nicht, wenn jemand die Beine übereinanderschlug. Er versuchte dann mit aller Kraft, das obere Bein runterzuschieben, selbst bei wildfremden Leuten. Und es schienen immer neue Ticks aufzutauchen. Doch Franziska glaubte an David. So wie sie an Cosima glaubte und an Mavie. Und an Paulina, die Frau ihres Enkels, die ihr schon früh gesagt hatte, dass sie gern Franziskas Schwiegertochter wäre.

Franziska mochte an ihr die hochgewachsene eckige Gestalt, das helle Gesicht mit den kurzen Brauen. Die Augen waren dunkel, mit grünen Punkten. Das sperrige lange Haar war schmucklos hinten zusammengesteckt. Lukas hatte Franziska ein Foto Paulinas geschenkt. Es war offenbar am Meer gemacht worden. Es zeigte das Gesicht Paulinas im Profil. Die ernsten Augen, die kräftige Nase, den geschlossenen Mund. Die Breite der nackten Schultern gefiel Franziska, die hohen dünnen Beine.

So ernst wie auf diesem Foto hatte Paulina Franziska angesehen, als sie zum ersten Mal zu Besuch war. Was könnte ich für dich sein?, schien Paulina zu fragen. Die Ernsthaftigkeit Paulinas beruhigte Franziska. Sie spürte, dass Paulina eine Traurigkeit überwinden musste. Das war einfach und auch kompliziert. Franziska konnte warten. Vor allem darauf, dass Paulina mit ihr über David reden wollte.

Alle dreißig Minuten kamen die Wellen. Es war angenehm warm in der großen Halle, und das Wasser hatte siebenundzwanzig Grad Celsius; so stand es auf der Tafel. Paulina und die Kinder trugen Badekleidung, nur Mavie lag mit Hemdchen und Windeln in ihrem Korb und nuckelte am Schnuller, doch ihr Nuckeln wurde langsamer, die Wärme schläferte sie ein.

David sah gebannt auf das Becken. Er wartete auf die Wellen. »Wellen, die Wellen sollen kommen. David will Wellen, viele Wellen.«

»Cosima, bitte, bleib einen Moment bei David und Mavie – ich will nur kurz richtig schwimmen, ehe die Wellen kommen. Dann gehe ich mit euch rein, okay?«

»Okay«, sagte Cosima gedehnt. Es war ihr nicht recht, das

wusste Paulina. Aber sie sehnte sich nach der Bewegung im Wasser, zu der sie selten kam, seit die Kinder da waren. Sie schwamm mit kräftigen Zügen, flach auf dem Wasser, holte Luft und tauchte wieder ein. Sie schwamm zwei Bahnen, ohne aufzusehen, war entspannt und hätte immer weiter schwimmen mögen, doch dann schaute sie zu ihrem Platz mit der Decke – er war leer. Paulinas Blick hetzte zu den Sprungbrettern, und da sah sie Cosima, die mit einem etwa gleichaltrigen Mädchen am Einmeterbrett stand und offenbar immer wieder aufs Brett stieg und dann doch wieder runterkletterte, überlegte, zu springen.

Paulina schwamm, so schnell sie konnte, zu ihr und rief: »Cosima! Wo sind David und Mavie? Ich hatte dich doch gebeten, auf die beiden aufzupassen!«

Offensichtlich genierte sich Cosima vor dem Mädchen, denn sie gab patzig zur Antwort, dass doch David bei Mavie sei.

Paulina schrie sie an: »Und wo sind die beiden? Wieso kannst du mir nicht einmal den kleinsten Gefallen tun?«

Paulina kletterte aus dem Wasser und rannte durch die Halle, um ihre beiden Kleinen zu suchen. Cosima folgte ihr nun doch beeindruckt.

In der Sprudelgrotte fanden sie David und Mavie. David hatte seine Schwester auf dem Arm, und eine Jugendliche hielt die beiden auf ihrem Schoß. Mavie wusste noch nicht, wie sie das warme Gesprudel finden sollte, sie bewegte langsam ihren Schnuller, war klatschnass und schaute um sich. David rief mit ernstem Gesicht, dass es kleine Wellen wären, aber später kämen die großen. »Kleine Wellen, große Wellen. Stimmt's oder hab ich recht.«

Das Mädchen reichte Paulina die triefende Mavie aus

dem Whirlpool, und David kam erstaunlich schnell auch heraus.

»Große Wellen, zu den großen Wellen gehen!«, rief er.

Paulina wunderte sich selbst, wie sehr es sie erleichterte, dass nichts Schlimmes passiert war. Mavie auf dem Arm, ging sie mit David in die Halle zurück, wo die Wellen gerade wieder anrollten. Sie war glücklich, als David sich voller Freude und ohne Angst in die Wellen warf, die über ihm zusammenbrachen. Hier unterschied er sich von keinem der anderen Kinder, in deren Freudenschreie er einstimmte. David schwamm zügig hinein in die großen Wellen, und Paulina wusste nicht, wer ihm das beigebracht hatte.

Ein Bademeister stand über ihr am Becken. Er deutete auf David. »Ist des Ihr Bua?« Paulina nickte, bereit, David zu verteidigen. Doch der Bademeister sagte, dass David ein guter Schwimmer sei. »Bringen S' den zum Schwimmverein. Aus dem könnt was werden!«

Na also, dachte Paulina überrascht und froh, es geht doch auch anders.

11

Melanie Mertens suchte den Hausschlüssel und kramte in ihrer Handtasche. Sie würde es nie mehr lernen. Eine wirklich gescheite Handtasche gab es auch nicht; jedenfalls waren alle etwa dreißig Handtaschen, die Melanie besaß, untauglich. Herrgott! Doch sie fand die Brieftasche, sogar die kleine, flache Geldbörse, die man sonst nie auf dem Taschenboden wahrnahm. Beide Brillenetuis fühlte Melanie im Bauch der Tasche, das Parfum, den Holzkamm und den Lippenstift. Verdammt! Wohin war der Hausschlüssel geschlüpft? Einen großen Anhänger konnte sie ihm auch nicht verpassen, dann hatte der Schlüssel wieder keinen Platz in ihren Abendtäschchen. Hach ja.

Kramend schaute Melanie in das Schaufenster des Geschäftes im Nachbarhaus, das letzte Woche eröffnet hatte und knallbunte Röcke, Jacken und Schals verkaufte. Seit Melanie hier wohnte, war eine Buchhandlung in diesen Räumen gewesen. Man kannte sich, sie hatte den Schlüssel für ihre Zugehfrau dort deponieren können, die Post hatte Pakete für die Mertens' abgegeben, und die Buchhandlung hatte ihren Kellerraum als zusätzliches Lager benutzt.

Und nun?

Melanie hatte gestern Abend den Laden betreten, um sich kurz vorzustellen. Eine Verkäuferin stand hinter der Theke und telefonierte; sonst war der Laden leer. Als Melanie sich nah an die Theke stellte, zum Zeichen, dass sie etwas wolle, drehte ihr die Verkäuferin den Rücken zu und berichtete durch den Hörer, dass sie heute ein Glücksschweinchen sei, und erklärte dann lang und breit, warum. Melanie wurde klar, dass sie hier als Kundin nicht zählte, und ging wieder. Die hübschen, sehr bunten Röcke und Jacken kamen für sie natürlich nicht infrage. Selbst ihre Töchter würden sich an so viel Buntheit nicht heranwagen. Zumindest Paulina nicht. Sie war der Mode gegenüber zurückhaltend, trug meist Jeans. Lili könnte aber vielleicht doch an den Sachen Gefallen finden. Melanie war sich nie sicher, ob ihr ein Teil gefiel oder nicht.

Endlich hatte Melanie den Schlüssel in der Hand, der in einem Seitenfach der Tasche gesteckt hatte. Alzheimer stand an der Ecke und winkte ihr freundlich zu. Der Tag war schwierig. Mit viel herzlich kollegialer Falschheit hatte der Chef ihr heute erklärt, dass schon im Mai eine junge Kollegin im Verlag anfangen werde. Sie solle die jungen Autoren übernehmen, die für Melanie vielleicht doch zu anstrengend seien. Das war der Anfang vom Ende. Melanie wusste das. Aber sie konnte es noch nicht so recht glauben.

Schon in der Diele roch sie verbranntes Essen. Rasch legte sie Mantel und Tasche ab und ging in die Küche. In der Spüle stand ein Topf mit schwarzverkohltem Inhalt. Melanie erkannte ihr sorgfältig gerührtes Pilzrisotto vom gestrigen Abend nicht wieder. Seufzend machte sie sich daran, den Topf mit einem Metallschwamm zu bearbeiten. Lust dazu hatte sie nicht. Doch sie wollte auch nicht für den Rest des Tages den Brandgeruch in der Wohnung haben.

Sie hörte den Schlüssel im Schloss, die Schritte ihres Mannes. Ohne sich umzudrehen, fragte Melanie, warum er ihr eine solche Sauerei hinterlassen habe.

»Ich wollte das verbrannte Zeug einweichen und bin zum Essen ausgegangen.«

»Darf ich fragen, wohin?« Melanie rief es hinter ihrem Mann her, denn er hatte sich schon wieder entfernt.

»Wohin schon, ich war im Kurfürsten«, rief Robert Mertens zurück.

»Was du nicht sagst! Du gehst einfach ohne mich essen? In unser Lokal? Das war einmal unser Hochzeitslokal.«

Melanies Stimme war lauter geworden. Sie schrubbte wütend in dem Topf herum, drehte das Wasser bis zum Anschlag auf, spülte den Topf damit aus, knallte ihn auf die Ablage der Spüle und warf den Deckel noch hinterher.

Robert kam wieder in die Küche. »Was soll das, bist du verrückt geworden? Nur wegen dem bisschen Saubermachen!«

Er verzog sich, ging ins Esszimmer und nahm die Zeitung. Doch Melanie kam hinterher, spreizte die Hände mit den Küchenhandschuhen ab, dass der Schaum spritzte, und brüllte Robert an: »Es heißt wegen des Saubermachens, Herr Professor! Außerdem weißt du ja gar nicht, was für eine hartnäckige Sauerei das ist. Du hast ja noch nie einen Topf sauber gemacht!«

Robert schaute über seinen Brillenrand und die Zeitung. »Also – das ist ja auch wohl nicht meine Aufgabe. Hättest den Topf ja stehen lassen können. Oder ihn sofort in den Müll werfen.«

»Töpfe in den Müll werfen! Allein in den Kurfürsten zum Essen gehen! Das wird immer schöner hier.«

»Aber ich krieg ja sonst nichts zum Essen«, muckte Robert auf.

Er hatte das so dahingesagt, doch nun öffneten sich Schleusen in Melanie. »Wann kapierst du es endlich? Du musst froh sein, dass ich dir kein Essen kochen kann, weil ich im Verlag sitze und arbeite. Geld verdiene, damit wir uns weiterhin zweihundert Quadratmeter Wohnraum mit zwei Bädern und zwei Balkonen leisten können. Die Wohnung war für uns von Anfang an zu kostspielig. Aber du hast darauf bestanden, dass wir bleiben.«

Robert Mertens schwieg. Sinnend starrte er auf Melanies Küchenhandschuhe, von denen es auf den Parkettboden tropfte. Melanie bemerkte seinen Blick, riss sich die Handschuhe runter und warf sie auf ihren Mann, der die Zeitung schützend vor sich hob.

»Jetzt wieder Schweigen, das Übliche«, höhnte Melanie. »Der Herr Professor steht haushoch über allem. Aber ich sehe nicht länger zu, wie du hier residierst und dir im Übrigen das schönste Leben machst. Morgens die Akademie, mittags der Kurfürst und abends das Literaturhaus. Und nachts? Alterssex im Alpenglühn. Und ich darf von morgens bis abends im Verlag malochen und nebenbei den Haushalt machen.«

Robert belebte sich etwas. »Aber du hast doch die fabelhafte Frau Riedl. Die nimmt dir doch das meiste ab.«

»Und wer bezahlt meine Frau Riedl?«, schnaubte Melanie. »So ist es doch Alltag bei uns: Du lässt dich überall sehen, wirst überall hofiert, gehörst zur öffentlichen Szene. Der Herr Professor ist so gründlich informiert, er kann ja auch fünf Stunden am Tag Zeitungen lesen, die ich abonniert habe. Vielleicht kommt mal heraus, dass du nur ein Professor light bist, aus der Amateurliga.«

Der Mund blieb Robert offen. »Was? Was weißt du denn? Du bist doch wahnsinnig. Eine postklimakterische Kuh bist du, mit dir kann man doch gar nicht mehr vernünftig reden!«

War es der widerliche Brandgeruch, die Aussicht auf die Kündigung oder das unfaire Leben überhaupt, dass Melanie Lust bekam, Tabula rasa zu machen. »Du hast doch alles an Dich gerissen. Sogar meine Freunde. Sie rufen dich an, wenn sie mit uns ausgehen wollen. Wenn ich ihnen sagen würde, wie du in Wahrheit über sie redest, dann wärst du ziemlich einsam.«

Robert erhob sich aus seinem Sessel, kam auf Melanie zu, die keinen Zentimeter zurückwich, ihn mordlustig anfunkelte. »Jetzt reicht es mir aber, Melanie! Deine unsinnigen Vorwürfe – da muss ich mich nicht wundern, wenn die Mädchen völlig danebengeraten sind. Elisabeth redet mit mir wie mit einem Butler, außerdem hat sie ständig verheiratete Männer, mit denen sie nicht klarkommt. Und Paulina verschließt sich immer mehr vor mir. Hast du da etwa intrigiert?«

Melanie hatte sich zur Tür gewandt, sie wollte in ihr Schlafzimmer gehen, allein sein, endlich – doch die letzte Bemerkung Roberts hielt sie fest, als wäre sie angewachsen. Sie wandte den Kopf.

»Hüte dich, Robert. Ich denke schon seit Langem, dass mit Paulina etwas geschehen ist. Dass sie einen Schmerz, einen tief sitzenden Kummer vor mir verbirgt. Doch ich habe Angst, sie zu fragen. Vielleicht weißt du am besten, warum sich unsere Tochter vor uns verschließt.«

Robert Mertens schaute Melanie fassungslos an. Er war blass geworden, seine Lippen schlossen sich zu einem schmalen Strich. Mit müden Schritten ging er zum Fenster und sah hinaus.

»Paulina unterstellt mir mit einem Mal ungeheuerliche Sachen. Von klein auf waren die Mädchen unsozial, sie haben mit vollem Mund mit mir geredet und mir respektlose Bemerkungen an den Kopf geworfen. Deine Erziehung, alles deine Erziehung. Meinetwegen könnt ihr mir alle gestohlen bleiben.«

Melanie sah, als wäre es zum ersten Mal, die Tränensäcke unter Roberts Augen, sie nahm seinen Alkoholatem wahr und das Zittern seiner Hände. Sie wollte sich abwenden, doch da standen die Worte Roberts, Paulina betreffend, plötzlich riesengroß vor ihr. Und eine Angst, die ihr fast die Kehle zudrückte.

»Ich werde mit Paulina sprechen. Ich möchte von ihr hören, was sie dir vorwirft.«

Melanie verzog sich in ihr Zimmer. Es war geräumig und als einziger Raum der Wohnung in einem müden Rosa gestrichen. Das schönste Stück war ein großes, viereckiges Polster zum Schlafen, das an der Wand beim Fenster seinen Platz hatte. Auf einer Messe in Mailand war Melanie sofort verliebt gewesen in das ungewöhnliche Möbelstück. Sie hatte es trotz des hohen Preises gekauft und mit einem Stoff überziehen lassen, der die gleiche Farbe und Struktur hatte wie der Teppichboden. Ein alter Tisch aus Kirschbaumholz und der passende Stuhl standen am Fenster. Die Wände waren bedeckt mit Bildern und Bücherregalen. Schwulenzimmer hatte Robert gesagt. Melanie hatte ihn auch nicht eingeladen auf ihr rosa Polster.

Sie war nach all den Jahren immer noch verliebt in ihr Refugium. Sie legte die ›Brandenburgischen Konzerte‹ auf. Am meisten liebte sie das fünfte mit dem Cembalosolo. Mit einem langen Seufzer streckte sie sich auf dem Bett aus. Sie hätte gern ein wenig geschlafen. Aber der Gedanke an das Gespräch mit dem Verlagsleiter wälzte sich in ihrem Kopf. Einzelne Szenen kamen immer wieder zurück, und Melanie gelang es nicht, sie zu vertreiben. Schließlich nahm sie eine homöopathische Pille gegen ihre nervöse Unruhe. Die machte nicht müde, beruhigte aber.

Melanie hatte sich schon einige Male von Robert trennen wollen. Zuerst, als sie begriff, dass ihr Mann ihr etwas vorgemacht hatte, was seinen Beruf anbetraf. Es war Melanie schon recht gewesen, das Robert Professor war. Vor allem ihre Eltern waren sehr stolz darauf gewesen, als er sich habilitierte. Schon daher hielt Melanie diesen Status aufrecht, obwohl es Robert nicht gelang, eine richtige Stelle zu bekommen. Sie wahrte den Schein, indem sie nie über die Professur redete. Es machte sich gut, mit einer Handbewegung zu bedeuten, dass der Titel ihr völlig unwichtig sei. Robert hatte Theologie studiert. Sein langjähriger Arbeitgeber, ein gemeinnütziger Verein, hatte ihm vor etwa zehn Jahren nahegelegt, sich beruflich zu verändern. Da es Robert an Alternativen mangelte, ließ er sich frühpensionieren. Er wollte aber unbedingt eine Professur. Er spezialisierte sich auf ein Thema: »Der Wandel des Frauenbildes in der orthodoxen Theologie«. Anfangs hatte Melanie ihn bei Streitereien immer gegen sich aufgebracht, weil sie ihm vorhielt, dass sich das Frauenbild in der Orthodoxie doch niemals wandeln werde. Doch Robert hielt seine Vorlesungen an verschiedenen Universitäten im Ausland und hatte daher den Titel Professor asoc. Was das genau bedeutete, hatte Melanie vergessen. Und inzwischen war es ihr gleichgültig.

Melanie liebte ihre Töchter. Beide. Es hatte eine Zeit gegeben, an die Melanie nicht so gerne dachte. Doch der Streit mit Robert beschwor immer mehr Erinnerungen herauf.

Als Elisabeth, ihre zweite Tochter, auf die Welt gekommen war, ein süßes, fröhliches Baby wie Mavie, war Melanie der Kleinen völlig verfallen. In der wenigen Freizeit, die ihr blieb, hätte sie Lili immerzu herumschleppen und mit ihr schmusen können. Die knapp Dreijährige, Paulina, geriet völlig ins Hintertreffen. Bis eine Freundin Melanie sagte, dass Paulina leide. Dass Melanie ihr Verhalten ändern müsse, wenn sie Paulina nicht verlieren wolle. Melanie begriff sofort. Verstand auch nicht mehr, wie ihr das hatte passieren können. Damals war sie in einem kleinen Münchner Verlag angestellt gewesen, wo sie viel Verständnis für ihre Situation als Mutter kleiner Kinder gefunden hatte, viel daheim arbeiten konnte. Ihr Verleger hatte selbst drei Kinder, und seine Frau arbeitete auch stundenweise im Verlag. Das Verlegerehepaar berichtete ihr, dass sie es eingeführt hätten, die Kinder aufzuteilen: An einem Tag badete und fütterte der Vater die beiden Größeren, die Mutter betreute das Baby, am nächsten Tag wurde gewechselt. So hatten sie den Eindruck, dass die Kinder zu ihrem Recht kamen und dass die Eltern auch etwas mehr Freiraum hatten.

Melanie erzählte Robert davon, und sie kamen überein, dass Robert die knapp vierjährige Paulina betreuen und in seinem Bett schlafen lassen sollte, wenn sie nachts einmal weinte. Melanie sorgte in derselben Weise für Elisabeth, und manchmal wechselten sie auch. Es zeigte sich aber, dass beide Mädchen sich sträubten, beim Vater zu sein. Sogar die kleine Lili wehrte sich, wenn ihr Vater sie baden und füttern wollte. Wenn sie schrie, wollte sie nur die Mutter bei sich haben. Paulina schrie zwar nie, aber sie wollte nur in ihrem Kinderbett schlafen. Oder bei der Mutter, das ja, aber nicht beim Vater.

Melanie wusste, dass Robert zu ungeduldig war mit den Mädchen, dass er keinen Sinn für ihre kleinen Eigenheiten hatte. Er war zu streng gewesen, zu rigide. Ihr fiel auch auf, dass Paulina sehr ruhig war, sehr still. Sie fragte Robert, ob etwas Besonderes vorgefallen sei, weil Paulina sich gar so sehr in sich zurückzog. Doch Robert ging nicht näher auf Melanies Frage ein, er meinte lediglich, sie verwöhne die beiden Mädchen zu sehr. »Du erfindest Probleme, wo es gar keine gibt.«

Melanie war verletzt, glaubte jedoch, dass Robert darunter leide, beruflich nicht wirklich zu reüssieren. Dass er daher so aufbrausend und launisch sei.

Die Jahre waren verflogen. Vieles war ungut gewesen zwischen Robert und Melanie, Robert und den Mädchen. Robert war total frustriert. Er gab allen das Gefühl, dass sie der Grund für seine Misere seien. Immer wieder sprach er verächtlich über Paulina. Vor allem, seit sie den kleinen David hatte.

An ihren Enkelsohn dachte Melanie am meisten. Es hieß allgemein, er komme nach Lukas, doch Melanie mutmaßte, dass er Robert ähnlich werde. David hatte Wahrnehmungsprobleme, er war unvernünftig, irgendwie verrückt – genau wie Robert. Jedes Mal, wenn sie ihn sah, nahm sie diese Ähnlichkeit mit Robert wahr.

Einmal war es ihr ganz deutlich erschienen, dass David die kleine Ausgabe seines Großvaters sein müsse. Sie hatten den Jungen mitgenommen in ein Kaufhaus, um ihm ein Geschenk zu kaufen. Die Kinderabteilung war im ersten Stock, und sie fuhren die Rolltreppe hoch. David wollte nicht herunter von der Rolltreppe. »Weiterfahren. David will weiterfahren.« Melanie hatte David liebevoll ermahnen wollen, doch bitte runterzugehen von der Rolltreppe. »David will weiterfahren. Immer weiterfahren«, hatte er gesagt, ohne seine Großmutter anzusehen. Robert hatte sie beiseitegeschoben. »Wäre ja noch schöner, wenn der Knirps machen könnte, was er will.« Er fasste David fest am Arm und wollte ihn von der Rolltreppe bugsieren. Doch David wehrte sich. Er zeigte große Kraft und Geschicklichkeit. Kämpfte mit dem Großvater. Melanie musste fast lachen, als sie die beiden rangeln sah. In ihrer Wut waren sie einander ähnlich wie Vater und Sohn.

Robert Mertens sah die Neugierigen, die sich um ihn und seinen Enkel versammelten, sich gegenseitig versicherten, dass sie den eigenen Kindern schon zeigen würden, wo der Hammer hing. Aber der Opa da konnte mit dem Jungen überhaupt nicht fertig werden.

Endlich hatte Robert den Kleinen so fest im Arm, dass er ihn von der Treppe heruntertragen konnte. Er stellte David auf die Beine, brachte seinen Mantel und den Schal wieder in Ordnung und sagte missmutig zu Melanie: »Der ist doch schwachsinnig, der Junge, das musst du doch zugeben. Mit dem kann man sich nirgends sehen lassen.«

Melanie hörte nicht auf ihn, sie schaute nach David. Er war weggerannt, und nun wusste sie nicht, wo sie ihn suchen sollte. Da kam schon eine Verkäuferin. »Gehört der Junge zu Ihnen?«, fragte sie und wies auf David, der sich auf dem Boden zu einem Ball zusammengerollt hatte und sich nicht bewegte.

»David, bitte, steh doch auf«, flehte Melanie. Ihr tat David leid. Er gab ihr keine Antwort, sah sie auch nicht an. Robert wollte ihn zum Aufstehen bewegen, da kroch David wieselflink davon, versteckte sich unter dem Mobiliar. Seine Großeltern konnten bitten oder schimpfen, ihn ging das nichts an. Er saß unter dem Tisch und schaukelte hin und her, während er immer wieder rief: »David kommt nicht mit. David kommt überhaupt gar nicht mit!«

Robert Mertens konnte sich vor Wut kaum noch beherrschen. »Der ist ja so gestört, der gehört in eine Klink. Sieh ihn dir doch an, wie er alles immer wiederholt, was er sagt. Echolalie nennt man das, glaube ich. David ist ein Fall für die Kinderpsychiatrie!« Robert war sich immer in allem so sicher.

»Der Kleine ist so daneben wie sein Vater, dieser Gärtner! Ich gehe jetzt jedenfalls. Mit dem habe ich nichts zu tun.«

12

Am Wochenende frühstückten sie alle gemeinsam. Waren die Kinder in der Nacht ruhig geblieben, sodass auch Paulina ausschlafen konnte, versuchte Lukas, seine Frau zu verführen. Er stand leise auf, duschte und zündete die klobige Kerze an, die Paulina ihm geschenkt hatte; sie war viereckig, sah aus wie ein Ziegelstein. Lukas fand sie ungewöhnlich, obwohl er sich nichts aus Kerzen machte. Er wusste nicht, ob Paulina schon wach war, meist hörte sie es, wenn er das Bett verließ. Seit die Kinder da waren, hörte Paulina jedes Geräusch. Wie eine wachsame Tiermutter kam ihm Paulina vor. Er hatte häufig Lust, mit ihr zu schlafen, und so schob er auch jetzt behutsam seine Hände unter das Shirt, das sie als Nachthemd trug. Wenn sie sich wegdrehen würde, war Paulina noch müde, oder sie hatte keine Lust.

Plötzlich hörte er Paulina leise fragen, ob er Angst habe. »Warum musst du dauernd mit mir schlafen? Wovor hast du Angst?«

Lukas war überrascht. Er drehte sich auf den Rücken und starrte an die Decke. Wie kam Paulina auf die Idee, dass er aus Angst mit ihr schlafen wollte? Sie war wirklich unberechenbar.

»Wie kommst du darauf?«, flüsterte er.

Paulina sah ihn an. Ihr Blick erschien Lukas fremd, schmerzlich. Was war denn schon wieder los? Plötzlich hörte Lukas die Geräusche im Haus. Wasserspülungen, Schritte, Stimmen im Treppenhaus. Verdammt. Er hatte das Gefühl, als säße er frierend draußen vor der Wohnungstür.

Leise fluchend wollte er aufstehen, doch Paulina hielt ihn fest. Flüsterte: »Du duftest gut. Komm. Ich will dich auch.«

Lukas war verstimmt. Verzweifelt. Er warf sich ungestüm auf Paulina. »Ich weiß nie, was mit dir los ist!«, presste er heraus. Doch dann begann er, Paulina zu verschlingen.

Sie frühstückten, es gab wie meistens Müsli und Nutellabrote für die Kinder, auch Mavie schleckte daran. Wie immer, wenn sie Liebe gemacht hatten und danach zusammenbleiben konnten, sah Paulina Lukas voller Wärme an, gab ihm einen Kuss. Cosima grinste, aber durchaus zustimmend. David schaute freundlich, meldete seine Wünsche an.

»Wellen. David will zu den Wellen.«

»Da wart ihr erst gestern. Heute gehen wir drei in die Stadt. Wir nehmen auch Mavie mit. Die Mama hat frei.«

Cosima lachte glücklich. Der Papa hatte Zeit für sie. Sofort begann sie zu singen: »Wir drei. Die Mama hat heut frei.« Lukas und Paulina sangen mit. David starrte auf die Uhr, die über der Tür hing. Er konnte sie noch nicht lesen. Er zog die Augenbrauen ganz hoch und schnitt Grimassen, die sein Gesicht völlig entstellten.

»Er schon wieder«, sagte Lukas hilflos zu Paulina. Doch sie gab ihm einen Kuss und David auch einen. »Du und Papa, ihr seid meine Männer!« Dann verstrubbelte sie Davids dichtes Haar, der sich das anstandslos gefallen ließ. Ob er sich freute, war ihm nicht anzumerken.

Als beim Anziehen klar war, dass Paulina zu Hause bleiben würde, zeigte sich, dass David das nicht begriffen hatte oder nicht begreifen wollte. Er begann zu heulen, wollte sich nicht anziehen lassen.

Cosima versuchte, Paulina dazu zu bewegen, den Bruder daheimzubehalten. »David versaut mir wieder alles«, maulte sie. Doch Lukas blieb hart. Mit raschen, geschickten Bewegungen zog er David an, und der ging dann auch ohne weiteren Protest mit. Sein Gesicht war ernst und würdevoll, seine Schritte wiegend.

Sie fuhren mit der U-Bahn zum Sendlinger Tor. David reiste ausgesprochen gern unter der Erde, besonders wenn es einer der neuen Wagen war, in denen er von seinem Sitz aus nach allen Seiten freie Sicht hatte. Für Paulina war es jedes Mal problematisch, David zum Aussteigen zu überreden, doch Lukas ließ ihm keine Zeit zum Debattieren. »Hopp, David, zeig mal, dass du rennen kannst.«

Lukas wollte in ein bestimmtes Kaufhaus. In einem Prospekt, hatte er ein Kleid gesehen aus steingrauer Wolle, nein, Cashmere. Steingrau war die einzige Farbe, an die sich Lukas herantraute. Das Kleid war eigentlich ein langer Pullover mit Rollkragen. So was mochte Paulina. Manchmal, wenn Lukas seine Schwägerin Lili in immer neuen, eleganten Kleidern sah, tat ihm Paulina leid. Er wusste, dass einfach kein Geld übrig war. Lukas hatte seine Frau einmal gefragt, ob sie Lili beneide. Paulina hatte gelacht und gesagt, sie fände es schrecklich, wenn sie solche Berge von Klamotten hätte. Sie trug ohnehin kaum Röcke oder Kleider. Als kleines Mädchen hatte sie einmal von ihrem Vater im verschlossenen Zimmer Schläge bekommen, weil sie zum Besuch bei seinen Eltern kein Kleid anziehen wollte. Die Mutter hatte draußen an die Tür gehämmert. »Komm sofort mit dem Kind raus, oder ich rufe die Polizei.«

Lukas wusste, dass Paulina Ängste hatte, die mit ihrem Vater zusammenhingen. Er hoffte, dass sie einmal mit ihm darüber sprechen würde. Zärtlichkeit stieg in Lukas auf, heiße, beschützende Zärtlichkeit für Paulina. Robert Mertens war bislang der einzige Mensch in seinem Leben, mit dem Lukas sich gerne geschlagen hätte.

Er hatte Glück, sein Wunschkleid war in der richtigen Größe vorrätig, er war rasch wieder draußen mit seinem Dreigestirn. Am Donnerstag hatte Paulina Geburtstag.

»Du sagst nichts zur Mama, okay, das ist unser Geheimnis!«, sagte er zu Cosima. Sie nickte stolz. »Und du verrätst auch nichts, Sohnemann!«, wandte sich Lukas an David. Doch der war so beschäftigt, das Gewimmel um sich herum zu verkraften, dass er wahrscheinlich gar nichts von dem Kauf mitbekommen hatte.

In einer Bäckerei durften sich die Kinder etwas aussuchen, Lukas kaufte gleich für den Sonntag mit ein. Er verstaute alles in Mavies Kinderwagen; das war ziemlich praktisch, man war all die Tüten los. David stellte sich freiwillig auf sein Brett, und sie hörten sich das Glockenspiel vom Rathaus an, das gerade erklang.

Lukas sah die vielen Menschen, es waren darunter eine Menge Touristen, die zum Teil eigens hergekommen waren, um den Klängen zu lauschen und dem Tanz der Schäffler zuzusehen. Lukas fiel ein, dass er sich noch nie die Zeit genommen hatte, auf dem Marienplatz stehen zu bleiben, um das Schauspiel zu verfolgen. Er lebte seit dreißig Jahren in München und war immer achtlos vorbeigerannt, wenn er zufällig zur richtigen Zeit da war. Dabei lief es täglich ab. Mittags um zwölf Uhr.

Lukas bemerkte, dass Cosima nicht mehr neben ihm war. Sie war etwas weiter zu einer Gruppe von Leuten gegangen, die vor einem jungen Mann standen, der über und über mit hellgrüner glänzender Farbe angestrichen war. Er stand vollkommen reglos, seine Gesichtszüge waren im grünen Glanz erstarrt, die Haare, sein Zylinder, alles. Lukas folgte mit David und Mavie Cosima dorthin.

Plötzlich begann David zu schreien. Er sprang von seinem Brett herunter, stand mit flatternden Armen neben dem Kinderwagen und wusste offenbar nicht mehr aus noch ein. Da rannte er los, weg von der unbeweglichen Statue, versuchte in der Menschenmenge schreiend einen Weg zu finden, stieß an, wurde gestoßen. Er rannte in Panik, wollte unbeirrt vorwärts, immer weiter weg, sodass Lukas Cosima am Kinderwagen postierte, dann lief er los, hinter David her, der erstaunlich schnell war. Ihnen folgten entsetzte Blicke und Kopfschütteln.

»David! David, bleib stehen!«

Als er David am Ärmel erwischte, als er ihn festhielt und in die Arme nahm, dachte Lukas verwundert, warum David sich derart erschrocken hatte. Er begriff schon, dass sich ein Kind vor einem so seltsam erstarrten Wesen wie dem grün Geschminkten fürchten konnte. Doch so eine Panik wie bei David – das war ungewöhnlich. Hier und da hatte man ihm gesagt, dass mit dem Jungen etwas nicht stimme. Aber er hatte es nicht geglaubt. David war eben ein spezielles Kind, wie Granny das ausdrückte. Und er als Vater könnte solche Szenen wie eben nicht aushalten. Zumindest nicht jeden Tag. Lukas wusste nicht, wie Paulina das schaffte. Wie sie immer wieder die Kraft fand, in Ordnung zu finden, was David jeden Tag passierte. Sie mussten doch einmal mit ihm zu einem Spezialisten gehen.

Lukas putzte seinem Sohn die Nase. Wischte ihm die verweinten Augen trocken. David beruhigte sich, sah aber immer wieder voller Angst zurück über den Marienplatz, woher sie gekommen waren. Cosima – danke, meine liebe große Tochter – kam ihnen langsam mit dem Kinderwagen entgegen. Es war Lukas klar, dass er mit David nicht noch mal an dem Schausteller vorbeigehen sollte. Wenigstens heute nicht mehr. Er nahm David bei der Hand, Cosima schob den Wagen, und sie gingen Richtung Viktualienmarkt.

»Ich habe es doch gewusst«, sagte Cosima leise in ihrer altklugen Art.

Lukas blieb stehen, beugte sich vor und gab Cosima einen Kuss. »Was hast du gewusst?«, fragte er mahnend. »Du hast gar nichts gewusst. Wir alle wissen nichts über David. Doch wenn wir zusammenhalten, wenn wir ihm helfen, dann wird er bald nicht mehr so furchtsam sein.« Er zögerte kurz, dann küsste er auch David auf sein Gesicht, das wieder nass von Tränen war.

Paulina war dabei, die Wohnung aufzuräumen, sie frei zu machen von Kinderkram und Männerunordnung. Lukas konnte Pullover und Jacken tagelang herumliegen lassen. Die Zeitungen fanden sich in der Küche, im Schlafzimmer und im Bad. Eine Treppenleiter diente ihm als zweiter Kleiderschrank. Doch da Lukas viele Stunden am Tag arbeitete, mochte Paulina ihn nicht wie die Kinder zurechtweisen.

Sie nahm den Strauß Moosrosen aus der Badewanne, den sie sich als Belohnung für die anstehenden Aufräumarbeiten gekauft hatte, und stellte ihn in einem blauen Tonkrug auf den Tisch. Dann holte sie die Küchenmaschine, ein Geschenk Grannys, aus dem Schrank, stellte Mehl, Eier, Butter, Zucker, Sahne, Gewürze und Äpfel parat, um einen Kuchen zu backen. Als sie dabei war, die Äpfel in kleine Stücke zu schneiden, klingelte das Telefon. Vielleicht Granny? Nach Mavies Mittagsschlaf würden sie die Großmutter besuchen, der Apfelkuchen war Paulinas Mitbringsel. Vielleicht brauchte Granny noch Kaffee oder Tee.

Doch am Telefon war Anna, ihre Stimme war gepresst von reiner Verzweiflung, und Paulina konnte nicht richtig verstehen, was sie sagte, immerzu wiederholte. »Paulina, bitte, komm, es ist was passiert!« Es klang wie das Schluchzen eines Kindes. Paulina hatte noch nie erlebt, dass Anna derart verzweifelt geklungen hatte. Immerhin kannten sie sich, seit sie zehn Jahre alt waren.

Paulina wollte Lukas rasch Bescheid sagen. Doch er ging nicht ans Handy. Sie sprach ihm auf die Mailbox, dass mit Anna etwas passiert sei, und er solle bitte einen Kuchen für Granny kaufen, wenn er zeitiger als Paulina daheim sei.

Paulina zog auf der Treppe den Mantel an, schlang den Schal um den Hals. Doch es war überhaupt nicht kalt. Verwundert registrierte Paulina, dass ein richtiger Frühlingstag angebrochen war, Ende Februar! Paulina sehnte sich nach dem Frühling. Und nach ihrer Mutter, von der sie in der Nacht geträumt hatte.

Während Paulina zur U-Bahn-Haltestelle Rotkreuzplatz rannte, während sie am Bahnsteig stand und auf die U-Bahn wartete, musste sie ständig an ihre Mutter denken. War es die Verzweiflung in Annas Stimme, die Paulina an sie denken ließ? Soweit sie sich erinnern konnte, war ihre Mutter immer in einer Verzweiflungsstimmung gewesen. Paulina wusste nicht, jedenfalls nicht immer, was es für Anlässe gewesen waren, die ihre Mutter so niedergeschlagen sein ließen. Sie war niemals laut geworden oder nur selten. In Paulinas Erinnerung war die Mutter auch dann untröstlich gewesen, wenn glückliche Umstände sie zum Lachen brachten oder wenigstens zum Lächeln. Auch in ihrem Lächeln schien Wehmut zu liegen.

Paulina rannte die Treppen hoch zum U-Bahn-Ausgang. Das Haus, in dem Anna wohnte, lag nur wenige Meter von der Haltestelle entfernt.

Als Paulina klingelte, wurde ihr so rasch geöffnet, als hätte Anna neben der Wohnungstür gewartet. Sie zog Paulina in den Flur, schloss die Tür und sank dann, an der Wand herabgleitend, in sich zusammen.

Paulina hockte sich zu Anna, schüttelte sie. »Anna, sprich mit mir, was ist passiert?«

»Ludwig ist weg. Er hat Oskar mitgenommen.« Anna schluchzte so verzweifelt, dass Paulina sie kaum verstehen konnte. Sanft versuchte sie, Anna hochzuziehen, und schließlich stand Anna da, warf sich Paulina in die Arme und rief immer wieder: »Er hat Oskar mitgenommen. Ludwig ist weg und hat den Jungen mitgenommen!«

Anna weinte so heftig, dass Paulina sie ins Wohnzimmer brachte, zu einem Sessel führte und rasch aus der Küche ein Glas kaltes Wasser holte.

»Hier, trink«, sagte sie, und Anna begann, in kleinen Schlucken zu trinken. Doch ihre Hände zitterten so stark, dass Paulina das Glas wegstellte und Anna wieder in die Arme nahm.

»Ich bin am Ende«, sagte Anna, »ich kann nicht mehr denken, ich habe Angst vor Ludwig, er will mich fertigmachen, zerquetschen wie eine Fliege, schreibt er. Hier, lies.«

Anna gab Paulina einen Bogen Papier mit dem Briefkopf der Bank, bei der Ludwig arbeitete. Auf diesem seriösen Papier hatte Ludwig mitgeteilt:

»Ich habe Dich gesehen, Dich und Levi. Ihr seid aus dem Grünwalder Park gekommen. Da können alle euch sehen. Du hast zu ihm hochgeschaut und ihn angehimmelt. Hast Deinen fetten Arsch in dem engen weißen Rock an ihn gedrückt. Und er hat Dich auf Deinen geschminkten Mund geküsst, aber wie. Ihr habt hässlich ausgesehen, lächerlich, und dämlich, alle beide.
Und ich war blöd. Man ist meistens blöd, wenn man liebt. Ich hab Dir vertraut, dachte, dass Du nicht so verlogen wärst wie andere Frauen. Ich habe für Dich und Oskar gearbeitet. Die Kraft dazu habe ich aus unserer Liebe geschöpft. Wenn ich daran denke, könnte ich kotzen. Du hast im Schlaf seinen Namen gesagt. Ich konnte nicht schlafen.
Ich habe alles vorbereitet. So verlogen wie Du alles hinter meinem Rücken getan hast. Und Oskar ist bei mir. Der bleibt auch bei mir.«

Ein großes, wirres »L« war über den gesamten Brief gekrakelt, den Ludwig auf dem Computer geschrieben hatte. Mustergültig sauber und fehlerfrei.

Anna sah Paulina an, zitternd und halb wahnsinnig vor Angst. Auch Paulina war von der Kälte und dem Hass, die der Brief ausstrahlte, gepackt. Flüchtig dachte sie an Lukas. An Pierre. Und sie fragte Anna unruhig, ob sie und Levi sich wirklich im Grünwalder Park geküsst hatten.

»Ach, woher!«, rief Anna gequält und warf sich in einen Sessel. »Mit Levi habe ich halt manchmal telefoniert, das weißt du doch. Er war so ein kleiner Traum von mir, aber doch nicht mehr. Er ist hier, bei seinen Münchner Verwandten. Er hat eine neue Freundin. Er hat mir lachend erklärt, dass sie mir ähnlich sieht.« Anna sprang wieder auf. Sie schrie Paulina beschwörend an. »Ludwig spinnt, glaube mir. Er spinnt komplett. Es gibt eine Krise bei der Bank. Soviel weiß ich. Sie machen ihm Vorwürfe. Und jetzt dreht der durch, Paulina!«

»Wir müssen die Polizei informieren, Anna, sofort!« Paulina streichelte Annas Rücken, sie zog ihre Freundin an sich, die ihr so vertraut war. Sie spürte, dass Anna sich ein wenig beruhigte. Paulina sah sich und Anna und ihre gemeinsame Zeit vorbeifliegen. Anna war eines der gefragtesten Mädchen am Käthe-Kollwitz-Gymnasium gewesen. Sie war in der zwölften Klasse mit Levi zusammen; die beiden waren an der Schule heftig beneidet worden. Levi war dann nach Israel gegangen, nach Tel Aviv, wo er geboren war und Verwandte hatte. Anna hatte damit begonnen, Kunstgeschichte zu studieren. Dann warb Ludwig hartnäckig und ausdauernd um sie. Er war vier Jahre älter, hatte nach dem Abitur eine Banklehre gemacht. Später wollte er auch an die Uni, aber nach Oskars Geburt hatte Anna sich nur noch um das Kind gekümmert, und Ludwig musste Geld verdienen. Wenn Oskar in der Schule wäre, würde Anna wieder studieren, aber bislang hatte sie die Kurve nicht gekriegt. Und Ludwig arbeitete immer noch bei der Bank. Die Arbeit dort gefiel ihm, von der Uni war nicht mehr die Rede. Manchmal telefonierte Anna mit Levi, das erzählte sie aber nur Paulina.

»Wir leben immerhin in einem Rechtsstaat. Du hast dir

nichts zuschulden kommen lassen. Ruf sofort die Polizei an. Das ist das Wichtigste. Sie werden deine Männer schon finden.« Langsam beruhigte sich Anna, und nachdem sie mit einem Polizeibeamten gesprochen hatte, fasste sie auch wieder Mut.

Paulina atmete tief durch. Anna würde mit Ludwig reden. Paulina hatte sich die Situation schlimmer vorgestellt. Sie überlegte, ob sie rasch über die Gerner Brücke in die Renatastraße laufen sollte. Zu Pierre. Er war Jurist, vielleicht wusste er noch einen Rat für Anna.

Paulina spürte Unruhe in sich aufsteigen. Ludwig wollte Anna in der Wut Oskar wegnehmen, weil er einem Irrtum aufgesessen war, eigenen Fantasien. Musste nicht auch Paulina sich zusammennehmen? Sah nicht auch sie Dinge, die es in Wahrheit gar nicht gab? Lili war in der letzten Zeit merkwürdig verändert gewesen, wenn Lukas dabei war. Weich und zugänglich. Paulina glaubte in Lilis Gesichtsausdruck Sehnsucht zu entdecken, Sehnsucht nach irgendwas oder irgendwem. Jetzt, da sie in ihren Liebschaften unglücklich war, warum dann nicht Lukas? Lili hatte schon als Kind alles haben wollen, was Paulina bekam, die gleichen Kleider, Schuhe, Taschen, und sie hatte getobt, wenn ihrem Willen nicht nachgegeben worden war. Später waren es dann Paulinas Freundinnen oder Freunde gewesen, die Lili umgarnte. Machte sie sich an Lukas heran? Paulina schalt sich eine hysterische Kuh, aber die Gedanken um Lili und Lukas ließen sich nur schwer verdrängen. Früher hatten sie sich oft furchtbar gestritten. Immer wieder. Über Jahre. Aber liebten sie sich nicht auch, hatte Paulina die jüngere Lili nicht gegen andere Kinder verteidigt? Sie erinnerte sich an Szenen im Nordbad, wo größere Jungen Lili untertauchen wollten.

Das hatte Paulina nie zugelassen, sie wusste es noch genau. Doch wie würde das heute sein, wenn Lili und Paulina sich als Rivalinnen gegenüberständen?

Nach der Erfahrung mit Ludwigs fatalem Irrtum wollte Paulina künftig vorsichtiger sein, was Lili und Lukas anging. Vor allem wollte sie wissen, was mit Pierre los war. In der vergangenen Woche hatte sie ihn telefonisch nicht erreicht und hatte auch keine Zeit gehabt, in die Renatastraße zu gehen, um nach ihm zu sehen. Paulina machte sich langsam Sorgen, denn wenn Pierre verreiste, teilte er ihr das inzwischen eigentlich vorher mit oder rief an. Doch nun, da sie gerne mit ihm gesprochen hätte, vielleicht auch über Lili, war er nicht aufzutreiben.

Paulina entschied sich doch dafür, wieder heimzufahren. Sie wollte heute eine Festtagstorte backen. Paulina hatte das Rezept in einem Magazin entdeckt und sich genau gemerkt, dass auf einen Bisquitboden eine Creme aus Eiern, Honig und steif geschlagener Sahne gestrichen wurde. Auf diese Creme kamen dann die Äpfel, weich gedünstet mit Zimt, Zucker und Vanille. Und obendrauf wieder die Creme. Das Ganze sollte noch eine Stunde im Kühlschrank fest werden. Das konnte ihr gerade noch rechtzeitig gelingen.

In der U-Bahn stand sie neben einer grauhaarigen schlanken Dame, die sich leise, aber eindringlich mit einem viel jüngeren Mann unterhielt, der sich mit beiden Händen an eine der Stangen klammerte. Der junge Mann war wohl ihr Sohn, dachte Paulina, und sie sah jetzt, dass er blind war und dass die Mutter ihn beim Aussteigen führte. Die beiden gingen eng eingehängt, und der Blinde lächelte die Mutter an.

Paulina dachte an David, der sie niemals anlächelte oder

fast nie. Dabei war er als Kleinkind oftmals fröhlich gewesen, hatte zufrieden gebrabbelt und gekräht. Bis zum Ende seines zweiten Lebensjahrs hatte er sich entwickelt wie Cosima auch. Er hatte auch erstaunlich früh gesprochen. Dann war es losgegangen mit seiner Sturheit, seinem Trotz, seinem jähzornigen, hartnäckigen Brüllen. Doch sie ging ganz selbstverständlich davon aus, dass Davids Auffälligkeiten von selber verschwinden würden. Wenn sie nur geduldig und liebevoll genug sein könnte.

Paulina hätte niemals daran gedacht, dass David auch nach dem Kindesalter noch seine extremen Angewohnheiten beibehalten könnte. Doch beim Anblick des ungewöhnlichen Mutter-Sohn-Paares war ihr der Gedanke an einen erwachsenen David gekommen. Wie würde er mit zwanzig sein? Würde er sich irgendwann anderen Menschen öffnen, lernen, sich sozial normal zu verhalten? Was wäre, wenn er als Erwachsener beispielsweise in der U-Bahn immer noch ausflippen würde? Paulinas Gedanken waren panisch. Noch nie hatte sie gewagt, so weit vorzudenken.

Von der Sorge um David wechselten Paulinas Gedanken zu Pierre. Er war auch nicht berechenbar, ähnlich wie David. Vielleicht mochte er den Kleinen deshalb so gern. Die beiden verstanden sich außergewöhnlich gut. Paulina vermisste Pierre; er fehlte ihr plötzlich sehr, seine Wärme und die unbedingte Hinwendung zu ihr.

Die Idee mit seinem Haus war jedoch übereilt gewesen; Paulina hatte sie schon wieder verworfen. Spontan hatte sie geglaubt, dass sich alles ganz einfach und naheliegend fügen könnte, dass ihre Vorstellungen, wie sie alle in Pierres Haus wohnen würden, Realität werden könnten, aber inzwischen schien ihr das unwahrscheinlich. Lukas hatte heute Morgen gemeint, dass Granny bestimmt nach der Operation von der Narkose euphorisch gewesen sei. Dieses einfache, kleine Lokal in Franken – da könne nicht eine solche Erbschaft herausspringen. Wahrscheinlich kannte Granny die Immobilienpreise in Nymphenburg nicht so genau.

Doch einfach aufgeben mochte Paulina ihren großen Traum auch nicht. Granny war ihr immer realistisch und handfest erschienen. Sie machte sich eigentlich keine Illusionen. Sie hatte sich bestimmt informiert.

Vielleicht müssten sie umdenken. Es musste ja nicht unbedingt ein Haus sein, Granny könnte von ihrem Vermögen auch eine geräumige Altbauwohnung für alle kaufen. Oder ein schlichtes Reihenhaus. Und wenn das Geld nicht reichte, könnten sie vielleicht einen kleinen Kredit aufnehmen.

Die Vorstellung, mit Granny in einer Wohngemeinschaft zu leben, war schon so verlockend, dass Paulina sie sich verbot. Das würde nie wahr werden. Konnte gar nicht geschehen. Paulina fehlte Vertrauen in die Zukunft.

Dass die Wohnung als Statussymbol verstanden wurde, hatte sie von klein auf gelernt. Ihre Eltern bewohnten eine Herrschaftswohnung in der Schwabinger Tengstraße, um zu zeigen, dass man ein anspruchsvoller Akademikerhaushalt mit viel Platz zum Arbeiten und zum Leben war. Inzwischen war die Tengstraße für ihre Eltern zu teuer geworden. Spätestens als der Vater in Frührente ging, gehen musste, hätten sie sich eine einfachere und kleinere Wohnung nehmen müssen. Die Mutter entschied sich sofort dafür. Das hatte der Vater vehement abgelehnt. Einer seiner Kritikpunkte an Lukas war ja auch, dass er mit Paulina und der Familie in einem billigen Miethaus wohnte. Paulina lehnte ihren Vater ab, weil er Lukas verachtete, absurd, weil er keinen Sinn für

David hatte. Seltsam, als sie klein war, hatte der Vater sie manchmal »Paulchen« genannt. »Mein Paulchen.« Hatte er sich in Wahrheit einen Sohn gewünscht? War er latent homosexuell? Irgendwann, wenn sie sich stark fühlte, würde sie auf ihn zugehen, diesmal aber wollte sie ihn damit konfrontieren, was er ihr angetan hatte. Nicht länger verschlüsselt. Alle sollten es hören, zumindest aber Mutter und Lili.

Wie gern hätte Paulina über den Vater triumphiert. Sie sah sich mit ihrer Familie in einem Haus oder einer repräsentativen Wohnung residieren, und ihre Mutter und Lili würden ein- und ausgehen. Der Vater nicht.

In der Nacht nach dem Streit mit ihm, als sie ihm sagte, dass sie noch alles wisse, noch jedes Mal, da hatte sie von ihrem Vater geträumt: Sie waren im Probenraum des Käthe-Kollwitz-Gymnasiums. Probten in den Kostümen. Victor Hugo? Shakespeare? Paulina freute sich an dem großen, hallenden Raum, sie sagte sich voll Glück, dass es nicht die elterliche Wohnung war. Sie sprang mit den Clowns herum, tanzte mit Anna, verlor sie schließlich, und langsam kam die Angst. Schwere, nasse Eisbären richteten sich brüllend auf, kamen auf sie zu, von allen Seiten glitten Gruppen von Männern auf Schlittschuhen heran, Autos schlingerten auf dem schmutzigen Boden, wie lange würde sie ihnen ausweichen können. Da nahm Anna Paulinas Hand, sie liefen, gingen in ein Kino, fielen in die Sessel. Auf der Leinwand erschien Paulinas Vater, er hatte viel zu viele Augen, Paulina riss Anna aus dem Sessel, zog sie mit sich, im Rücken die Stimme des Vaters. »Komm nach Hause, Paulchen, ich brauche dich.«

13

Es war Ende Mai. Ein schöner, warmer Tag, Vorbote des Sommers. Im Hof des Kindergartens saß David auf einem Hahn, der sich mittels einer starken Metallspirale hin und her schaukeln ließ. David saß gern auf dem Hahn. Wiegte sich hin und her. Wollte nichts anderes, als sich wiegen. Aber die anderen Kinder störten ihn. Wollten ihn hinunterdrängen, selber auf dem Hahn sitzen. David behauptete sich. Trat und schlug, bis die anderen die Lust verloren und ihn alleine ließen.

David redete oft unhörbar mit sich: David nicht Kindergarten. Nicht Kindergarten. Gar nicht. Kindergarten laut. Laut. Laut. Viele Kinder, viele, viele Kinder. Brüllen. Lärm am Kopf. Dicker Lärm am Kopf von David. Tommy würgt David. Würgt. Würgt am Hals. Auf dem Klo würgt Tommy. Stimmt's oder hab ich recht.

Der Briefträger kam auf den Spielplatz. David kannte den Briefträger. David sprach mit sich: Kindergarten, Briefträger. Gelb. Viel Gelb am Briefträger. Tür auf, Briefträger rein, Tür auf, Briefträger raus. Nur Briefträger raus. David darf nicht raus.

Der Briefträger suchte Tanja, die junge Erzieherin. Er

hatte ein Einschreiben für sie. Tanja brachte das Kuvert hinein. Und der Briefträger ging wieder zu seinem Fahrrad und schob es durch die Remise zum großen Tor.

Da lief David auch zum großen Tor. Keines der Kinder beachtete ihn. Er war draußen. Er lief.

Er war rasch in der Renatastraße. David redete mit sich: Häuser anschaun. Mama. Häuser anschaun. Pierre, hinter der Mauer, Haus. Pierre. Gehen. Schnell gehen. David kann schnell gehen. Grünwalder. Da ist der Grünwalder. Die Vögel. Vögel schaun. David kann Vögel schaun. Schön warm. Vögel. Gebüsch. David Gebüsch. Ganz oben. Allein. Schön allein.

Auf seinem Baum wurde es David bald unbequem. Er hörte kleine Kinder. Sie taten Sand in ihre Eimer. Kippten sie aus. Dann war es ein Sandberg. Der war hässlich. David machte mit dem Fuß wieder Sand draus. Ein Kind brüllte, schlug David. Das rote Klettergerüst gefiel David. David konnte klettern. Er war weit oben. Überall waren Kinder. Mama rief immer: David, komm runter. Heimgehen. David nicht heimgehen. Überhaupt nicht.

Die Schaukel war leer. David wollte schaukeln. Er lief schnell, sprang geschickt auf die Schaukel und schwang sich hoch, so hoch er konnte. David hoch. Stimmt's oder hab ich recht. Stimmt's oder hab ich recht. David hatte es gut. Vor und zurück. Hui. Vor und zurück.

Ein Mädchen kam und schaute eine Weile schweigend zu, wie David schaukelte. David sah das Mädchen, achtete aber auf die andere Schaukel, auf der ein Junge noch höher schaukelte als er. David wollte auch höher hinauf. Er gab sich Mühe. Das Mädchen rief, er solle sie auch einmal schaukeln lassen. David beachtete sie nicht. Bei der anderen Schaukel stieg der Junge ab und ließ einen anderen auf die Schaukel.

»Du kannst jetzt auch aufhören!«, rief das Mädchen bestimmt. »Der da lässt auch andere schaukeln!«

Ungerührt schaukelte David weiter. Da kam eine junge Frau, offenbar die Mutter des Mädchens. Sie fragte David, wie er heiße. David gab keine Antwort, zog stattdessen die Augenbrauen hoch.

»Lass bitte Anke auch mal schaukeln«, sagte die Mutter freundlich. »Sie wartet jetzt schon so lange!«

Warum sollte er runter von der Schaukel? David begriff es nicht. Ihm gefiel es gut, noch zu schaukeln.

»Komm, sei lieb«, rief die Mutter wieder. »Anke will doch nur mal kurz schaukeln. Dann müssen wir sowieso gehen. Lass sie halt auch mal!«

Der Junge von der zweiten Schaukel stoppte, rief dem Mädchen zu, dass sie schaukeln könne. Die Mutter ging kopfschüttelnd zu ihrer Bank und strickte weiter. Der Junge drohte David.

»Du Blödmann, komm runter von der Schaukel. Sofort! Oder ich halt dich an.« Der Junge war größer als David. Und geschickt. Er passte den Zeitpunkt ab, wo er die Schaukel zu fassen bekam, wurde mitgeschleift, brachte aber die Schaukel zum Stehen. David fiel in den Sand, klopfte sich gleichmütig die Hose ab und ging davon.

»Blöder Hund, blöder«, rief ihm der Junge nach.

»Blöder Hund, blöder«, sagte David und wiederholte es noch einmal für sich, denn es gefiel ihm. Blöder Hund, blöder.

Er lief hinaus aus dem Park und stand an der Nymphenburger Straße. Er lief zur Ampel, und dann sah er das Schild der U-Bahn.

David kannte das große blaue U. Er wollte U-Drache fahren. Er war mit der Mama und mit Mavie in dem U-Drachen gefahren.

David hatte früher Angst vor der U-Bahn gehabt, als die Drachen aus dem dunklen Loch herausfauchten. Sie kamen schnell, und es war laut. Der Wind pfiff dann immer durch die Haare. Aber im Drachen drinnen war es hell, und er fürchtete sich nicht mehr. Im Gegenteil. Wenn der Drache losdonnerte und die Leute fast umkippten, gefiel das David gut.

David fuhr durch dunkle Höhlen, und dann wurde es so langsam wieder hell. Ui, wie tief er doch unter der Erde war. Er konnte richtig erkennen, wo die Männer das große Loch für den U-Bahnhof gebuddelt hatten. Schöne Lampen waren aufgestellt. Sonst wäre es hier unten dunkel. Die Türen am U-Drachen konnten alleine auf- und zugehen. Die Leute mussten sich beeilen, denn der U-Drache hatte nicht so viel Zeit. Er fuhr weiter, ganz rasch. Das war das Schönste, das Fahren. Auf einmal blieb der U-Drache schon wieder stehen, und alle Leute stiegen die Treppen hinauf. David erinnerte sich an die Treppe, da musste er auch hinaufgehen. Das ist praktisch, hatte Mama damals beim Aussteigen gesagt, hier regnet es wenigstens nicht.

Heute, ohne die Mama, war das Kaufhaus Ötz viel zu viel für Davids Kopf. Er dachte, dass er eine Zeit lang weinen könnte. Ihm klopfte das Herz. Aber das ging vorbei. Er war ein großer Junge. David hielt sich die Ohren zu und hörte sich eine Weile das sanfte Rauschen in seinen Ohren an. Hier drinnen war es leise.

Viele Leute. Überall Unordnung, alle Leute machten Unordnung. David sah Handtücher, gelbe, weiße, rote und bunte Handtücher, und hier, all die Schuhe, sie standen auf Tischen, in Regalen, dabei gehörten sie in den Schuhschrank. Hier gab es Mäntel und Kleider, Leute zogen sie an und warfen sie dann wieder fort, das würde David nicht machen. Dort standen Teller und Töpfe herum, hatten die keinen Topfschrank? David verstand diese schreckliche Unordnung nicht. Und dazu Musik, hässliche Musik.

Viele, viele Menschen liefen zwischen den Sachen herum. Nur Hin und Her. Keine Ruhe. Keine Ordnung. David musste seine Hände ausschütteln, damit das aufhörte mit dem Lärm.

Heute war David allein. Rolltreppe fahren. Er musste Rolltreppe fahren, das wusste er. Die Rolltreppe war lieb. Sie fuhr hoch, so wie David es wollte. Es roch nach Pizza. David schaute sich auf der Rolltreppe um. Unten sah er den Pizzaofen. Die Leute aßen Pizza. Mama machte für David Pizza. Zu Hause. Essen am Tisch. Eis. Semmel. Pizza. Sie tranken Saft. David hatte Hunger. Durst. Wo waren die Bücher. David fand keine Bücher.

David sah Brillen. Kleider. Schuhe. Die Saftbar. Den Eisstand. Bratwurst. Hühnchen. David mochte Bratwurst. Hühnchenflügel. Wo waren die Bücher? Es roch nach Fisch. Fischstäbchen. Aber die Bücher? David wollte bunte Vögel anschauen und Wellen, hohe Wellen. Aber der Flur war zu Ende, David musste zurückgehen. Weitersuchen. Saftbar. Viele Leute. Roter Saft, grüner Saft, gelber Saft. David hatte Durst. So viele Äpfel, Orangen, Mandarinen.

David nahm einen Apfel, biss hinein. Erst waschen, David. Sagt Mama. Stimmt's oder hab ich recht.

»Wo ist deine Mutter?«, fragte die Frau.

Sie hatte rote Backen. Sie war nicht die Mama.

»He, wo deine Mutter ist, will ich wissen!«

Die Frau war laut. David mochte das nicht. Er zog seine Augenbrauen hoch, schob die Hände mit seinem Apfel auf den Rücken und pendelte mit dem Körper hin und her. Dann hob er den Kopf, zog wieder die Augenbrauen hoch und schaute an die Decke.

Die Frau musterte ihn, schaute die Leute an, die ihren Saft tranken, und fragte empört: »Was ist denn mit dem los?«

David aß gleichmütig weiter seinen Apfel und wollte gehen. Doch die Frau hielt ihn an seinem Hemd fest. »Hast du Geld für den Apfel?« David schaute sie verständnislos an. Geld? Das hatte die Mama.

Eine ältere Dame stellte ihr Saftglas ab und zog die Geldbörse heraus. »Was kostet der Apfel?«, fragte sie resolut und gab der Frau einen Euro. Dann fragte sie David, wo seine Mutter sei.

»Donnersbergerstraße. Stimmt«, meinte David, und die Frau fragte weiter, ob die Mutter daheim sei oder hier, im Olympiaeinkaufszentrum. »Donnersbergerstraße. Stimmt«, sagte David wieder, denn er hätte es gerne gehabt, wenn die Frau ihn in Ruhe gelassen hätte. Aber sie gab nicht nach.

»Weißt du deinen Namen und deine Adresse, die Hausnummer?«, fragte sie.

Nach einigem Überlegen sagte David: »Stimmt's oder hab ich recht«, und er nannte seine Adresse und seinen Namen.

»Okay«, sagte die Dame. »Okay, David, dann wollen wir beide jetzt mal zusehen, dass wir in die Donnersbergerstraße kommen. Da wird was los sein, schätze ich. Wenn ein Kind einfach von zu Hause wegläuft, ich glaube, da setzt es was. Zum Glück wohne ich in der Schulstraße, da muss ich keinen großen Umweg machen.«

In die Donnersbergerstraße, dahin wollte David auch. Er hatte Hunger und viel Durst. Die Dame sah, dass David zu den Leuten schaute, die Saft tranken, und sie fragte ihn, ob er einen Saft wolle, und David zeigte auf die rote Kanne.

Als David mit der Dame zu Hause ankam, riss Lukas die Tür auf. Er hatte die Haare ziemlich zerzaust, und sein Kopf war hochrot. Er sagte immer »Danke, vielen, vielen Dank« zu der Dame. Er bat sie, doch in die Wohnung zu kommen, die Polizei sei gerade da. Die Dame hatte keine große Lust, aber sie ging mit.

Die Mama kam mit Mavie auf dem Arm aus der Küche gerannt, aus ihren Augen liefen Tränen, und sie sagte auch immer »Danke, danke« zu der Dame. Die musste der Polizei genau erzählen, wo sie David gefunden hatte. Und sie sollte auch ihre Adresse sagen. Und die Telefonnummer. »Sie hören wieder von uns«, sagte ein Polizist zum Papa, und dann gingen die Beamten weg, der eine schaute David böse an. Der andere nicht, der schaute durch David hindurch.

Danach verabschiedete sich die Dame, und David sollte auch Danke sagen. Er überlegte kurz, zog die Augenbrauen hoch, und dann sagte er: »Danke danke danke.« Er wollte unter seinen Tisch. Mit strenger Logik sortierte er die Kampftruppen und war sofort wieder in sein Spiel versunken.

»So geht es nicht mehr weiter«, sagte Lukas zu Paulina, die langsam und völlig ermattet Mavie ihren Möhrenbrei in den Mund löffelte. »Paulina, wir müssen etwas tun. Wir müssen mit David zum Arzt, zu einem Kinderpsychiater!«

»Du redest schon wie mein Vater«, schluchzte Paulina. »Du weißt doch, dass ich mir manchmal auch Gedanken darüber mache, was mit ihm los ist!«

»Manchmal, Paulina? Ich habe mir schon oft, zum Beispiel, als er mir auf dem Marienplatz weggerannt ist, fest vorgenommen, mit dir zu reden, aber dann war bei mir so viel los im Betrieb, dass ich es wieder verdrängt habe.«

»David ist noch so klein«, sagte Paulina verzweifelt. »Ich kann mir nicht vorstellen, ihn in fremde Hände zu geben. In die Psychiatrie. Auch wenn es die Kinderpsychiatrie ist. Du weißt doch, welche Angst ich vor einer Fehldiagnose habe. David kann so viel. Hast du vergessen, wie super er Memory spielt? Da schlägt er uns alle. Und er interessiert sich für Bücher. Und er schwimmt wie ein Weltmeister. Sogar der Bademeister war neulich beeindruckt. Ich wette, dass David begabt ist. Ausreißen tun doch viele Kinder. Lili war im Kindergartenalter auch mal einen Tag lang weg. Hatte sich mit einem Jungen aus ihrer Gruppe in einer Garage versteckt. Und sie musste auch nicht zum Psychiater.«

»Aber sie war nicht so auffällig wie David. Er scheint gar nicht zu verstehen, was wir von ihm wollen. Er hat kein Unrechtsbewusstsein.«

»Und wenn der Arzt ihn falsch einschätzt? Wenn er unser Kind als psychotisch diagnostiziert oder gar als schizophren oder als was weiß ich? Wenn David dann völlig falsch behandelt wird? Wenn er Medikamente kriegt, die ihn verändern? Vielleicht noch kränker machen? Dann schafft er sich noch ein dickeres Fell an als bisher, und wir kommen gar nicht mehr an ihn heran. Was willst du dann tun?«

Lukas atmete tief durch. Gut, dass David ausgerissen war. Ihre Angst, vor allem die panische Angst Paulinas, dass dem Jungen etwas Schreckliches zugestoßen sein musste, hatte den Panzer aufgebrochen, mit dem Paulina sich umgeben hatte. Lukas war erleichtert, dass er endlich mit Paulina offen reden konnte.

»Ruf bitte Granny an und frage sie, ob du sie hier herholen kannst«, bat Paulina. »Wir sollten mit ihr über David reden. Sie war bisher immer gelassen. Dabei weiß ich, dass sie David so sehr liebt wie dich. Sie war Lehrerin, sie hat so viele Kinder erlebt. Wenn sie auch sagt, dass David zum Psychiater soll, dann, dann ...« Paulina schluchzte, sie konnte nicht mehr weiterreden.

Lukas hatte ihr Mavie abgenommen, die nachdenklich auf Paulina schaute. Es zuckte um ihren Mund. Lukas ging mit Mavie ins Bad, zog die Spieluhr auf. Mavie ließ sich ablenken, und Lukas wechselte ihre Windel. »Zeit zum Schlafen, junge Frau«, sagte er zärtlich und legte sie in ihr Bett.

14

Paulina dachte oft an Pierre. Wie lange hatte sie ihn nicht mehr gesehen? Wenn er mich braucht, wird er sich schon melden, hatte sie überlegt. Schließlich wollte sie sich ihm nicht aufdrängen. Das fand sie dann wieder lächerlich, denn sie wusste es besser. Pierre dachte an sie ebenso häufig wie sie an ihn. Vielleicht sogar jeden Tag. Eigentlich war Pierre ja ein Fremder für sie, die mit Lukas und den Kindern ein festgefügtes Leben führte. Aber der Gedanke an ihn erfüllte sie mit Wärme, Freude und einer verrückten Hoffnung. Vielleicht würde Pierre sein Haus doch an Granny verkaufen. Und als ihr klar wurde, dass der Sommer begann und niemand mehr von dem Hauskauf sprach, wurde sie unruhig.

Nie würde sie den Tag im April vergessen, als sie endlich die Zeit gefunden hatte, in die Renatastraße zu gehen, um Pierre aufzusuchen. Da er weder an sein Festnetztelefon noch an sein Handy ging, wollte sie versuchen, sich bei den Nachbarn nach ihm zu erkundigen. Irgendetwas musste sie herausbringen. Ein Mann wie Pierre konnte doch nicht verschwinden. Ohne eine Spur.

Paulina hatte David zu seiner Urgroßmutter gebracht.

Nach seiner Flucht aus dem Kindergarten in der mühsamen Eingewöhnungszeit hatte Granny angeboten, ihn mindestens zweimal in der Woche einen Vor- oder Nachmittag zu übernehmen und auf jeden Fall dann, wenn Paulina dringend etwas erledigen musste. Granny hatte beim Sichten und Aussortieren ihres Speichers noch eine weitere Armee Zinnsoldaten gefunden. Für David ein Schatz, mit dem er sich hingebungsvoll beschäftigte. Granny erklärte, dass sie gut mit David auskomme, bislang habe es keine unerfreulichen Szenen gegeben.

Wie so oft, hatte Paulina sich bei Franziska zu lange aufgehalten. Daher musste sie erst Cosima vom Kindergarten abholen, obwohl sie lieber alleine nach Pierre geforscht hätte. Doch als sie bei dem Haus ankamen, war Paulina froh, dass sie Cosima an ihrer Seite hatte, denn es öffnete sich die Tür und eine Dame in grellgelbem Sommerkostüm trat heraus, schloss die Haustür ab und schaute zu den beiden Wartenden.

Paulina fragte, ob Pierre Valbert da sei.

»Mein Mann? Wieso? Was wollen Sie von meinem Mann?«

Die Frau fauchte fast, und Paulina wich einen Schritt zurück, zog unwillkürlich Cosima zu sich heran. Die Dame hatte sehr dunkel gefärbtes, aufgebauschtes Haar. Sie war auffallend geschminkt, besonders die Augen waren dick umrahmt. Wieso hat Pierre an mir Gefallen gefunden, fragte Paulina sich. Größere Gegensätze als sie und diese Frau konnte es gar nicht geben.

»Also, was wollen Sie?«, fragte die Frau ungeduldig. Sie trug lila Pumps mit hohen Absätzen, und Paulina sah, dass sie Probleme hatte, mit ihren bloßen Füßen in den engen Pumps überhaupt zu stehen.

»Meine Mama und ich – wir sind mit dem Pierre befreundet«, meldete sich Cosima.

»Was du nicht sagst – interessant!«

Die Frau schaute merkwürdig verkniffen auf Cosima. Sie schien misstrauisch zu werden.

»Ja«, sagte Paulina ruhig, »ich bin eine Freundin von Pierre, ich habe lange nichts von ihm gehört und möchte nach ihm schauen.«

»Sie können mir viel erzählen«, meinte die Frau, doch sie schien irgendwie zugänglicher. »Vielleicht sagen Sie mir jetzt noch, dass dieses Mädchen das Kind von Pierre ist?«

»Sie sind wohl nicht ganz dicht!«, rutschte es Paulina raus. Cosima musste kurz kichern. Die Mama hatte es der knallgelben Frau aber gegeben.

Die Frau schien zu überlegen. Nagte an ihren grellroten Lippen. Dann zog sie entschlossen die Schuhe aus, schloss die Haustür wieder auf.

»In den Dingern kann ich sowieso nicht in die Stadt fahren. Kommen Sie rein, ich hole mir Slipper, und wir trinken eine Limo. Was meinst du?«, fragte sie Cosima.

Die antwortete prompt, dass sie am liebsten eine Cola hätte. Kalt.

»Ist alles da. Keine Sorge.«

Drinnen öffnete die Frau die Tür zur Speisekammer, in der auch der große Kühlschrank stand.

»Sie kennen sich doch aus hier, oder?«, fragte sie lauernd Paulina, die mit Cosima stehen geblieben war.

Paulina spürte, dass die Frau wirklich nichts über sie wusste. Pierre hatte ihre Freundschaft für sich behalten. Das beruhigte sie und machte sie frei.

Dennoch fühlte sie sich beklommen. Vor allem, weil die

Frau so unruhig war. Immer wieder schaute sie zur Tür. Oder sie sah aus dem Fenster, das auf den Hof ging. Warum behauptete sie, dass sie Pierres Frau sei? Die beiden waren seit Langem geschieden. Das hatte Pierre mehrfach erwähnt.

Paulina hatte Sehnsucht nach Pierre, und das verunsicherte sie. Sie wollte Pierre sehen und mit ihm sprechen. Wenn sie an die Wohnungsbesichtigung dachte, war es, als lägen die darauffolgenden Tage in einem undurchdringlichen Dunst. Jedenfalls waren Paulinas Gefühle noch komplizierter geworden. Verschwommen, unbestimmt, nur die ziehende Sehnsucht war eindeutig.

An einem Samstag Ende März war es gewesen, als sie mit Granny und Lukas in Pierres Wohnhalle gesessen hatte. Ohne lange Vorreden hatten sie den Grund ihres Besuches genannt. Das Haus. Es schien so einfach.

»Ich will überhaupt nicht handeln«, hatte Pierre gleich zu Anfang gesagt. »Ich verdanke Paulina viel. Sie hat mir geholfen, ins Leben zurückzufinden. Am liebsten würde ich ihr das Haus schenken. Nur bin ich leider nicht reich. Doch wenn ich eine Wohnung finde, die mir auf Anhieb zusagt, brauche ich von Ihnen nur die Summe, die ich dafür zahlen muss.«

»Die könnte ja leicht zwei Millionen kosten«, hatte Lukas trocken gesagt. »Sie braucht nur in der Innenstadt zu liegen und luxussaniert zu sein. Dann scheiden wir als Käufer schon aus.«

Pierre hatte Granny angesehen, und sie hatte leicht gelächelt und gesagt: »Ich schlage vor, Sie gehen erst einmal auf Wohnungssuche. Dann kennen wir den finanziellen Rahmen, in dem wir uns bewegen, und können konkreter werden als heute.«

»Wäre es möglich, dass du mich begleitest?«, hatte Pierre

sie plötzlich gefragt, und Paulina spürte, wie sich in ihrem Nacken die Haare aufstellten. Wie konnte Pierre sie das vor Granny und vor Lukas fragen.

Sie sagte schnell: »Das hast du mich schon mal gefragt, aber ich habe wenig Zeit, das weißt du ja. Klar, ich kann schon einmal mitkommen, eigentlich sehe ich mir gerne Wohnungen an.«

Lukas schaute in der Tat etwas verblüfft. Grannys Blick ging zwischen Lukas, Pierre und Paulina hin und her; ihr war keinerlei Besorgnis anzumerken.

Pierre ergänzte, dass Paulina und er bei ihren Treffen meistens über Häuser und Wohnungen geredet hätten, und er teile ihre Vorstellungen in fast allen Dingen. »Wenn Paulina mir hilft, finde ich bestimmt eine Wohnung, die mir auf Dauer gefällt. Alleine kann ich mich auf meinen Geschmack nicht verlassen. Heute gefällt mir eine gemütliche Altbauwohnung, dann wieder möchte ich viel Glas und Metall um mich herum haben.«

Sie verabredeten, dass Pierre erst einmal eine Vorauswahl treffen und sich dann bei Paulina melden würde. Paulina versicherte nochmals, dass sie ihm wirklich gerne helfen würde, eine moderne und doch gemütliche Wohnung zu finden.

Auf der Fahrt nach Hause hatte nur Granny geredet. »Kinder, wenn wir dieses Haus bekommen könnten, wäre das ein seltener Glücksfall. Es ist solide gebaut, wertvoll ausgestattet, und wir hätten jede Menge Platz. Die geräumige Wohnhalle könnten wir gemeinsam benutzen, wenn ihr das wollt, und ich hätte eine Küche, ein Bad, ein Schlaf- und ein Gästezimmer. Ihr hättet den ersten Stock, das sind vier Zimmer, Wohnküche und das größte Bad im Haus. Später könnten die Kinder im Dachgeschoss eigene Zimmer bekommen. Dort ist sogar noch eine Dusche. Das Haus ist für uns ideal – schlicht und einfach ideal!«

»Dann müssen wir jetzt nur noch beten, dass Herr Valbert eine Wohnung findet, die du bezahlen kannst, Granny!«, meinte Lukas sarkastisch.

Sie brachten Granny nach Hause. Lukas lief in den Keller, um Grannys Kühlschrank für die nächste Zeit mit Wasser, Wein und Bier aufzufüllen.

Während Franziska Ruge und Paulina langsam die Treppe zur Wohnung hinaufgingen, nahm Franziska Paulinas Hand und fragte: »Wirst du Pierre wiedersehen? Ich meine – nicht wegen der Wohnung.«

In dem Moment kam Lukas aus dem Keller, er sei fertig. Paulina, erleichtert, lief zu ihm hinunter, wandte den Kopf nochmals um und rief hinauf: »Gute Nacht, Granny! Ich komme bald. Dann können wir reden.«

Bei der Wohnungsbesichtigung am Sendlinger Tor war es dann passiert. Pierre und Paulina standen in einem Penthouse, dessen Terrasse völlig verglast war und zwei große Schiebetüren hatte. Schon beim Betreten der Wohnung hatte Paulina sich überrascht umgesehen und gesagt: »Hier will ich dich oft besuchen.«

Pierre sah sie an, als sähe er sie zum ersten Mal. »Ich habe schon angefangen, auf dich zu warten. Meine Wohnung soll vor allem dir gefallen. Ich zähle inzwischen die Tage und die Stunden, bis ich dich wiedersehe. Es ist auch nicht wichtig für mich, dass du deinen Mann liebst und bei ihm bleiben wirst, wenn du nur manchmal hierherkommst, Paulina!«

Pierre hatte Paulina in seine Arme genommen, und sie

ließ es zu, dass er ihren Kopf fest an seinen Hals drückte. Sie roch den ihr schon vertrauten Duft seiner Haut, und sie wusste nicht, ob es ihr Herz war, das wie verrückt klopfte, oder seines.

»Ehe du gekommen bist, war ich abgeschnitten vom Leben«, sagte Pierre heftig. »Ich habe oft versucht, es dir zu erklären. Du weißt es, und du verstehst es. Ich hoffe, dass wir uns nie mehr verlieren.«

Paulina hatte seinen behutsam fordernden Kuss zögernd erwidert. Doch dann hatte Pierre sie plötzlich an sich gedrückt, und Paulina dachte, dass er Ruhe und Ordnung bringe in ihre vom Vater verstörte Seele. Doch sie wusste auch, dass es nicht recht war, am ganzen Leib zu erzittern, in eine Erregung, in ein Fieber zu verfallen, das tief in ihrem Innern ein Versteck öffnete. Sie machte sich verzweifelt los von Pierre, lief hinaus aus dem gläsernen Gehäuse zum Lift, der sie wieder auf die belebte Straße brachte, in den schützenden, wirbelnden Fluss der Menschen, die Paulina mit zur U-Bahn nahmen.

Erst die voll besetzte Rolltreppe brachte Paulina zum Stehen. Und zum Nachdenken. War sie von allen guten Geistern verlassen? Warum hatte sie Pierres Kuss erwidert? Aber sie wusste es wohl, er hatte ihr unglaublich gut gefallen. Sie wollte, dass er sie küsste. Und jetzt? Was sollte jetzt werden?

Seither hatten sie sich nicht wiedergesehen, und sie hatte auch nichts mehr von ihm gehört. Und nun saß sie mit einer Frau in der Wohnhalle, die behauptete, Pierres Frau zu sein. Aber sie war hier nicht daheim; das schloss Paulina daraus, dass die Frau flache Schuhe aus ihrer Handtasche gezogen hatte.

Es schellte. Die Frau fuhr hoch, herrschte Paulina an,

dass sie erst die Türe aufmachen solle, wenn sie im Schlafzimmer verschwunden sei. Cosima war aber schon zur Tür gelaufen und ließ einen elegant gekleideten Herrn herein, der sofort hinter der Frau herging. Er rief, dass sie stehen bleiben solle, alles andere sei doch Unsinn. »Je eher Schluss ist mit dem Affentheater, desto besser. Geben Sie mir sofort den Schlüsselbund.« Die Frau öffnete stumm ihre Handtasche, gab dem Eleganten einen Ring mit Schlüsseln, den Paulina kannte. Es waren Pierres Schlüssel.

Die Frau legte einen leichten Sommermantel, der an der Garderobe hing, über ihren Arm und ging ohne einen Blick für Paulina und Cosima rasch zur Tür. Der Mann stand ruhig im Flur und schien die Schlüssel zu zählen. Ohne aufzusehen, rief er: »Wir hören voneinander!« Die Tür schlug zu und kurz danach die Haustür.

Paulina nahm Cosima bei der Hand und wollte sich verabschieden. Doch der elegante Mann kam freundlich auf sie zu und fragte höflich, ob sie Paulina Ruge sei. Paulina nickte. Dann wandte sich der Mann an Cosima. »Von dir habe ich auch schon viel gehört. Herr Valbert will deinen Eltern das Haus verkaufen. Gefällt es dir? Möchtest du gern hier wohnen?«

Cosima schaute auf Paulina und zuckte dann mit den Schultern. »Ich weiß nicht«, sagte sie. »Es ist schön hier. Aber nicht, wenn die Frau wiederkommt.«

»Da kannst du sicher sein. Sie darf schon lange nicht mehr herkommen. Die Schlüssel hat sie Herrn Valbert heimlich weggenommen.«

Der Elegante stellte sich als Stephan Cramer vor. »Ich bin der Anwalt von Herrn Valbert. Er hat sich vor zwei Wochen in ärztliche Behandlung begeben. Seine Exfrau muss davon erfahren haben. Jedenfalls hat sie sich gestern in sein Krankenzimmer geschlichen, als Herr Valbert beim Professor in Behandlung war. Sie hat die Schlüssel an sich genommen und wollte eine Spedition beauftragen, die Wertgegenstände abzuholen. Wir haben das zum Glück sofort erfahren, denn die Firma hat wegen des Termins noch einmal nachgefragt, und ich höre den Anrufbeantworter regelmäßig ab. Jetzt können wir gegen die Dame vorgehen.«

»Wo ist denn Herr Valbert? Unsere Gespräche über den Verkauf des Hauses sind abgebrochen«, erklärte Paulina.

Der Anwalt meinte, dass Herr Valbert so weit wieder hergestellt sei, dass er sich in den nächsten Tagen bestimmt melden werde. »Ich glaube, sie werden sich dann schnell einig werden. Übrigens, die Penthouse-Wohnung, die Sie mit Herrn Valbert besichtigt haben, hat er vergangene Woche gekauft. Er wird dort einziehen, sobald die Handwerker fertig sind. Wenn wir uns eben nicht getroffen hätten, wären Sie von mir telefonisch benachrichtigt worden.«

»Wollen Sie mir nicht sagen, wie es Herrn Valbert gesundheitlich geht? In welcher Klinik ist er denn? Wir sind befreundet, ich möchte ihn besuchen.«

»Ich auch«, sagte Cosima nachdrücklich.

Der Anwalt lächelte. »Du hast Herrn Valbert gern, das hat er mir schon gesagt. Du und dein Bruder. Heißt er nicht David? Herr Valbert ist froh, dass deine Großmutter sein Haus kaufen wird.« Er wandte sich an Paulina. »Ich weiß, dass Herr Valbert sich bald melden wird.«

Der Anwalt begleitete Paulina und Cosima zur Haustür. »Ich werde noch einmal durchs Haus gehen.«

Wenige Tage darauf rief Pierre tatsächlich bei Paulina

an. Er entschuldigte sich. Er habe sich schlecht benommen, und dann sei er abgetaucht. »Glaube mir, Paulina, im ersten Moment habe ich mir gesagt, dass doch alles in Ordnung sei. Dass es leicht sei, wieder zurückzukehren zu unserer bisherigen Freundschaft. Doch es wurde immer schwerer, das Leben ohne dich auszuhalten. Mit jedem Tag wurde es härter. Bis ich es nicht mehr ertragen habe.«

»Und dann, was ist passiert?«

»Es wurde so schlimm wie früher. Ich habe mich so gesehnt nach dieser Stunde, diesen Minuten, als ich nah bei dir sein konnte, dass ich ...« Hier brach Pierre ab.

Paulina konnte die Stille kaum ertragen. »Willst du mir nicht endlich einmal sagen, was du hast? Was war damals, als ich dich auf der Straße zwischen den Autos gefunden habe? Und außerdem will ich wissen, warum du dich so lange nicht bei mir meldest. Wochenlang habe ich dich nicht erreicht.«

»Paulina, ich habe wieder einen heftigen Anfall von Morbus Menière bekommen, eine Attacke, bei der es einem übel wird, dann dreht sich alles, und man stürzt und erbricht, also ziemlich schlimm. Einen solchen Anfall hatte ich auch, als du mich gefunden hast. Nur musste ich damals gottlob nicht erbrechen ... Ich bin im Klinikum rechts der Isar in Behandlung, der Professor ist spezialisiert auf diese Krankheit, und mir geht es schon wieder ganz passabel.«

Paulina hatte ihm stumm zugehört, und plötzlich fiel ihr der Traum ein, der sie seit der letzten Nacht beschäftigte. Im Traum hatte sie Pierre gesehen. Er näherte sich ihr, aber dann ging er vorüber und blickte sie nur schweigend an. Sie sah ihm ebenfalls in die Augen. Es erfüllte sie mit einem so tiefen Glück, Pierre anzuschauen, dass sie davon noch erfüllt war, als sie aufwachte. Ein Abglanz dieses Gefühls war selbst jetzt noch in ihr, und als sie Pierres Erklärungen hörte, als sie sich vorstellte, wie unsicher und elend er sich fühlte, da verstand sie, dass er in diesem Zustand nicht gesehen werden wollte.

»Ich sehne mich nach dir«, sagte Paulina mit belegter Stimme. »Ich weiß, wir können alles besser machen als bisher. Wir müssen uns bald sehen, um zu sprechen.«

»Mein Gott, Paulina«, rief Pierre, »ich habe mich so schlecht benommen, ich war zu eitel, um dich zu informieren, und du willst mich wiedersehen? Paulina, ich habe mir so viele Sorgen gemacht, um dich, um deine Familie. Und ich habe ein großes Bedürfnis nach deiner Wärme. Ich konnte mich nicht beherrschen. Und verzeih bitte, dass ich euch habe warten lassen mit dem Haus, aber ich plane alles. Verzeihst du mir?«

»Ich habe dir doch gar nichts vorzuwerfen, also gibt es auch nichts zu verzeihen. Ich bin auch oft einsam. Trotz Lukas, trotz der Kinder, trotz Granny. Erst als ich die Möglichkeit hatte, immer mal wieder bei dir zu sein, war ich nicht mehr allein, Pierre. Mit dir habe ich mich nie einsam gefühlt.«

»Paulina, ich kann es nicht fassen. Wie habe ich mich vor diesem Gespräch gefürchtet, und nun bist du so großartig. Paulina, wir werden es so halten wie früher. Nur besuche ich dich in eurem Haus, und du suchst mich in meiner Wohnung auf. Du bist mein Engel!«

15

»LUDWIG HAT SICH BEI MIR ENTSCHULDIGT. ALS ER MIT Oskar gekommen ist, hatte er einen Strauß Blumen im Arm, so groß wie ein Wagenrad. Oskar überreichte mir eine Packung Pralinen. Er sah immerzu von mir zu Ludwig. Der hatte ihm nichts erklärt, war einfach nur mit ihm nach Freising zu seinen Eltern gefahren.«

Paulina hatte einen Kaffee gemacht, dazu ein paar Crêpes mehr als sonst, die konnte sie gleich als Abendessen für die Kinder aufheben. Es duftete gemütlich in Paulinas Küche. Anna hatte vor dem Kaufhof einen Strauß kurzer Tulpen gekauft. Crêpes und Tulpen, das sah eigentlich friedlich aus, dachte Paulina.

Aber Anna berichtete immer noch von Krieg. »Ich kann es nicht hineinbekommen in meinen Kopf. Deshalb kann ich ihm auch nicht so einfach verzeihen. Ich begreife nicht, warum Ludwig nicht erst einmal mit mir geredet hat, ehe er Tabula rasa machen wollte.«

»Aber er muss dir doch eine Erklärung gegeben haben«, meinte Paulina, die Kaffee einschenkte.

Sie war einfach nur froh, dass Anna ihren Oskar wieder daheim hatte, und alles andere musste sich herausstellen.

Eine Weile blieb Anna stumm. Sie probiert abwesend ein Stück von dem Pfannkuchen, den Paulina mit Hagelzucker bestreut und eingerollt hatte.

»Ich merke gerade, dass ich heute noch nichts gegessen habe«, sagte Anna entschuldigend. Dann aß sie den Kuchen auf und trank dann Kaffee.

»Ludwig sagt, er sei am Ende gewesen. In der Bank habe man ihn angegriffen. Er habe Kunden falsch beraten, hieß es. Vielleicht müsse er sich auch vor Gericht verantworten. Er habe die höhnischen Gesichter gesehen, einige, die ihn früher beneidet hätten, machten hämische Bemerkungen. Er habe das Gefühl gehabt, als wäre er zwischen Mühlsteine geraten ... Und dann hat er geweint, hat gesagt, er sei herumgelaufen wie ein Geisteskranker, plötzlich habe er Levi gesehen und die Frau, er hätte schwören können, dass ich es gewesen sei ... Na ja, alles Weitere kennst du.« Anna stockte.

Paulina fragte spontan, ob ihr in der letzten Zeit nichts an Ludwig aufgefallen sei. »Hast du nicht gespürt, dass es ihm schlecht ging in der Bank?«

»Du kennst doch Ludwig«, verteidigte sich Anna, »er ist immer fröhlich und geht möglichst jedem problematischen Gespräch aus dem Weg.«

»Das kann er sich nun aber nicht mehr leisten«, sagte Paulina mit leisem Spott. Auch Anna musste lachen. »Nein, er ist endlich mit seinen Sorgen rausgerückt.«

Paulina legte ihre Hand auf die von Anna, sah ihre Freundin liebevoll an. »Was glaubst du, kannst du Ludwig verzeihen?«

Anna sah Paulina offen an, in ihren Augen tanzten Fünkchen. »Bei dir ist es ja gut aufgehoben – ich wünsche mir schon noch ab und zu, ich wäre wirklich die Frau an Levis Seite gewesen?«

»Auch, wenn sie einen ›dicken Arsch‹ hatte?«
»Ja«, sagte Anna, »ja, auch dann.«
Sie brachten Anna bis zur U-Bahn, denn Paulina war mit den Kindern heute noch nicht draußen gewesen. Anna schob den Kinderwagen, auf dessen Konsole vorne David stand. Anna sagte zu Paulina, vielleicht bekomme Oskar irgendwann noch ein Geschwister. Der Irrtum Ludwigs habe ihre Ehe ganz schön in Schwung gebracht. »Das Schönste an der Ehe sind eigentlich die Kinder. Das siehst du doch auch so, sonst hättest du doch keine drei.« Paulina lachte und meinte, dass Anna anfange, ihr Rätsel aufzugeben.

Da waren sie auch schon an der U-Bahn. Anna küsste sie alle und verschwand im Treppenschacht.

Paulina ließ mit den Kindern den Kaufhof links liegen. Wie fast immer; er war ihr zu teuer, und Davids Anhänglichkeit an die Rolltreppen konnte strapaziös werden. Sie kaufte lieber in den kleinen Geschäften und bei den Händlern in ihrer Straße ein. Nach sechs Jahren kannte sie die Apothekerinnen und Verkäuferinnen im Schuhladen, den Obsthändler, der die Kinder beschenkte – die Donnersbergerstraße war ihr so vertraut geworden, als wäre sie hier aufgewachsen. Dann kamen die Garagen, die David liebte, bei denen er stehen blieb und wie immer warten wollte, bis ein Auto hineinfuhr, dann von seinem Fahrer verlassen wurde und langsam nach unten glitt, während der Fahrer sich oberirdisch auf den Weg machte. Das bestaunte David jedes Mal andächtig. Er drückte sich schier die Nase platt an den Glasscheiben der einem Käfig ähnelnden Garage, wo man die wartenden und nach unten sinkenden Autos genau betrachten konnte. Ihn da wieder wegzulotsen war ein Kunststück, an dem Paulina schon manchmal fast gescheitert war.

Wenn sie nicht in Eile war, freute sie sich an Davids Neugier, an seinem Streben, allem auf den Grund zu gehen. Er sah dann Paulina mit glänzenden Augen an. »David Auto sehen. Auto fährt in großen Schacht. Gaaanz allein!« Hatte David Glück, und ein Autobesitzer holte seinen Wagen wieder an die Oberfläche, hing David wie gebannt an der Glasscheibe. »Auto kommt hoch!«, rief er dann seiner Mutter zu, als könnte nur er alleine das sehen. »Auto kommt gaaanz alleine wieder hoch.« Paulina sah, wie David den Atem anhielt, bis der Wagen an der Oberfläche war und zum Stehen kam. War der Fahrer eingestiegen und weggefahren, kam David ohne Ermahnung zu Paulina zurück. Er ging mit gewichtigem Schritt. Sein Gesicht war ernst und gesammelt, aber zufrieden. So ähnlich ruhte David in sich, wenn er im Wellenbad seine ungewöhnliche Geschicklichkeit austoben konnte.

Granny hatte das schon früh erkannt. Seit sie einmal erlebt hatte, wie David im Cosimabad die Wellen umarmte und sich nur schwer trennen konnte, hatte sie mit David ein Abkommen getroffen. Sie ließ ihn in ihrem Bad in der Wanne Wellenbad spielen. Wenn er beim Wellenmachen den Boden des Badezimmers nur wenig nass machte, dann durfte er bei Granny eine Viertelstunde Wellen machen. Granny besaß eine altmodische große Wanne. Sie badete und duschte mit derselben Hingabe wie David. Sie stellte ihm dann einen Wecker hin, und wenn der schellte, stieg David tatsächlich ohne Gezeter aus der Wanne, trocknete sich ab und kleidete sich langsam und ziemlich ordentlich wieder an. Ein Wunder, das sich aber nur bei Granny ereignete.

Paulina war glücklich, wenn David einverstanden war mit seiner Welt. Sie hoffte dann auf morgen oder übermorgen, wenn ihr Sohn seine Umwelt nicht mehr als Hölle erleben musste.

Daheim fielen Cosima und David hungrig über die Crêpes her. Gut, dass noch Teig im Kühlschrank war, denn auch Lukas kam kurz nach seiner Familie heim und buk sofort weitere Pfannkuchen. Zum zweiten Mal breitete sich in der Wohnung der Geruch von Gemütlichkeit aus.

Dann klingelte es. Paulina und Lukas sahen sich fragend an. »Kommt heute jemand?«, erkundigte sich Lukas, doch Paulina konnte sich nicht erinnern.

Es war Lili, die sich nicht weiter aufhielt mit einer Erklärung für den Überfall. Sie sei in der Nähe gewesen, sagte sie im Hereinkommen. Ohne Umschweife kam sie in die Küche, hängte ihren Mantel über einen der Küchenstühle und ließ sich auf einen Stuhl plumpsen.

Paulina stellte ihrer Schwester eine Tasse Tee hin. Er war gerade noch warm genug. Lukas füllte wieder den Wasserkocher, sagte, er mache nochmals Tee, falls Lilis Besuch länger dauere.

Lili warf ihm einen kurzen, unsicheren Blick zu. Dann sagte sie sarkastisch: »Ich will euer trautes Glück nicht stören. Jeder weiß, wie schnell das vorbei sein kann. Im Moment will ich mich auch nicht beklagen, Lutz ist so liebevoll wie schon lange nicht mehr. Er redet sogar von Neuanfang. Vielleicht müsst ihr bald daran denken, für ein anständiges Hochzeitsgeschenk zu sparen ...«

Paulina und Lukas schwiegen. Lili betrachtete lächelnd ihre schwarz lackierten Fingernägel.

»Ich bringe die Großen ins Bett«, sagte Lukas in die Stille, auch, weil Cosima neugierig zuhörte.

»David pritschelt wieder im Waschbecken«, meldete sie,

und Lukas versprach: »Dem werden wir jetzt die Leviten lesen.« Die beiden verschwanden im Bad.

»Nimmst du eigentlich die Pille«, fragte Paulina, »oder spielst du Russisches Roulette?«

»Ach, wie geht das?«, wollte Lili wissen. Paulina erklärte, dass man dazu einen Revolver mit nur einer Patrone belade. Dann setze sich eine Gesellschaft um den Tisch, und jeder schieße einmal auf sich. Für einen sei es das letzte Mal.

»Ach, ich erinnere mich, wozu bin ich Filmwissenschaftlerin?«, lachte Lili. »Das war ein Fassbinder-Film aus seinen besten Zeiten. 1971 hat er ihn auf Schloss Stöckach gedreht. Zum ersten Mal mit Michael Ballhaus hinter der Kamera.«

»Aber nun lenk nicht ab. Nimmst du die Pille oder nicht?«

»Eigentlich geht es dich gar nichts an, Schwesterherz.« Lili sagte es hochmütig lächelnd. Aber dann besann sie sich doch. »Also, ich nehme die Pille nicht. Sie macht mich einfach zu dick. Ich fühle mich nicht wohl damit. Außerdem haben Lutz und ich so oft Sendepause …«

Lukas kam zurück und vermeldete, dass er Cosima und David ins Bett gebracht habe. »Cosima hat angeboten, David noch vorzulesen.« Alle wussten, dass es noch nicht weit her war mit Cosimas Lesekünsten. Aber sie glich das aus durch Erzählen, und David hörte gerne zu.

Bevor Lukas sich zu den Schwestern setzte, holte er ein Bier aus dem Kühlschrank und bot auch Lili eines an. Doch sie blieb lieber beim Tee.

»Übrigens, Paulina, ich soll dir was ausrichten von den Eltern. Stell dir vor – Mama und Papa sind sich ausnahmsweise mal einig. Sie wollen, dass Cosima in eine bessere Schule kommt. Sie soll nicht in die Dom-Pedro-Schule gehen wie Lukas. Sie haben sich schlau gemacht. Es gibt da so eine neue Kreativschule, die heißt BIP und soll die beste aller möglichen Schulen sein. Dort fabrizieren sie Eliteenkel am laufenden Band.«

»BIP?«, fragte Paulina skeptisch. »Was ist denn das für eine Schule? Was bedeutet das?«

»Mama sagt, es stehe für Begabung, Intelligenz, Persönlichkeit.«

»So ein Schmarrn!«, mischte sich Lukas nach dem ersten Schluck Bier ungehalten ein. »Wo gibt es denn diese Wunderschule überhaupt? Wahrscheinlich am Starnberger See, gleich neben der Munich International School. Das ist auch eine Schule für die bessere Gesellschaft. Eure Alten spinnen doch komplett!«

Paulina schloss sich Lukas an. »Weißt du denn, was diese Schule so Tolles anbietet? Lukas und ich hatten für Cosima auch an die Steinerschule gedacht, aber wir könnten sie nicht bezahlen. In zwei Jahren ist David soweit, und dann kommt Mavie – wir müssten das Schulgeld für drei Kinder aufbringen.«

Lukas setzte nach. »Wieso mischen sich eure Eltern eigentlich in unsere Erziehung ein? Und warum sprechen sie nicht direkt mit uns?«

Lili und Paulina sahen sich kurz an. Paulina verkündete, dass sie Streit gehabt habe mit ihrem Vater. »Ich habe ihm gesagt, dass ich ihn nicht mehr ertrage. Dass er mich in meiner Kindheit erdrückt hat und dass diese Bilder wieder in mir hochkommen ...«

»Was für Bilder denn?«, fragte Lili. Ihre Stimme klang mit einem Mal anders, fast kindlich. »Ich war ja noch sehr klein damals, aber ich weiß, dass ich auch nicht gern bei Papa war. Allein, meine ich.«

Paulina sah Lili an. Ihre kleine Schwester schien ihr unerreichbar fern. Was sollte sie ihr sagen? Sie konnte es doch nicht sagen. Niemals. Niemandem, auch Lukas nicht. Pierre vielleicht.

Sie hörte, wie Lili zu Lukas über ihre Eltern sagte, dass sie sich jeden Tag streiten würden. »Wird immer schlimmer. Wo das noch endet, ist mir auch nicht klar.« Lili nahm ein paar kräftige Schlucke aus Lukas' Bierflasche, während Lukas Paulina überrascht ansah.

»Was war denn mit deinem Vater? Du weißt doch, dass du mit mir über alles reden kannst.«

Paulina zögerte, sie schaute zum Fenster und biss sich auf die Lippen.

Lukas bestand nicht auf einer Antwort. Paulina wollte vor Lili bestimmt nicht reden. Das verstand Lukas.

Paulina kehrte zum Thema zurück. »Also – was ist jetzt so besonders an dieser Schule, Lili?«

»Na ja. Papa hat es mir so erklärt: Seine Enkelkinder würden in eine Leistungsgesellschaft reinwachsen. Darauf müssten sie entsprechend vorbereitet werden. Die Kreativschulen hätten kleinere Klassen und mehr Lehrer. Differenzierte Lerngruppen, Sprachen, Musik, Bewegung ...«

»Für mich klingt das nach Leistungsdruck. Denen würde ich meine Kinder nicht ohne weiteres anvertrauen«, sagte Lukas und sah seine Frau an.

Sie berichtete von ihrer Schule: »Gut, die Steinerschule hier hat große Klassen, aber es gibt auch Lerngruppen, Musikförderung, Sport und Tanzen. Was ist an dieser BIP so besonders neu?«

»Ach, keine Ahnung!« Lili war das Thema leid geworden. Gleichgültig sagte sie: »Die Kinder sollen lernen, ihre

Zeit optimal zu nutzen. Die meisten Menschen, so sagen die Lehrer von BIP, die meisten Menschen scheitern nicht am Können, sondern am Fleiß. Sie haben das Credo, dass bereits der erste Tag des Schuljahres mit Unterricht beginnt und nicht mit der Aufarbeitung der Kindergartenzeit.«

»Was sag ich? Leistungsdruck! Weißt du denn, was die Eltern pro Kind und Monat dafür zu zahlen haben?«, fragte Lukas skeptisch.

»Schlappe achthundert Euro pro Kind«, antwortete Lili und gähnte. »Es heißt, dass alle Plätze schon ausgebucht seien, und es gebe jede Menge Voranmeldungen für die nächsten Jahre. Eine Mutter soll ihr Kind schon für 2016/17 angemeldet haben. Aber Papa behauptet, dass er den Leiter der Schule kenne, er bekomme garantiert einen Platz für Cosima.«

»Aber wir brauchen auch eine Schule für David und später natürlich auch für Mavie. Wenn unsere drei Kinder diese Schule besuchen sollten, kostet uns das zweitausendvierhundert Euro im Monat. So ungefähr sieht mein Nettogehalt aus«, meinte Lukas amüsiert. »Dann können wir uns keine Wohnung mehr leisten, keine Kleider und nichts mehr zum Essen. Oder will der Herr Professor das Schulgeld zahlen?«

Lukas sah Lili an, die seinen Blick strahlend erwiderte. »Der? Mit seiner Rente? Der kann gar nichts zahlen. Unsere Mama verdient das Geld. Aber sie rechnet mit ihrer Kündigung; degradiert habe man sie schon. Sagt Mama jedenfalls. Sie geht immerhin auf die sechzig zu. Ich glaube, in der Tengstraße wird bald eine große Wohnung frei. Mama möchte erst einmal zu mir ziehen.«

»Und?«, fragte Paulina gespannt. »Was hast du ihr gesagt?«

»Rate mal«, sagte Lili maliziös, »rate mal, was deine böse kleine Schwester gesagt hat?«

»Nun?«

»Ich helfe dir bei der Wohnungssuche, habe ich gesagt. Und das tue ich auch. Papa hat auch vorsichtig angefragt. Doch den will ich erst recht nicht bei mir haben. Der kommandiert mich ja den ganzen Tag herum.« Sie sprach in blasiertem Tonfall weiter. »Lili, könntest du mal nachsehen, ob es noch was von dem spanischen Schinken gibt? Lili, bring mir eine Tasse mit heißem Wasser mit, der Kaffee ist wieder zu stark. Lili, ich habe die Kälte doch unterschätzt, bringst du mir meine Hausschuhe? Lili, ich kann auf meinem Apple einen Anhang nicht öffnen, schaust du mal nach? Lili, Lili, Lili – so ginge das.«

Von den heftigen Worten ihrer Schwester aufgestört, fragte Paulina: »Lili – meinst du wirklich, dass die beiden sich trennen?«

»Mami trennt sich! Nur Mami. Aber frage mich nicht, was alles dahintersteckt. Ich glaube, da schauen wir direkt in die Hölle.«

16

Michiko blieb heute bei den Kindern. Mavie war munter, sie freute sich über die Gute-Nacht-Küsse der Eltern. Cosima saß noch in der Badewanne. Ihre Wangen waren gerötet, und sie genoss es, allein im duftenden Schaum zu sitzen. Meist wurde sie gemeinsam mit David geschrubbt, und das mochte sie nicht sonderlich. David wollte noch nicht ins Bett. Michiko hatte von Lukas gelernt, ein Bataillon zu kommandieren. David hörte ihr gerne zu, wenn sie »links zwo drei vier«, oder »rechts zwo drei vier« rief. Oder »uuuuuund halt« oder »uuuuuund rechts um«. Mit ihrem Akzent hörten sich die simplen Kommandos interessant an.

»Wenn Michiko sagt, ab ins Bett, dann geht es auch ab ins Bett! Ist das klar?«, sagte Lukas, und David schaute interessiert die Zimmerdecke an.

»Geht nur. David und ich sind Freunde, wir ärgern uns nicht«, lachte Michiko.

»Er hat bei Michiko noch nie Theater gemacht«, fügte Paulina hinzu und reichte Cosima noch rasch ein frisches Badetuch.

Als Paulina und Lukas auf die Straße traten, leuchtete die untergehende Sonne den Himmel in orangeroten Tönen aus. Das Wetter war klar und mild. Der Mittlere Ring lag in seiner Beleuchtung da wie das Stück einer riesigen Achterbahn; die Autos fuhren sacht und gleichmäßig hinauf in die Kurve, und auf der anderen Seite glitten sie lautlos bergab. Dagegen polterte die S-Bahn unbekümmert in den Bahnhof hinein, und die Autos auf der Arnulfstraße fuhren in einer Gruppe zügig auf die nächste Ampel zu.

Lukas liebte gerade diese Ecke, wo ihr Haus stand. Er liebte sie besonders bei Sonnenuntergang, weil dann alles glänzte. Als er ein Kind war, hatten ein paar Schulfreunde in der Donnersbergerstraße gewohnt. Er war oft bei Geburtstagen und Faschingsfesten eingeladen gewesen und kannte mehrere Häuser auch von innen. Diese Wohnungen in der Donnersbergerstraße waren ein Teil seines Kindglücks gewesen. Den Ausdruck hatte er von Granny übernommen, die manchmal davon sprach, dass ihre Wohnung in der Frundsbergstraße ein Teil ihres Glücks sei.

»In der Donnersbergerstraße würde ich schon bleiben«, meinte Lukas. Wie Paulina betrachtete er den malerischen Himmel, der nicht so recht zu der Ansammlung von Technik zu passen schien, die sich unter seinem Zelt breit gemacht hatte.

»Eigentlich hätten wir auch hier nach zwei großen Wohnungen suchen können. Die Häuser mit ihren geschwungenen Giebeln sind wirklich schön. Und die im Jugendstil erst recht. Zum Teil sind sie richtig solide saniert.« Lukas sagte es nachdenklich, während er Paulina einhakte und mit ihr Richtung Rotkreuzplatz ging, da er in der Hirschbergstraße Grannys Auto geparkt hatte.

»Ich habe die Straße inzwischen auch richtig gern«, bestätigte ihn Paulina. »Die schönen Geschäfte, ich finde hier alles, was wir brauchen, wirklich alles. Und die Leute mag ich auch. Es gibt so viel Freundlichkeit hier, Hilfsbereitschaft. Neugier natürlich auch, aber ich bin ja selbst neugierig, wie es anderen Müttern mit ihren Kindern geht. Oder dem Ehepaar, das ich nie ohneeinander einkaufen gehen sehe. Und die beiden alten Schwestern, die in den Läden immer streiten, wenn sie einkaufen, und dann aber wieder Arm in Arm herauskommen, ein Bild der Harmonie.«

»Vergiss nicht den ewig besoffenen Obdachlosen, der die Pullover vom Hafner aufträgt.«

»Natürlich«, sagte Paulina, »der Sepp gehört auch dazu.«

Lukas hielt Paulina die Wagentür auf. Der alte Daimler hatte Lederpolster, er roch gut, sogar ein bisschen nach Grannys englischem Parfum.

Während Paulina einstieg und sich anschnallte, meinte sie: »Auch wenn wir heimisch geworden sind in der Donnersbergerstraße – wir müssen an die Kinder denken. Was die einatmen, so nah an der Straße, am Ring. Ich möchte nicht genau wissen, wie sehr die Feinstaubbelastung ihnen schadet. Du weißt ja, dass wir die höchsten Werte in Deutschland haben. Deshalb kann ich es kaum noch erwarten, dass wir in die Renatastraße ziehen.«

Franziska Ruge war von ihrer Knieoperation kaum mehr etwas anzumerken. Sie hatte den Tisch fein gedeckt, und im Ofen warf eine Spinatlasagne kleine Bläschen. Paulina streifte sich die dicken Grillhandschuhe über und stellte die Lasagne auf die Warmhalteplatte. Lukas nahm den Wunsch nach einem Rotwein entgegen und holte die dickbauchigen Gläser aus dem Schrank. Sie setzten sich um den Tisch, tranken sich zu, und es war eine Luft um sie von Vertrauen und Zuneigung. Während des Essens hörten sie das fünfte der ›Brandenburgischen Konzerte‹.

Paulina begann ohne Umschweife, davon zu sprechen, was ihr auf der Seele lag. »Granny, ich habe es wieder und wieder verschoben, es war ja auch viel los, aber wir möchten mit dir über David reden. Er ist jetzt fünf, und wenn ich an die Schule denke, wird mir ganz anders. Aber die Angst vor der Diagnose ist noch größer. Granny, ich weiß nicht, was richtig ist.«

Franziska hatte aufmerksam zugehört und schaute Lukas dann an. Er zuckte mit den Schultern.

»Ich habe Paulina schon vor Wochen gesagt, dass es so nicht weitergeht. Dass wir nicht mehr länger den Kopf in den Sand stecken dürfen. Für mich ist klar, dass wir mit David einen Kinderpsychiater aufsuchen müssen. Und Paulina ist das ebenso klar. Sie will es nur nicht wahrhaben.«

»Und was ist«, sagte Paulina hitzig, »was ist, wenn der Arzt sich irrt? Ich weiß, ich wiederhole mich. Aber so etwas passiert doch immer wieder. Wenn der Arzt unseren David für psychisch krank erklärt oder sogar meint, dass das Kind in eine Klinik muss, wochenlang, vielleicht monatelang? Dann wird David vielleicht wirklich krank. Und wenn er vor Heimweh nicht mehr ein und aus weiß, was dann?«

Franziska Ruge sah, dass Paulina kaum die Tränen zurückhalten konnte und dass Lukas hilflos vor sich hin schaute.

»Wie sieht es denn derzeit im Kindergarten aus?«, fragte sie.

»Er geht eigentlich ohne großes Theater hin. Im Moment hängt er sehr an Frau Torwerk, die ihn auch gern hat. Sie sagt aber, dass David sich kaum für die anderen Kinder interessiert. Und das lassen Sie ihn spüren. Er ist der Außenseiter, sie haben ihn am Anfang sogar geschlagen. Doch inzwischen lassen sie ihn in Ruhe.«

»Manche Dinge kann er«, bekräftigte Lukas. »Als ich ihn vorgestern abholte, spielten sie gerade Verstecken. David versteckte sich gut, war so weit in ein Gebüsch gekrochen, dass man ihn rufen musste, sonst hätten sie ihn nicht gefunden. Er wurde gelobt. Daraus machte er sich aber nichts. Danach sangen alle noch ein Lied zum Abschied, und ich war erstaunt, wie gut David es auswendig konnte. Blöd ist unser David nicht.«

»Das stelle ich auch immer wieder fest«, lachte Granny. »Wir müssen uns davor hüten, unseren David als Engel zu sehen, der es in der Welt schwer hat. Bei mir schimpft er nicht schlecht über die anderen Kinder im Kindergarten. Er sagt, dass sie lauter Blödmänner seien und streiten und hauen. Er kann ziemlich aggressiv sein. Ich halte ihm seine negativen Eigenschaften dann vor. Aber ich weiß nicht, ob er es einsieht.«

»Ich weiß, wovon du redest«, seufzte Paulina. »Und Frau Torwerk sagt, dass David eigensinnig sei, ein kleiner Sturkopf. Er drängt sich grundsätzlich vor, wenn es anzustehen gilt. Da besteht er einfach darauf, dass jetzt er an der Reihe sei. Dann sind die anderen natürlich sauer auf ihn. Frau Torwerk hatte sogar schon einmal den Eindruck, dass David den anderen das Spiel verleiden wolle, wenn er selbst keine Lust darauf habe. Ich habe sie gefragt, ob sie David dann zur Rede stellen würde. Ja, schon, hieß es, aber mit ihm könne man nicht diskutieren.«

»Das geht auch Cosima auf die Nerven«, sagte Lukas, »wenn sie mit David streiten möchte, wegen was auch immer, fängt er an, mit den Armen zu flattern oder zu brüllen. Damit kann sie ja nichts anfangen.«

»Sie wäre glücklicher ohne den Bruder«, meinte Paulina verzagt.

»Ach nein, jetzt siehst du aber allzu schwarz.« Franziska stand auf, holte ihr Handy. »Da, schaut mal, das habe ich letzte Woche im Badezimmer aufgenommen.«

Verblüfft sahen Lukas und Paulina auf dem kleinen Display, wie Cosima und David in der Wanne hockten und sich gegenseitig dicke Kronen aus Schaum auf die Köpfe setzten. Auf einem anderen Bild trocknete Cosima David den Kopf mit einem Handtuch ab. Beide Kinder schauten in die Kamera, Cosima lachte, David schaute gemessen, aber zufrieden.

»Davon lassen wir Abzüge machen«, jubelte Paulina. Sie stand fröhlich auf, räumte die Teller zusammen und stellte sie beiseite. Dann gab sie Granny einen Kuss auf die Wange. »Wenn wir dich nicht hätten ...«

»Was haltet ihr davon?«, fragte Granny, als alle drei wieder saßen. Sie legte Paulina den Arm um die Schulter. »Die ganze Familie fährt für eine Woche nach Italien. Ich weiß, dass Lukas Urlaub hat. Da ist mir die Idee gekommen. Am Lido von Venedig habe ich schon nachgefragt. In unserem Hotel vom letzten Jahr könnten wir zwei Doppelzimmer bekommen. Ich müsste aber rasch zusagen.«

Paulinas verspanntes, trauriges Gesicht erwärmte sich, begann zögernd zu strahlen. »Du meinst ... wir könnten ... trotz des Hauses ...?«

Granny lachte sie liebevoll an.

»Keine Angst. Ich komme deshalb nicht in den Schuldturm. Vor dem großen Umzug sammeln wir unsere Kräfte.«

»Das hast du aber mal wieder schön gesagt!« Paulina umarmte Granny und küsste sie. »Wenn ich das den Kindern erzähle …«

»Granny, ich freue mich wie ein Schnitzel, dass ich mal wegkomme von meinen Objektkontrollen. Drei davon hatte ich allein diese Woche an der Backe.«

»Und was kontrollierst du da?«, wollte Granny wissen.

»Na, die gesamte Möblierung der Spielplätze und Schulhöfe. Du kannst dir nicht vorstellen, wie viele Idioten herumlaufen, die öffentliches Eigentum versauen. Sie reißen Schaukeln aus ihren Verankerungen, zerstören Zäune, hacken auf Bänke ein oder machen Spielgeräte kaputt. Das hat mit natürlicher Abnutzung nichts zu tun. Wir kommen manchmal mit dem Instandsetzen nicht nach. Die Vegetationsflächen sollen auch sauber und gepflegt aussehen. Der Rasen, die Gehölze, die Staudenbeete. Wenn wir nicht ständig daran arbeiten, sieht es schnell trostlos aus.«

Lukas stand auf und streckte sich. »Als ich meinen Urlaub beantragt habe, gab es keinen Plan, denn Paulina und ich haben einfach im Moment kein Geld für eine Ferienwohnung oder ein Hotel. Ich habe mich trotzdem darauf gefreut. Nur noch drei Tage, dachte ich, dann habe ich mein Leben wieder mal für mich. Kann Paulina die Kinder abnehmen und nach und nach alles vorbereiten für den Umzug. Und jetzt kommst du mit einer solchen Überraschung, Granny. Eine Woche ins Paradies.«

»Wir alle zusammen«, rief Paulina. »Wir können endlich in Ruhe die Umzüge planen. Deinen, Granny, und unseren. Ich schreibe alles auf, und dann weiß jeder, was zu tun ist.«

»Und ich zeichne Pläne für den Garten. Da ist ja lange nichts passiert. Ich freue mich richtig drauf, endlich einmal für uns zu planen, für die Familie. Granny, das wird großartig!«

Lukas drückte seine Großmutter an sich. Von seinem achten bis zu seinem zwanzigsten Lebensjahr hatte er mit ihr alleine gelebt. Sie war bei ihm, als er nur wortlos leiden konnte über den Tod der Eltern, des Bruders. Allein, weil er den Schmerz Grannys gespürt hatte, konnte er den eigenen mit der Zeit begreifen. Sie hatten nur noch einander gehabt. Irgendwann hatte Lukas seinen Schmerz verloren. Vielleicht im Schlaf. Er war aufgewacht, und das wehe Gefühl war nicht mehr da gewesen. Es war an einem Sonntag, Lukas konnte sich genau daran erinnern. Er war aufgewacht und hatte die Stimme seiner Mutter gehört, die ihn gerufen hatte. »Lukas!« Ihre Stimme war fest gewesen, fast befehlend. Lukas hatte gewusst, dass es die Stimme seiner Mutter war, die er über alles lieb gehabt hatte, doch es hatte ihm nicht mehr wehgetan. Er hatte überlegt, ob er es Granny erzählen sollte. Doch er behielt es lieber für sich. Einmal hörte er Granny am Telefon sagen: »Wenn ich den Jungen nicht hätte, wäre ich vom Leben der Welt abgeschnitten.« Das hatte sie noch nie zu ihm gesagt. Aber Lukas spürte, dass auch bei Granny die Verzweiflung gebändigt war.

Als Paulina im Bad verschwand, nutzte Lukas die Gelegenheit und beschwor seine Großmutter: »Granny, bitte, Paulina hört auf dich. Erinnere sie bitte daran, dass wir mit David in die Heckscher-Klinik gehen müssen. Ich weiß, dass Paulina es immer wieder verschiebt, aber ich möchte, dass es in diesem Monat noch passiert. Sofort, wenn wir aus Venedig zurückkommen.«

»Ich verstehe, dass Paulina es so lange hinauszögert, Zeit gewinnen will«, sagte Granny. »Für Paulina ist David ein einsames Kind in einer Welt, die er kalt und unfreundlich findet. Dann wieder ist er neugierig. Ich bin manchmal irritiert, wenn er sich endlos mit einem Buch beschäftigt. Dann frage ich mich, ob er schon lesen kann. Aber das ist ja wohl unmöglich. Genauso unmöglich erscheint mir aber, dass er geistig zurückgeblieben sein soll. Dafür ist er zu anspruchsvoll in seinen Interessen.«

»Das sehe ich auch so, Granny. Alle diese Beobachtungen müssen wir einem Kinderpsychiater mitteilen. Nur ein Spezialist kann uns beraten. Sonst können wir David nicht helfen. »Paulina, du und ich, wir glauben an David. Er ist zwar oftmals wütend und chaotisch, aber er kann auch witzig sein und wissbegierig. Ich bin sicher, dass er sich eines Tages aus seinem Gefängnis befreien wird.«

17

AM ERSTEN TAG SPIELTE DAS WETTER VERRÜCKT. DARAN war der Libeccio schuld, der für Stürme und andere Wetterkapriolen zuständig war. Es war windig, und der Strand lag ziemlich verlassen in einem Licht, das den Sand schimmern ließ wie altes Gold. Nur wenige der blauweiß gestreiften Sonnenschirme standen bereit, und die vier, fünf Liegestühle schienen nicht besetzt.

Granny spielte mit Cosima und David im Wasser, das noch tiefer blau war als der Himmel, der am Horizont von einem hellen Schleier begrenzt schien. Paulina lag mit Lukas im Sand, an seiner anderen Seite schlief Mavie in ihrem Kapuzenbademantel.

Paulina und Lukas waren weit hinausgeschwommen, als Granny mit den Kindern Eis essen gegangen war. Das ungewohnt lange Schwimmen hatte Paulina wunderbar erschöpft, und sie lagen auf ihrer Decke in der Sonne, die wärmte, ohne die Haut zu verbrennen. Dösend hörten sie die entzückten Schreie ihres Sohnes, der mit Granny und Cosima längst wieder im Wasser war, und diesmal stimmte auch Cosima ein, denn weit und breit war niemand zu sehen, der ihren Bruder und sein Betragen seltsam finden könnte.

Eine tiefe unnennbare Freude erfüllte mit einem Mal Paulina. Das kleine weiße Hotel mit dem Garten, den Pinien und den Feigenbäumen auf dem dichten sattgrünen Rasen würde acht volle Tage lang ihr Zuhause sein. Jederzeit konnten sie sich im schattigen Garten oder auf der Terrasse aufhalten. Liegen mit dicken Polstern standen dort bereit, Tische und bequeme Stühle gab es auch. Hinter dem Garten führte der Weg in das Dorf, das am Fuß eines Hügels lag, der von einem Feigenwald und von Pinienbäumen bedeckt war. Entweder mussten sie früh am Morgen ins Dorf laufen, um dort kleine Einkäufe zu machen, oder am späten Nachmittag, wenn die heftigste Hitze vorüber war.

Schon auf der Fahrt hierher, als Granny in einem Nebensatz Lukas' Aufenthalt in Kanada erwähnt hatte, war ihr das Telefongespräch mit Maxine eingefallen. Maxine – eigentlich ein hübscher Name. Die Stimme der Frau war auch sympathisch gewesen. Unbefangen, fröhlich. Mit Lukas, der keine Lust gehabt hatte, ihr sein Verhältnis zu Maxine zu erläutern, hatte Paulina das Thema nicht mehr berührt, weil er ihr jedes Mal auswich, wenn sie ihn fragte. Aber hin und wieder dachte sie an Maxine, die offenbar spontan bei ihr angerufen hatte, nichts Näheres über Lukas wusste.

Auch ihre Schwester Lili spukte manchmal in Paulinas Kopf, da sie in der letzten Zeit merkwürdig war und Lukas richtiggehend hofierte, ihm jedes Mal recht gab, wenn das Gespräch in eine Diskussion überging. Wann hatte das angefangen, dass Paulina ihre Schwester und Lukas beobachtete? Oder dass sie auf eine völlig unbekannte Person wie Maxine eifersüchtig war? Überhaupt – war sie denn wirklich eifersüchtig?

Sie sah Lukas an, der mit geschlossenen Augen neben ihr

im Sand lag. Warum konnte sie nicht einfach neben ihm liegen, den Sand durch die Finger rieseln lassen oder schlafen? Es war, als tauchten Lili und Maxine aus dem warmen Sand auf oder als kämen sie mit dem Wind. Lukas sollte ihr endlich von Maxine erzählen, wenigstens das. Sie stubste ihn freundlich an, aber er hatte die Augen schon auf, hatte den Schlaf nur gespielt.

»Mir geht Maxine nicht aus dem Kopf. Erzähl doch mal, was war mit ihr? Wart ihr ein Liebespaar, damals?«

»Nicht jetzt, Paulina.«

»Doch. Ich habe dich das bestimmt schon zehnmal gefragt. Immer drückst du dich. Jetzt haben wir endlich einmal Zeit.«

»Dann musst du mir aber zuerst von Pierre erzählen. Von ihm weiß ich nur, dass er dich mit den Augen auffrisst. Damit muss ich auch leben.«

»Pierre ist Pierre«, sagte Paulina bestimmt. »Ich finde Retourkutschen billig. Wenn ich dich nach Maxine frage, solltest du nicht mit Pierre daherkommen. Los, mach schon, was war mit Maxine? Oder gibt es sie heute noch? Sollte ich fragen, was ist mit Maxine?«

»Am meisten unterscheidet sie sich dadurch von dir, dass sie mich nicht ständig nach anderen Mädchen gefragt hat.« Lukas richtete sich auf und sah Granny und den Kindern entgegen, die jetzt aus dem Wasser kamen.

»Wellen. Viele Wellen. Immer Wellen«, berichtete David. »Immer, wenn David kommt, Wellen.« Seine Augen glänzten. Er war offenbar glücklich. Mehrmals drehte er sich um zum Strand und seufzte selig: »Wellen. Kommen von gaaanz weit weg. Aus dem Himmel.«

Paulina sah auf das Meer, dass ihren Jungen so stark anzog.

Es war blau, aber es waren keine Wellen zu sehen. Eher ein sanftes Hin- und Herwiegen des Wassers. Wie Atmen, dachte Paulina. Aber für David waren es Wellen. Sonst freute er sich nicht. Was waren das für Empfindungen? Wie erlebte er das Meer? Wohin Paulina auch gehen würde mit David, sie würde niemals wissen, was er dachte und fühlte. Was er sich wünschte. Paulina wusste instinktiv, dass auch niemand anderes über ihren Sohn Bescheid wusste. Selbst wenn ein Kinderpsychiater behaupten sollte, er wisse, was mit David los sei, Paulina würde es nicht glauben.

Der Wind hatte sich gelegt. Von der Villa kam Musik herüber, italienische Musik. Man sah zwei kleine Mädchen im Garten mit einem Ball spielen, ein Hund umtanzte sie.

Granny war in ihr Badetuch gewickelt und saß in einem Liegestuhl, Cosima wie selbstverständlich neben ihr. Granny hatte einen schmalen Körper. In ihrem schwarzen Badeanzug sah sie zart aus, zeitlos, auch in den engen, einfachen Seidenkleidern, die sie auf der Reise trug. An den Füßen hatte sie orangefarbene Slipper, und sie war wieder so beweglich, als habe es niemals eine Knieoperation gegeben.

Franziska Ruge war ungewöhnlich, fand Paulina. Sie liebte ihren Enkel Lukas abgöttisch, und trotzdem versuchte sie bei Auseinandersetzungen immer, auch Paulina gerecht zu werden. Sie, die bis zur Rente berufstätig gewesen war, ermutigte Paulina, bei den Kindern zu bleiben. »Wenn dir die Kinder wichtiger sind als ein Beruf, dann bleibe bei ihnen. Und solltest du wieder eine Chance bekommen, in einem Film mitzuspielen, dann bin ich da«, hatte sie einmal gesagt. Jedenfalls war Paulina gern in ihrer Nähe, hätte Granny umfassen oder sich bei ihr einhaken mögen. Manchmal traute sie sich. Fühlte sich zu Hause.

Bei ihrer Mutter fiel ihr das auf eine andere Art schwer. Als kleines Mädchen hatte sie die Mutter einmal streicheln wollen. Paulina sah das Bild immer noch vor sich, wie die Mutter erstarrte und sie dann von sich stieß. Einmal hatte sie Paulina so ungeduldig in ihren Mantel gezwängt, dass sie ihr den Arm ausrenkte. Die Kinderärztin hatte gesagt, dass sich die Mutter nichts denken solle, das sehe sie jeden Tag mehrfach. Paulina bekam auch genau mit, wie verliebt die Mutter in Lili war. Sie schleppte sie noch auf dem Arm herum, als die Kleine schon längst laufen konnte. Paulina war immer im Weg gewesen.

Sie dachte manchmal, dass sie ihre Mutter hasse. Doch so einfach war es nicht. Sie liebte sie auch. Vor einer Berührung hatte sie jedoch heute noch Angst. Vielleicht würden Wunden aufbrechen, würde das Unglück der Mutter offen zutage treten.

Paulina fühlte sich trotz allem oftmals als die Beschützerin ihrer Mutter. Obwohl sie Paulina nicht gegen den Vater verteidigt hatte, als sie nicht auf die Universität gehen, sondern sich bei der Schauspielschule bewerben wollte. Ihr Vater war so wütend geworden, dass Paulina ausgezogen war. Für den Film, der mehrfach im Dritten Programm lief, hatte sie ein gutes Honorar bekommen. Damit ging sie sparsam um. Sie machte viel Statisterie, das war interessant, und sie bekam neben dem Honorar gutes Essen.

Sobald Mavie auch in den Kindergarten kam, wollte Paulina sich wieder darum kümmern, hier und da für den Film oder fürs Theater zu arbeiten.

Lukas hatte begonnen, mit Cosima und David eine Sandburg zu bauen. Granny war ins Hotel gegangen, um für sie drei Espressi zu holen und Limonade für die Kinder. Paulina fühlte sich sorglos und frei. Trotzdem kam ihr wieder Lili in den Sinn. Am liebsten wäre die Schwester mitgekommen in den Urlaub. Sie hatte es Paulina gegenüber angedeutet, doch die hatte schnell gesagt, dass es sich um eine Einladung Grannys handle. Da hatte Lili dann zurückgesteckt. Vor Granny hütete sie sich. »Sie ist und bleibt eine Lehrerin«, hatte sie einmal zu Paulina gesagt, »und ich glaube, mir würde sie in jedem Fach eine Sechs geben.«

Paulina verstand nicht, was für eine neue Anhänglichkeit das war, dass Lili dauernd bei ihnen vorbeikam. Paulina und Lili waren nie eng verbunden gewesen. Manchmal sahen sie sich monatelang nicht. Und wenn doch, hatte Lili ein Anliegen gehabt und sich danach wieder lange nicht sehen lassen. Warum erschien sie in letzter Zeit alle paar Tage in der Donnersbergerstraße?

Wenn Paulina zurückdachte, hatte Lili sich immer nur dann für ihre Schwester interessiert, wenn Paulina etwas erreicht hatte, was auch Lili haben wollte. Sie konnte gar nicht fassen, dass Paulina die Hauptrolle in einem Fernsehfilm bekommen hatte. Am Drehort in Amerang war sie fast täglich erschienen. Sie schien zu rufen: Hier, schaut mich an, ich bin jünger, attraktiver als Paulina. Der Regisseur war beeindruckt von ihr, und Lili erwähnte geschickt, dass sie, genau wie ihre Schwester, neben dem Schultheater noch viel an einem freien Theater mitgespielt habe. Bald hatte Lili ihn so weit, dass er vorschlug, auch mit ihr mal Probeaufnahmen zu machen.

Anna war es gewesen, die Paulina zu einem Gespräch mit einem Therapeuten geraten hatte und ihr auch einen guten

Analytiker empfahl. Er hatte Paulina in mehreren Sitzungen gezeigt, dass und wie sie sich gegen Lili wehren solle, wenn Lili ihr wieder zu nahe käme. »Lili kann ihre Grenzen nur dann überschreiten, wenn Sie das zulassen.« Warum konnte Paulina ihre Schwester nicht zurückweisen, obwohl sie Lili in solchen Momenten durchschaute und oftmals zu hassen glaubte? Hatte sie Angst vor ihr? Manchmal verfluchte Paulina ihre Zurückhaltung, ihre Befangenheit.

Sie schaute Granny zu, die geduldig Cosimas feuchte Locken entwirrte. Ihr Blick ruhte dabei mit Stolz auf Cosima. »Ich hatte nie eine Tochter, habe mir aber immer eine gewünscht. Nun habe ich Urenkeltöchter, sogar zwei.«

»Aber Mavie hat keine Haare«, lachte Cosima. Franziska bestritt das sofort. »Wenn sie ausgeschlafen hat, mache ich ihr eine Tolle, da wirst du staunen.«

Franziska wirkte immer so gelassen und liebevoll. Paulina fragte sich, warum sie selbst ihre Gedanken nicht unter Kontrolle bekam. Immer wieder verdarb sie sich auch die schönsten Tage mit Zweifeln und Infragestellen.

Vermutlich hatte es begonnen, als Paulina so alt war wie Cosima heute. Vielleicht war sie noch jünger gewesen, denn sie hatte ihrem Vater blind vertraut. Er hatte Paulina in seinem Bett überall gestreichelt, und Paulina hatte geglaubt, er tue das aus Zärtlichkeit, aus väterlicher Liebe. Darum hatte sie stillgehalten. Doch im Laufe der Zeit hatte sie immer wieder davon gehört und auch gelesen, dass es Väter gab, die ihre Töchter nicht nur an den Wangen streichelten, sondern auch da, wo es nicht recht war. Paulina glaubte heute noch zu spüren, wie er ihr wehgetan hatte.

Paulina hatte mit dem Analytiker auch diese Erfahrung besprochen, und er hatte sie aufgeklärt. Nicht weil er sie zärtlich liebe, habe ihr Vater sie überall gestreichelt, sondern weil er sie sexuell begehre. Wahrscheinlich habe ihr Vater sogar geglaubt, Paulina wünsche sich, dass er sie an der Vagina streichle. Der Analytiker hatte keinen Zweifel daran gelassen, dass die Übergriffe ihres Vaters sexueller Missbrauch gewesen waren. Auch wenn der Vater nicht mit seinem Penis in sie eingedrungen war. Sie sah immer noch seine großen Hände auf ihrem Unterleib, wie er sie hielt. Wie ein fremder Beobachter sah sie von außen immer wieder dieselben Szenen, fühlte Abscheu und Ekel.

Wie sollte sie als erwachsene Frau ihre Selbstzweifel loswerden? Mit der Hassliebe auf Mutter und Schwester? Warum wurde man seine Familie und die Prägungen durch sie nicht los, warum hatten sie immer noch so viel Macht über einen Menschen?

Eines wusste Paulina – sie würde wohl niemals mit Lukas oder Granny über diese dunkle Seite ihrer Kindheit sprechen können. Sie waren Paulinas neue Familie, und sie sollten unbelastet bleiben, Lukas und Franziska. Von Granny hätte sie allerdings gerne gewusst, wer ihr wichtig war, außer Lukas, Paulina und den Kindern. Hatte es je nach dem Tod von Lukas' Großvater noch mal einen Mann in ihrem Leben gegeben? Gab es womöglich auch heute einen, von dem sie und Lukas nichts wussten? Paulina sagte sich, dass es sie nichts anginge. Aber schließlich zogen sie bald gemeinsam in ein Haus.

Lukas hatte noch nie von einem Dritten in ihrem Bunde gesprochen. Er wisse nicht, ob Granny einen Liebhaber gehabt habe, er lebe doch seit mehr als zehn Jahren nicht mehr bei ihr, hatte er betont. Einzig bei seinem Lehrherrn, bei Nepomuk Huber, seien ihm diese Gedanken gekommen. Damals habe er geglaubt, dass Nepo Granny verehrte. Warum sei er sonst zur Beerdigung gekommen? Und warum habe er sich so liebevoll um ihn, den Enkel, gekümmert? In der Lehrzeit habe er Lukas oft Blumen mitgegeben für Granny. Er habe sogar an der Umgestaltung des Gemeinschaftsgartens mitgearbeitet, als Lukas ihm davon erzählt hatte. Damals hatten auch die Nachbarinnen geglaubt, dass Nepomuk Huber der Zukünftige von Franziska Ruge sei. Die Einzige, die davon scheinbar unberührt geblieben sei, sei Granny gewesen, meinte Lukas. »Aber du kannst sie doch jederzeit fragen, wenn es für dich so wichtig ist«, fügte er etwas boshaft hinzu.

Sie sah, dass Granny aus ihrem Liegestuhl aufgestanden war, Handtücher und Bademäntel aufgesammelt hatte und mit Cosima auf das Hotel zuging. David stand unbeweglich und war offenbar unschlüssig. Er schaute Granny und Cosima hinterher, darauf gingen seine Blicke wieder zurück zum Meer. Doch dann setzte auch er sich mit seinen gewichtigen Schritten in Bewegung, und die drei verschwanden Richtung Haus. Paulina stand auch auf, streckte sich, sah nach Mavie, die im Halbschlaf ihren Schnuller verloren hatte, und steckte ihn ihr wieder in den Mund. Dann schaute sie noch mal hinter dem Rest der Familie her, der fast im Schatten des Hotelgartens verschwunden war.

Lukas hatte auch den Aufbruch der drei beobachtet und betrachtete jetzt seine Frau, wie sie vor dem dunkler werdenden blauen Meer stand und David nachschaute. Lukas dachte, ob es sein könnte, dass er sie liebte und gleichzeitig ein wenig Angst vor ihr hatte? Sofort schob er den Gedanken als unsinnig wieder weg. Paulinas Haar, im Nacken zusammengedreht, fiel ihr bis auf den Rücken. Das weiche, dennoch energische Profil, ihre nackten, eckigen Schultern, von denen er wusste, wie sie sich unter seinen Händen anfühlten. Er wusste auch, dass Paulina jetzt überlegte, was mit ihrem Sohn sei. War er glücklich hier, wo er jeden Tag in den Wellen schwimmen konnte?

Mavie war indessen aufgewacht, sie tastete wieder nach ihrem Schnuller, fand ihn nicht und verzog bedenklich den Mund.

»Schau sie dir an«, sagte Lukas stolz zu Paulina, »schau sie dir an. Sie will Futter!«

Er nahm Mavie auf den Arm. Paulina sammelte die restlichen Sachen ein, und dann gingen sie auch Richtung Haus.

Es war dämmrig geworden. Sie hörten einen Vogel kreischen. Für den Moment blieb Lukas stehen, versuchte, den Vogel in den Zweigen zu erkennen, um ihn Mavie zu zeigen. Vergeblich. Er entdeckte ihn nicht. Vom Dorf herüber klangen Lieder und Rufe der Leute, das Klagegeheul eines Hundes.

Lukas drehte sich herum zu Paulina, wartete auf sie, gab ihr einen Kuss auf die Wange.

»Was bin ich froh, dass ich nicht so einsam bin wie der arme Hund. Hörst du ihn jaulen?«

»Ich bin nicht taub«, teilte ihm Paulina mit. Doch dann lächelte sie, gab ihm auch einen Kuss. Darauf folgten noch so viele, dass sich Mavie zwischen ihnen laut beschwerte, wobei ihr der Schnuller wieder aus dem Mund fiel.

Das Essen im Hotel war traditionell ländlich. Der Vater der Patronin, ein älterer Mann, schnitt bedächtig Parmaschinken und Salami in hauchfeine Scheiben. Es gab Artischocken, gebackene Paprika, Auberginen und Zucchiniblüten in derart köstlichen Soßen, dass beim Hauptgang schon alle spürbar gesättigt waren. Doch dann verschlangen Cosima und David beide noch einen Teller Spaghettini mit Sugo. Den sagenhaften Kalbsbraten aus dem Ofen überließen sie Granny, Paulina und Lukas, die gedünsteten Fenchel und Spinat mit Parmesan dazu aßen. Der Koch des Hotels war ein Kräuterspezialist. Er sammelte selbst frische Kräuter, kannte auch alte Sorten. Das war der Grund, warum die Soßen so ungewöhnlich gut schmeckten.

Die Gäste saßen in zwei gemütlichen Speisezimmern. Im größeren Raum war das Büfett aufgebaut, sodass sich immer Gäste im Raum bewegten. David saß vor seinem Teller und beäugte die Menschen. Paulina und Lukas sahen sich stumm an – bitte nicht, sagte dieser Blick. Granny versuchte David abzulenken, erklärte ihm die Speisen und ihre Zubereitung, doch Davids Interesse galt den Ärmeln der anderen. Er konnte keine aufgekrempelten oder kurzen Ärmel ertragen. Er stand auf, um einem Herrn am Nebentisch die aufgerollten Hemdsärmel runterzurollen. Der Herr sah die ängstlichen Gesichter der Familie Ruge und ließ David lächelnd gewähren. Doch bei einer Dame, die bei ihrem leichten Pullover die Ärmel hochgeschoben hatte, kam Davids stummes Zupfen schlecht an. Sie schlug David auf die Finger, er schlug sofort zurück und begann zu toben. Lukas nahm David mit einer Entschuldigung auf den Arm und ging mit ihm hinaus.

»Immer macht er so was, immer!«, beklagte sich Cosima. »Mit dem kann man ja nicht mal Eis essen gehen. Dann will er immer den Leuten die Ärmel runterziehen. Der ist furchtbar!« Ihr kamen die Tränen.

Granny legte ihr den Arm um die Schultern. »Warte nur, wenn David in die Schule kommt. Wenn er älter wird, dann lernt er auch, dass man andere Leute in Ruhe lassen muss.«

»Der lernt das nie«, schluchzte Cosima.

Granny schlug ihr vor, in den schönen Garten zu gehen und sich gemeinsam in eine Hollywoodschaukel zu setzen. Schon im Aufstehen fragte Franziska Cosima nach der Dom-Pedro-Schule, in der die Kleine die erste Klasse besuchen würde. Franziska fing an, ihr von der Zeit zu erzählen, als Lukas im Alter Cosimas war, und bald waren sie im lebhaften Gespräch. Paulina konnte aufatmen, sie hatte das Gefühl, dass Cosima die Eigenart ihres Bruders fürs Erste wieder vergessen hatte.

Mit der schlafenden Mavie in der Trageschaukel machte Paulina sich auf, Lukas und David zu suchen. Sie waren zu der kleinen Marina gegangen und sahen sich die Boote an. Paulina setzte sich zu ihnen auf den Steg. David hatte sich wieder beruhigt. »Wellen«, sagte er zufrieden, »morgen macht David wieder Wellen.«

Obwohl es schon spät war, ließen Paulina und Lukas ihn noch einmal ins Wasser rennen, lehnten sich aneinander und sahen ihrem Sohn zu.

»Was werden wir morgen mit ihm erleben?«, fragte Paulina mutlos.

»Mir ist nur eines klar, wir verstehen ihn nicht und er versteht uns nicht. Er sieht die Welt irgendwie nicht so wie wir. Deshalb müssen wir Leute finden, die ihn besser verstehen. Die uns helfen, ihm zu helfen.«

Eine Weile später brachten Lukas und Paulina Mavie in ihr Reisebett und küssten Cosima und David, denen Granny aus Astrid Lindgrens Buch ›Immer dieser Michel‹ vorlas: »Als Michel den Kopf in die Suppenschüssel steckte.«

David wiegte sich hin und her, hin und her, aber seine Augen hingen unter der Decke. Es war nicht auszumachen, ob er Interesse an der Geschichte hatte. Aber er saß still und schien zufrieden. Cosima drehte eine Haarlocke zwischen zwei Fingern und winkte ihren Eltern, ohne den Blick von Granny zu nehmen.

Paulina und Lukas gingen noch mal zum Meer, warfen ihre Kleider über ein kleines Boot, das im Sand lag, und das Wasser rauschte um ihre Beine, als sie ins Meer rannten, bis sie den Sandboden unter sich verloren und losschwimmen konnten. Pechschwarz war das Meer, immer mal glühten kleine Funken auf und verschwanden wieder. Sie wandten sich um und sahen das Hotel, das wie eine verwunschene Burg über dem Strand lag und von innen heraus leuchtete.

Lukas schrie in die Schwärze: »Ich liebe dich, Paulina!«, und fasste sie um die Hüften, hob sie hoch und ließ sie wieder zurück ins Wasser fallen. Paulina versuchte, Lukas unterzutauchen, aber er entglitt ihr. Und so schwamm Paulina mit kräftigen Stößen zurück zum Strand. Lukas gelang es nicht, sie einzuholen, und Paulina nahm sämtliche Kleider vom Boot weg und rannte in die Dunkelheit.

Tief atmend saß Lukas auf dem warmen Holz des Bootes. Und er glaubte in diesem Moment, dass sich an seiner Liebe nichts ändern würde. Nie. Er würde Paulina einfach nicht gehen lassen. Nicht zu Pierre. Zu niemandem. Und sie durfte sich auch nicht an David verlieren. Lukas und Paulina zählten. Das war das Fundament für alles. Lukas wusste, dass es ein großes Gefühl war, das sie miteinander verband. Es hatte alles ausgelöscht, auch seine Sehnsucht nach Maxine, von der er zunächst geglaubt hatte, dass sie ihm geben könnte, was ihm gefehlt hatte. Sie hatten Pläne gemacht in Kanada, durchaus ...

Paulinas Arme legten sich von hinten um seinen Hals, er spürte den Meergeruch auf ihrer Haut, aber mehr noch die kühle Weichheit ihrer Brüste.

»Ich hatte geglaubt, du würdest mich suchen ...«

»Ich suche dich doch schon ewig«, murmelte Lukas und griff nach ihr.

»Du hast mir gefehlt. Auch, als ich Maxine in Kanada getroffen habe, hast du mir schon gefehlt. Mir und meinem Leben.«

Lukas ließ sich mit Paulina in den Sand rollen. Sie schlang ihre Arme um seinen Nacken, schloss die Augen und drängte sich ihm entgegen. Ihre Zungen kämpften miteinander, und Lukas spürte wieder Paulinas Brüste an seinem nackten Körper.

Franziska trat auf den Balkon. Cosima und David schliefen. Sie fanden es schön, in dem luftigen, geräumigen Zimmer mit Granny zu wohnen.

Franziska hatte Lust auf eine Zigarette. Sie rauchte nur noch selten und niemals im Haus. Im Garten leuchteten Lampen zwischen den Bäumen. Gäste saßen an den hübschen weißen Tischen in den dick gepolsterten Stühlen. Ihre leisen Stimmen klangen herauf, und Franziska dachte daran, dass sie vor knapp einem halben Jahrhundert schon einmal in diesem Garten gesessen hatte.

Damals waren Kerzen auf den Tischen, und sie hatte mit Michael, ihrem Mann, einen wunderbar aromatischen Rotwein getrunken. Ihre Zigaretten glommen rot auf in der Nacht. Die Welt schien Franziska so groß. Sie war zum ersten

Mal im Ausland, es war ihre Hochzeitsreise, unter anderem nach Venedig. Sie sah Michael noch vor sich. Mit zusammengekniffenen Augen erinnerte er sie – und nicht nur sie – immer wieder an James Dean. ›Denn sie wissen nicht, was sie tun‹. Michael hatte die dichten störrischen Haare, den gleichen vollen Mund – und einen Porsche. Gebraucht und alt natürlich; Michael war Automechaniker gewesen und hatte den ziemlich vergammelten Wagen sorgfältig hergerichtet. Der Porsche parkte unten am Hotel, von allen Kellnern ehrfürchtig bewundert.

Sechs Jahre war James Dean damals tot gewesen. Und schon im Herbst des nächsten Jahres war Michael an Krebs gestorben.

Franziska war dann Witwe. Männer hatte es, irgendwann wieder, noch genug gegeben, aber keinen wie Michael. Er war James Dean gewesen, der sich in seinen Filmen auflehnte gegen die Verkrustungen seiner Zeit. Michael wollte ein eigenes Leben haben. Er baute sich eine Werkstatt, in der er Sportwagen reparierte, und übernahm nicht die väterliche Stoffhandlung. Schon gar nicht die konservative Einstellung seiner Eltern: Frauen brauchen nicht zu denken, das können sie getrost den Männern überlassen. Frauen müssen treu sein, die Untreue können sie auch den Männern überlassen. Frauen sollen zu Hause bleiben und Kinder kriegen, kochen, waschen – und im Bett immer verfügbar sein. Ehefrau, Hausfrau und Mutter. Das war das Ideal ihrer Zeit gewesen, aber nicht das von Michael und Franziska Ruge.

Sie lehnte ihr Gesicht an die kühle Glasscheibe der offen stehenden Balkontür. Wären nicht die beiden Kinder hinter ihr im Zimmer und das dritte im Raum daneben, wären nicht Lukas und Paulina, sie würde sich fühlen wie ein welkes Blatt im Herbst, das vom Baum heruntertaumelt zu den Tausenden anderer welker Blätter. Sie betrachtete ihre Hand. Hielt sie mit abgespreizten Fingern von sich wie ein Bild. Sie hatte eine kleine, magere Hand mit ausgeprägten Nagelmonden. Schwach sah sie aus, die Hand, wenn man lange genug hinschaute, erinnerte sie an die Schwanzfedern eines Vogels.

In einem Münchner Klatschmagazin hatte sie kürzlich gelesen, dass Frauen ihr Alter durch teure Cremes und Liftings zu kaschieren versuchten, aber an ihren Händen könne man trotz aller Bemühungen das wahre Alter erkennen. Eine widerliche, frauenverachtende Beobachtung. Verachtung war in diesem Artikel zu spüren gewesen. Schadenfreude. Als würden Männerhände nicht altern. Doch wenn schon die Frauen länger lebten als die Männer, sollten sie wenigstens ihre Grenzen kennen.

Franziska schaltete das Balkonlicht an und setzte sich an die offene Tür zu dem Zimmer, in dem Mavie in ihrem Reisebett schlief, das einen Betthimmel hatte. Sie hatte sich Lion Feuchtwangers ›Erfolg‹ mitgenommen. Zum ersten Mal hatte sie den Roman gelesen, als sie in Würzburg Pädagogik studierte. In München hatte sie das Buch irgendwann wieder in der Hand gehabt, und der Roman hatte sie sofort wieder in Spannung versetzt, stärker als beim ersten Mal in den Sechzigerjahren. Auch durch seine wunderbare Sprachmelodie war das Buch für sie ein Genuss, denn Feuchtwanger verstand es meisterlich, den bayerischen Dialekt behutsam einzusetzen. Die prominenten Personen, die im München der zwanziger Jahre gelebt hatten, erkannte Franziska alle, auch wenn Feuchtwanger ihre Namen verändert und Adolf Hitler sogar mit einem Bruder bedacht hatte. Es erfüllte Franziska mit ohnmächtiger Wut, zu erleben, wie durch ihre Macht brutal und grausam gewordene Politiker auch vor Meineid nicht zurückschreckten, um einen Intellektuellen loszuwerden, der ihnen an Geist überlegen war. Und die Justiz deckte diese Verbrechen nicht nur, sie machte sie erst möglich. ›Erfolg‹ war spannender als ein Kriminalroman. Und wie modern Lion Feuchtwanger schrieb. Lukas las ihn auch gerade wieder.

Wie immer, wenn Franziska Tragisches las, konnte sie sich lange nicht davon lösen, bis sie erschöpft war vom Mitleiden und vom Zorn. Sie ging zu Bett und wünschte sich fast, dass eines der Kinder erwachen und nach ihr verlangen würde.

18

Je näher der Termin beim Notar rückte, desto öfter musste Paulina an ihren Vater denken. An seine Verachtung. Es war richtig, sie hatte keinen Beruf, höchstens hier und da mal eine kleinere Rolle in Fernsehfilmen. Das bewies ihrem Vater, dass er recht hatte. In seinen Augen hätte sie etwas Ordentliches studieren sollen. »Du bist nichts und hast nichts und wirst niemals etwas werden«, hatte er ihr mal gesagt. »Du wirst mit deinem Gärtner dein Leben lang in diesem Loch hocken. Sein Gehalt reicht ja nicht einmal für diese mickrige Existenz.«

Paulina hätte ihm gerne gesagt, dass sie sein Leben verlogen fand. Dass sie für sich etwas anderes wollte als seine Statussymbole. Wenn er von seiner Lebensleistung gepredigt hatte, dachte Paulina an das Fehlen von Unbeschwertheit und Zufriedenheit im Hause Mertens. Dass er keine Ahnung hatte von Lukas, wollte Paulina ihrem Vater vorhalten. Er hat einen lauteren Charakter – das wollte sie besonders betonen. Er ist aufrichtig und hat eine wunderbare Fähigkeit, zu lieben. Dass dies Paulina alles bedeutete, würde ihr Vater nie begreifen. Paulina lehnte ihn nicht nur ab, er tat ihr leid, sie verachtete ihn.

Michiko würde bei den Kindern bleiben, wenn Paulina, Lukas und Franziska zum Notar in die Innenstadt fuhren. Pierre Valbert hatte durch das Notariat mitteilen lassen, dass Paulina Ruge dabei sein solle, wenn die Verträge unterschrieben würden. »Das ist doch selbstverständlich«, meinte Franziska kopfschüttelnd, »ohne dich hätten wir dieses Haus niemals kaufen können. Wir hätten ja von seiner Existenz gar nichts gewusst.«

Lukas trieb die Renovierung des Hauses mit Begeisterung voran, verbrachte jede Minute seiner Freizeit auf der Baustelle, wie er das nannte. Das Dach wurde ausgebaut und mit großen Dachgauben versehen. Michiko würde eines der oberen Zimmer bewohnen. Das Duschbad war durch Aufgabe des kleinen Nebenraums in ein vollwertiges modernes Bad umgebaut worden. Lukas hatte Regale in die Wände einbauen lassen – »für all den Weiberkram«. Michiko freute sich, mit den Ruges umzuziehen, Cosima jubelte. Nur David verstand nicht. Er sah an Paulina vorbei, als sie ihm erklärte, dass sie alle vier gemeinsam mit Granny und Michiko in ein großes Haus umzögen. Dass es dann viel mehr Platz gebe als hier in der kleinen Wohnung. Entsetzen war in Davids Augen. Er schaukelte heftig hin und her.

»Kopfweh«, sagte er, und Paulina sah, dass er ungewöhnlich blass war. Sie konnte David gerade noch auffangen, weil er schwankte, und dann erbrach er heftig.

Paulina brachte David in sein Bett und bat Michiko, ihm einen dünnen Tee zu machen. Paulina ahnte, dass sie David verängstigt hatte. Instinktiv wusste sie, dass David feste Zusammenhänge brauchte. Veränderung ertrug er kaum. Nur notgedrungen akzeptierte er die Stunden im Kindergarten. Doch nachdem er seinen Ausbruch hinter sich hatte und die Kindergartenzeiten dennoch eingehalten wurden, konnte er es akzeptieren. Er wartete morgens zwar nicht freudig, aber unruhig, fast ungeduldig darauf, dass sein Vater ihn in die Jagdstraße brachte.

Zum Arzt konnte Paulina mit David nur gehen, wenn sie ihn am Tag vorher darauf vorbereitet hatte. Exakt, mit Tageszeit und voraussichtlicher Dauer. Gleiches galt für Besuche bei anderen. Wenn er wusste, was ihn erwartete, wenn er das Programm kannte, geriet er weniger in Panik. Granny hatte das als Erste begriffen. Wenn sie ihn abholte, sagte sie David bis ins Detail, was sie in den nächsten Stunden vorhätten. Dann war er beruhigt und ging, ohne zu zögern, mit ihr mit.

Und nun sollte er aus der Wohnung, weg von seinen Soldaten. Paulina erkannte plötzlich, während sie sein Erbrochenes aufwischte, dass der Umzug für David womöglich eine Katastrophe war, eine Veränderung in seinem Leben, die ihn aus der Bahn warf. Seit fünf Jahren, so lange er auf der Welt war, kannte er nichts anderes. Und hier, wo er sicher war, sollte auf einmal alles anders werden, das ganze Hier sollte aufgegeben werden.

Sie begriff, wie wichtig der Termin in der Klinik war. Vielleicht gab es jemanden, der wusste, was mit David war, der ihr helfen konnte, sensibler mit ihm umzugehen. Sie sorgte dafür, dass über die Aufteilung der Räume, über neues Parkett oder Abschleifen, über gestrichene Wände oder Tapeten, über einen neuen Küchenherd nur dann geredet wurde, wenn David nicht in Hörweite war.

Paulina fragte sich manchmal, ob sie alles nur träumte. Das Haus ihres Freundes Pierre, das ihr wie ein Palast erschienen war, sollte nun von ihr und ihrer Familie bewohnt werden. Granny hatte die Verhandlungen mit Pierre geführt. Die beiden verstanden sich offenbar. Granny tat ziemlich geheimnisvoll. Besonders gegenüber Paulina. Sie brachte ihr Innenarchitekturzeitschriften. »Nimm dir die Zeit, Paulina. Was wir machen, soll nach deinem Geschmack sein. Vor allem die Wohnung im ersten Stock und die Dachwohnung – du kannst alles entscheiden. Ich habe mehr als genug mit meinen Räumen zu tun. Und dafür brauche ich schon deinen Rat.«

Paulina traute ihren Ohren nicht. Für sie war es das Haus der Ruges, nicht ihres. Obwohl sie auch eine Ruge war. Das Geld kam jedoch von den Eltern Grannys, darauf hatte Paulina kein Recht. Jedenfalls dachte sie so. Sie hätte Lukas auch gerne etwas mitgebracht in die Ehe. Aber sie hatte nicht einmal so etwas wie eine Aussteuer bekommen. »Ihr kriegt von mir eine erstklassige Ausbildung«, hatte der Vater immer betont. »Darüber hinaus gibt es nichts. Ich habe mir auch alles selbst verdienen müssen.«

Paulina hatte niemals viel besessen. Nicht einmal Fahrräder hatten sie als Kinder gehabt. Die Eltern steckten den größten Teil ihres Budgets in ihre Wohnung, in die Einrichtung. Und bei Festen sollte es den Gästen an nichts fehlen. Die Töchter dagegen fanden in der Küche oft nur Knäckebrot und im Kühlschrank Margarine und ein Stück Teewurst. Da die Mutter den Tag über im Verlag war, wurde auch nicht gekocht. Gelegentlich, als sie noch klein waren, weinten sie manchmal gemeinsam. Warum, wussten sie nicht. Aber sie saßen dicht beieinander und weinten.

Lili hatte ein Studium gewählt, das den Eltern genehm war. Paulina hatte sich bei der Falckenbergschule beworben, vergeblich. Doch daraus hatte sich dann das Angebot ergeben, eine Hauptrolle in einem Fernsehspiel zu übernehmen. Sie spielte eine sehr junge Frau, deren Herkunft unklar war und die im Dorf als Außenseiterin scheel angesehen wurde. Obwohl sie nur beim Schultheater und bei einem freien Theater mitgearbeitet hatte, wurde sie engagiert, denn der Drehbuchautor des Films wohnte ebenfalls in der Tengstraße und kannte Paulina vom Sehen.

In der Zeit konnte Paulina es daheim nicht mehr aushalten. Sie wollte weg. Einfach nur weg. Und sie hatte Glück. Ihre Freundin Anna war gerade dabei, ihre Eltern mit marxistischen Thesen in den Wahnsinn zu treiben. Sie boten ihrer Tochter an, ihr eine Wohnung zu mieten, damit sie auszöge. Anna konnte sich das gut vorstellen, aber nur, wenn Paulina mitmachte. Sie fanden eine Zweizimmerwohnung am Romanplatz. Paulina guckte in einen Hinterhof mit Bäumen, den man dort nie vermutet hätte.

In der ersten Zeit arbeiteten sie beide bei McDonald's. Und jeden Morgen beim Erwachen gratulierten sich Paulina und Anna, dass sie beim Frühstück ihre Eltern nicht sehen mussten. Schöne Funkstille. Ihretwegen jede Nacht Hamburgergeruch abduschen und aus den Haaren waschen, dafür aber elternlos aufwachen.

Mit wenigen Wochen Abstand hatten sie geheiratet, Anna ging als Erste zum Standesamt. Als sie bei Paulina Trauzeugin war, wölbte sich schon der Bauch über Oskar. Und heute? Vielleicht bekamen Anna und Ludwig ein zweites Kind. Anna schloss es nicht aus. Überlege es dir gut, hatte Paulina zu Anna gesagt. Schick den Ludwig erst mal zum Augenarzt. Ein Kind kannst du immer noch kriegen, wenn du dich wieder richtig gut fühlst mit Ludwig.

Paulina seufzte. Die Kinder waren so wichtig. Ob Oskar,

das Einzelkind, oder Cosima, David und Mavie – bei allem, was einem zustieß, waren sie im Vordergrund. Da gehörten sie auch hin. Sie hatten Anspruch darauf, dass ihre Existenz immer mitbedacht wurde.

Auch diese Bedrückung war vorbei. Das Haus und ihr neues Leben dort würden so viele Vorteile mit sich bringen, vieles erleichtern. Granny würde da sein und Michiko.

Zu Annas Wohnung war es schließlich von der Renatastraße aus auch nicht mehr weit.

Die Eltern und Lili wussten noch nichts von den Neuigkeiten. Paulina hatte Lukas gebeten, sie nicht einzuweihen, ehe nicht alles geregelt war. Paulina würde es nicht ertragen, wenn die Mertens ihr in alles hineinreden wollten.

Paulina hatte ihre Mutter lange nicht gesehen, nicht einmal mit ihr telefoniert. Paulina glaubte, dass ihre Mutter von ihr enttäuscht war. Dass sie in der Tochter gerne eine Fortsetzung ihrer selbst gesehen hätte, und nun war alles anders gekommen. Paulina schien es, als sei die Zuneigung ihrer Mutter zu ihr immer schon gestört gewesen, unterentwickelt.

Doch was wäre, wenn ihre Mutter krank würde? Oder ihr Vater? Was würde passieren, wenn beide, Vater und Mutter, nicht mehr selbstständig sein konnten?

19

Paulina hatte David in den Kindergarten gebracht. Sie war erstaunt gewesen, als David ohne jedes Anzeichen von Unwillen auf den neuen Erzieher zulief, der ihn kurz begrüßte und dann mit ihm zu einem Tisch ging, an dem andere Kinder mit Knetmaterial beschäftigt waren. Paulina sah noch, wie David sich eine Schürze umbinden ließ und zu einem Klumpen Knetmasse griff.

Wie immer, wenn David nicht frustriert reagierte, war Paulina unendlich erleichtert. Cosima war noch in der Schule, und Paulina hatte das Auto dabei, um einzukaufen. Sie freute sich auf diese Einkäufe, den Moment, den sie für sich hatte. Rasch lief sie zum Auto.

Hinter dem Tor zum Kindergarten stand Pierre, steif wie ein Soldat. Er sah Paulina an. Sie spürte sofort seine Angst. Er schloss die Augen, wirkte so schutzlos wie ein Kind.

Eine junge Mutter lief vorbei, lachte Paulina an. Sie zog einen kleinen Jungen hinter sich her. »Mach hinne, du weißt, ich muss zur Arbeit!« Zu Paulina sagte sie: »Hallo! Wir haben mal wieder verpennt.« Der Kleine winkte und die beiden verschwanden durch das Tor.

Pierre kam auf sie zu, und sie umarmten einander. Hungrig, verzweifelt.

»Wir sollten uns nicht alleine sehen«, flüsterte Paulina an Pierres Hals.

»Es ist grausam, und es ist schön, dass es grausam ist«, murmelte Pierre in Paulinas Haar.

Sie drückte sich an ihn, spürte durch die Kleider seinen Körper, sein Begehren. »Was soll ich sagen, es ist so kompliziert, ja, verrückt«, sagte Paulina verzweifelt, und sie war erstaunt, dass Pierre glücklich aussah, wie erlöst.

»Du liebst mich ja«, stieß er hervor. Er löste sich von ihr. Es war, als brächte er seine Hände vor Paulina in Sicherheit.

»Ich spüre, dass du mich liebst, Paulina. Wie hätte ich das je hoffen können. So lange habe ich dich nicht mehr gesehen. Dein schönes, klares Gesicht war aber immer bei mir.«

»Wir dürfen uns nicht ansehen, Pierre. Nicht so«, sagte Paulina matt. »Wir dürfen uns auch nicht anfassen. Deine Hände, deine Augen ...«

Pierre schien jetzt ruhig. Er ging neben Paulina zum Auto, als gehörten sie zueinander.

»Deine Tränen, Paulina, dein langes Schweigen, die Vermeidung jedes Treffens hätten mir zeigen können, dass du mich liebst. Aber jetzt weiß ich es. Und morgen, beim Notar, wirst du meine Antwort bekommen.«

Sie blieben nebeneinander beim Auto stehen. Paulina begriff, dass Pierre erst einmal damit fertig werden musste, dass Paulina ihm ihre Gefühle gezeigt hatte. Sie selbst war auch davon überrascht worden, dass es sie so sehr zu Pierre drängte. Vielleicht mussten sie erst beide eine seelische Entwicklung durchmachen. Sie stieg ein.

Pierre steckte ihr ein Päckchen zu. Dann wandte er sich

um und ging. Er fühlte sich erledigt. Letzte Nacht hatte er nicht schlafen können. Hatte sich herumgewälzt, war in wirre, zusammenhanglose Träume geglitten. Er hatte sich krank gefühlt von unerfülltem Verlangen, allein. Doch nun spürte er, wie sehr auch sie sich quälte. Paulina war für ihn ein Wunder. Dass er wieder leben wollte, verdankte er ihr.

Pierre sagte sich, dass er ein Freund der Familie Ruge werden müsse. Dann würde er Paulina öfter sehen können, ohne dass Argwohn aufkam. Es war für ihn schon ein beseligendes Gefühl, wenn Paulina nur in seiner Nähe war. Pierre wollte sich gegenüber keine Rechenschaft ablegen darüber, ob er Paulinas Ehe in Gefahr brachte. Er wollte auch nicht zurückschrecken vor dieser Tatsache. Immer hatte er sich vor sich selber gefürchtet. Vor seiner Schwäche, seinem Zurückweichen. Doch diesmal würde er die Leere in sich nicht mehr zulassen. Es gab Paulina, die er stärken und schützen wollte. Darüber würde er natürlich mit niemandem sprechen, aber mit Franziska Ruge hatte er etwas abzumachen. Und zwar noch heute, vor dem Notartermin.

Pierre rief Franziska Ruge an. Sie meldete sich sofort. Natürlich könne er kommen, er müsse ihr nur die Chance geben, ihre Lockenwickler aus den Haaren zu nehmen. Und ob er lieber schwarzen Tee oder grünen möge.

Was für eine großartige Frau. Sie wusste doch, dass es Pierre nicht nur um das Haus zu tun war. Dass ein Gespräch mit ihm ihr vielleicht Sorgen aufladen würde, weil es um die Frau ihres Enkels ging. Um ihre Beziehung zu ihm. Trotzdem empfing sie ihn mit aller Herzlichkeit.

Im Flur waren schon einige Umzugskartons gestapelt, doch dem Wohnraum sah man nicht an, dass sein Mobiliar bald Abschied nehmen würde. Sie saßen an dem runden Esstisch in bequemen Stühlen, Franziska schenkte Tee ein, bot ihm duftende Waffeln an, zu denen es Schlagsahne gab und Kirschkompott. Das sei sozusagen ihre Standardausrüstung für überraschenden Besuch, erklärte sie, und Pierre nahm sich davon.

Am Morgen, vor dem Treffen mit Paulina, hatte er nichts essen können, und jetzt war er aufgeregt. Aber die Waffeln schmeckten und taten ihm gut. So konnte er Zeit gewinnen. Als er ihr mitfühlendes Lächeln sah, hätte er heulen können.

Er räusperte sich. »Als ich Paulina kennenlernte, hatte ich mich tief in mir verschlossen. Ich wollte niemanden mehr an mich heranlassen. Mit allem Schluss machen, mit dem grotesken, ungefügen Ding, das mein Leben war. Dazu kam noch diese Krankheit, die es mir fast unmöglich machte, mich in der Öffentlichkeit zu bewegen. Jederzeit konnte mir übel werden bis zum Erbrechen. Wie oft bin ich gestürzt.

Einen etwas leichteren Anfall hatte ich, als Paulina mich aufgefunden hat. Ich lag benommen zwischen zwei Autos, und Paulinas Wärme, ihre Sicherheit, ihre unbeirrbare Hilfsbereitschaft taten mir unglaublich gut. Ich fühlte ihre Arme, die mich hielten und aufrecht hinstellten. ›Lassen Sie mich‹, versuchte ich zu sagen, doch da wollte ich schon nicht mehr, dass sie mich losließ. Sie führte mich, sie war erstaunlich groß, ich konnte mich an sie anlehnen, und sie schaffte es, mich ins Haus zu bringen. Ich bekam Angst, Angst um mich. Ich glaube, es war der simple Überlebenstrieb, der in uns allen drin ist, der durch Paulina in mir wieder aufgelebt ist.«

Als Pierre verstummte, fragte Franziska nüchtern: »Ist diese Krankheit denn nicht heilbar?«

Ihre Augen waren so offen und teilnehmend auf Pierre gerichtet, dass ihm die Nüchternheit ihrer Frage richtig wohltat. Er atmete tief durch.

»Bis heute gibt es keine Medikamente, um die Krankheit zu heilen. Man kann die Symptome mildern, und wenn man in einer liebevollen Beziehung lebt, kann man sich mit der Krankheit arrangieren. Meine frühere Frau hat mich von einem Tag auf den anderen verlassen. Sie ist eine Frau, die ihre Lust ausleben kann, ohne auch nur an Liebe zu denken. Die von Begehren redet, wenn sie Geld meint. Sie hat nichts zu befürchten, sie bleibt in jeder Affäre heil, während für ihr Gegenüber die Folgen mörderisch sein können.«

Pierre, der beim Sprechen in sich zusammengesunken war, richtete sich auf, sah Franziska ebenso offen an wie sie ihn. »Frau Ruge, meine Exfrau redete nach der Heirat nur noch von einer Finca. Sie brachte mir Stapel von Magazinen, die entsprechende Immobilien auf Mallorca zeigten. Sie wollte dorthin umziehen, für immer, angeblich hasste sie das ewig regnerische und kalte Deutschland. Ich machte nie einen Hehl daraus, dass ich nicht die geringste Neigung hätte, mich auf Mallorca niederzulassen. Ihre Vorstellungen wurden immer deutlicher: Ich sollte ihr die Finca kaufen, und sie würde dann eben alleine nach Mallorca ziehen. Sie hatte sich schon eine entsprechende Immobilie ausgesucht. Ich saß zu der Zeit an meiner Doktorarbeit, hatte mich verrannt und verzettelt. Der Wunsch meiner Exfrau, ohne mich zu leben, gab mir den Rest. Ich zog in ein Hotel, um Abstand zu gewinnen, und kam tatsächlich bald besser mit meiner Dissertation voran. Eines Tages besuchten mich zwei Polizisten. Meine Frau sei im Frauenhaus. Ich hätte sie geschlagen und vergewaltigt. Meine Exfrau wollte Geld, meinen Wagen, das Haus. Ich musste mich mit Hilfe meines Anwalts wehren. Gutachten ergaben, dass sie weder geschlagen worden war und dass es auch keine Spuren von einer Vergewaltigung gab. Außerdem attestierte ihr der Gutachter eine klinische Hysterie. Franziska, Sie können sich vielleicht vorstellen, was diese Anschuldigungen in mir ausgelöst haben. Ich fühlte mich leer, gesundheitlich und seelisch am Ende. Ich bin in eine Klinik gegangen, habe neben der Behandlung noch alle möglichen Entspannungstechniken gelernt. Alles drehte sich um meine Gesundheit. Immerhin hatte ich mit meiner Dissertation Erfolg.«

»Paulina hat mir berichtet, dass sie ihrer früheren Frau in einer kuriosen Situation begegnet ist.«

»Ja. Es läuft ein Verfahren gegen sie wegen Hausfriedensbruchs und versuchten Diebstahls.« Pierre lachte bitter. »Ihr geht es nicht gut. Aber ich habe kein Mitleid mit ihr.«

»Ich hoffe, ich bin nicht dumm, auch wenn ich vieles nicht begreife«, sagte Franziska Ruge vorsichtig, »aber ich kann mir nicht vorstellen, dass Paulina die einzige Frau sein soll auf dieser Erde, an die sie glauben können. Wenn mich nicht alles täuscht, lieber Herr Valbert, dann sind sie verliebt in Paulina. Blind verliebt.«

Pierre sah Franziska Ruge verblüfft an. »Woher wollen Sie das wissen?«, fragte er und verschluckte sich fast an seinem Tee. Hilflos schaute er aus dem Fenster und dann wieder Franziska an. »Es ist so. Ich liebe Paulina«, sagte er dann leise und setzte hinzu: »Sie ist ich. Und ich bin sie.«

Franziska stützte ihr Gesicht auf die Hände. Nachdenklich, aber freundlich, sagte sie: »Ich glaube Ihnen, Pierre. Jedes Wort. Aber Paulina ist auch die Mutter dreier kleiner Kinder und die Frau meines Enkelsohnes.«

»Ich glaube, Sie können mich verstehen, Franziska. Sie können das ja offenbar, was ich seit Langem gezwungenermaßen tue – asketisch leben. Geht es Ihnen auch so, dass Sie immer noch warten? Und dass Sie nicht genau wissen, worauf, denn ihrem verstorbenen Mann gleicht ja ohnehin keiner?« Pierre beugte sich vor, nahm Franziskas Hand, die sie ihm nach kurzem, unmerklichem Erstaunen überließ. »Franziska, ich sehne mich schon lange wieder nach einem Menschen, der mir nahe ist, der meine völlig sinnlose Ehe, meine Krankheit endlich auslöscht in mir. Paulina hat das nur durch ihr Dasein erreicht, und ich konnte mich wieder öffnen. Ich habe Angst, dass ohne Paulina diese Fähigkeit wieder erlischt. Ich brauche Paulina, vielleicht viel mehr als Lukas sie braucht, der mir heil und stark vorkommt. Ich habe das Gefühl, dass er jeden Tag neu in das Leben hinausstürmt.«

Franziska lehnte sich zurück, und Pierre ließ ihre Hand wieder los. Auch er setzte sich wieder aufrecht hin und trank sein Glas mit Wasser leer. Sie schwiegen eine Weile. Auch Pierre war offenbar in seinen Gedanken gefangen.

Es schien, als falle es Franziska schwer, ihn aus seinen Träumen zu reißen. Doch plötzlich sagte sie in bestimmtem Ton: »Wir alle haben nur ein Leben, lieber Pierre. Auch Lukas. Auch Sie und Paulina und ich. Sie haben viel durchgemacht. Dennoch dürfen Sie jetzt nicht egoistisch sein. Was wissen Sie über die Gefühle meines Enkelsohnes? Wollen Sie Lukas einfach hinwegfegen? Wie sieht Paulina ihre Zukunft? Will sie sich scheiden lassen? Es gibt den Begriff einer Wahnsinnsliebe, aber vielleicht müssen wir uns eines Tages sogar dafür rechtfertigen, was wir aus der Schönheit und den Schmerzen unseres Lebens gemacht haben.«

20

Es klingelte, Cosima rannte zum Türöffner, und Paulina kam hinter ihr her. Vielleicht war das Lili, die ihr telefonisch berichtet hatte, dass Lutz Becker sich von ihr zurückziehen wolle, weil sie ihm auf die Nerven gehe. »Stell dir vor, das sagt der alte Trottel mir. Mir! Der und seine Frau sind zusammen hundert.«

»Das hat dich aber bislang nicht gestört«, hatte Paulina gemeint, und Lili hatte angefangen, ausführlich zu widersprechen. Zum x-ten Mal wollte sie diese Mesalliance besprechen. Aber Paulina hatte mit einer Ausrede Lilis Wortschwall abgeblockt. Sie fühlte sich im eigenen Leben gefangen, eigentlich sogar wunderbar lebendig, wenn auch nicht gerade glücklich. Jedenfalls wollte sie sich im Moment nicht auf Lili einlassen.

Paulina sah aus dem Fenster und dachte, dass es bald schon wieder Abend war. Die Lichter am Mittleren Ring waren angesprungen, und der Himmel färbte sich hellblaugraurosa. Diesen Blick aus dem Fenster, der zu allen Jahreszeiten dramatisch schön war, würde sie vermissen.

Es klingelte jetzt an der Wohnungstür, und Paulina öffnete. Draußen stand eine junge Frau, und Paulina wusste in der Sekunde, dass es Maxine sein musste, die sie erwartungsvoll ansah.

»Hi«, rief Maxine fröhlich und offenbar erleichtert, angekommen zu sein. Sie stellte aufatmend ihre große Reisetasche neben sich ab. Ihre Blicke gingen durch die kleine Diele, sie sah den Kinderwagen, das Spielzeug auf dem Boden. Dann schaute sie Paulina aufmerksam an.

»Hallo, ich bin Maxine, ich will Lukas besuchen, Lukas Ruge.«

»Das ist mein Mann, aber er ist noch nicht daheim«, erwiderte Paulina wahrheitsgemäß. Sie spürte Pierre seit der Begegnung am Kindergarten noch so intensiv um sich, dass ihr der Besuch Maxines lediglich als eine der vielen kleineren Unwägbarkeiten erschien, die ihr Leben zurzeit für sie bereithielt. Sie war mit einem Mal müde. Mehr als diese Müdigkeit empfand sie nicht.

Paulina sah Maxine an, die ihr attraktiv erschien mit der sanft braunen Haut, den sehr dunklen Augen und den Rastalocken, die aber keineswegs filzig waren, sondern weich und seidig und in Gold- und Brauntönen schimmerten. Der volle Mund verzog sich ein wenig enttäuscht, und Paulina empfand Mitleid mit ihr.

»Gestern hatten wir ein Unwetter in Bayern. Ein Gewitter, das viel Schaden angerichtet hat. Auch in München sind viele Bäume beschädigt. Lukas ist mit seinen Leuten unterwegs, um aufzuräumen. Möchten Sie seine Handynummer?«, fragte sie und dachte dann, dass Maxine die doch bestimmt hatte. Da Maxine jedoch unschlüssig schwieg, schrieb Paulina ihr die Nummer auf. »So können Sie Lukas am besten erreichen«, sagte sie höflich. Sie wollte allein sein, an Pierre denken, seine Stimme, seine Worte, sie musste nachdenken. Außerdem musste sie sich um das Abendessen kümmern.

Maxine biss sich auf die Unterlippe und suchte offenbar nach einem Abgang. Sie hielt sich den Zettel vor die Augen, als müsse sie die Nummer auf der Stelle studieren. Paulina wartete darauf, dass Maxine sich verabschiedete, obwohl sie sich unwohl fühlte bei dem Gedanken, dass sie die junge Frau, die sichtlich erschöpft war, nicht hereingebeten hatte.

»Danke – thanks – good bye.« Maxine nahm ihre schwere Tasche wieder in die Hand und lief rasch die Treppe hinunter. Auf dem ersten Absatz blieb sie stehen und winkte nochmals kurz zu Paulina, die in der Tür stand und Maxine nachschaute. Sie sah noch, dass Maxine sich auf dem untersten Treppenabsatz auf eine der Stufen setzte und offenbar ihr Handy aus der Tasche kramte.

Paulina bemühte sich, die Wohnungstür leise zu schließen. Was war nur los mit ihr? Sie verhielt sich kindisch und spießig. Als müsse sie ihre Sandburg verteidigen. Dass sie mit ihren Gedanken an Pierre allein sein wollte, änderte daran gar nichts. Am liebsten hätte sie Maxine gebeten, doch wieder heraufzukommen und in der Wohnung auf Lukas zu warten. Paulina ging rasch zur Tür, sah hinunter in den Flur. Er war leer. Düster dachte Paulina, dass sie Maxine nie wiedersehen werde. Sie hätte weinen können über ihre Kälte Maxine gegenüber, die sie gar nicht empfand. Klugheit wäre auch hilfreich gewesen, aber Paulina hatte sich den Weg zu Maxine ohne jede Not verbaut. Lukas würde ihr wahrscheinlich nie die Auskünfte geben, die Paulina interessierten. In einem Gespräch mit der müden, erschöpften Maxine hätte sie vielleicht erfahren können, was sie mit Lukas verbunden hatte und heute noch verband. Aber nein, Paulina hatte sich aufgeführt wie der Elefant im Porzellanladen.

Paulina brauchte jetzt etwas Tröstendes, das sie erwärmte. Im Wohnzimmerschrank stand eine angebrochene Flasche Whiskey, die bei ihnen monatelang nicht leer wurde. Als Paulina am Spiegel vorbeikam, sah sie ihr erstarrtes Gesicht und ging erschrocken zum Schrank. Der ungewohnte Whiskey stürmte durch ihre Kehle und kämpfte gegen die Schwermut in Paulinas Seele, und schon der zweite Schluck ließ Paulina wieder nachsichtiger mit sich werden. Wenn es nicht anders ging, musste eben der Alkohol einen zurückführen in die normale Welt. Paulina wollte nicht länger verbittert mit sich selbst hadern. Maxine würde sich bestimmt kein zweites Mal bei ihr blicken lassen, aber wenn, dann würde Paulina sie freundlich in den einzigen bequemen Sessel bitten, ihr Whiskey anbieten und selber einen mittrinken. Dann könnten sie friedlich beieinander sitzen, reden und sich einander offenbaren: »Well, I'm looking for some answers...«

Lukas erspähte in der Nymphenburger Straße einen Parkplatz, als sein Handy klingelte. Es war Maxine – und Lukas überfielen Schuldgefühle. Maxine gegenüber. Paulina gegenüber. Dann regte sich Trotz in ihm. Immer dieses verdammte schlechte Gewissen. Wozu? Er war doch nicht schuldig, woran denn auch? Es war eben alles so, wie es war.

»Bist du in München?« Etwas anderes fiel Lukas im Moment nicht ein, und er kam sich ziemlich blöd vor. Maxine hatte ihm ihr Kommen angekündigt, wenn auch keinen genauen Zeitpunkt. Sie hatte ein Angebot von Unilever in Mailand. Dort wollte sie sich nicht nur vorstellen, sie wollte auch die Stadt kennenlernen. Es ging um einen Zweijahresvertrag. Lukas erinnerte sich, dass Maxine in Calgary Volkswirtschaft oder BWL studiert hatte.

»Ja«, sagte Maxine etwas müde. »Ja, ich bin in München. Ich sitze hier auf der Treppe, in dem Haus, in dem du wohnst. Ich habe mit deiner Frau gesprochen. Sie hat mich erkannt, glaube ich, aber sie tat so, als würde nichts in der Welt sie berühren. Das hat mich irgendwie getroffen.« Maxine zögerte.

Lukas fragte: »Du warst …?« Dann unterbrach er sich.

»Hör zu, Maxine«, fuhr er bestimmt fort, »ich bin gerade auf dem Weg zu einem Vortrag … Sturmschäden? Ach so, ja, die räume ich nicht selber auf. Das erledigen meine Mitarbeiter. Maxine, entschuldige, ich bin schon sehr spät dran für den Termin. In welchem Hotel wohnst du? … Im Sheraton? Ich komme, sobald ich kann … Gut. In zwei, spätestens in drei Stunden bin ich da. Bye!«

Lukas hatte die Einladung von Granny bekommen. Der Vortrag war Teil einer Tagung des Vereins »Autismus Oberbayern«.

»Vielleicht ist es eine gute Vorbereitung für euer Gespräch mit dem Kinderpsychiater«, hatte Granny gesagt.

Es hatte in der Nacht gestürmt. Auch jetzt noch bog der starke Wind die Bäume, als Lukas sich durch die Lazarettstraße kämpfte. Er war ganz froh, als die Glastür zum Konferenzzentrum sich vor ihm öffnete. Er sah sofort, dass er zur Kaffeepause kam. Auch nicht schlecht, dachte Lukas und stellte sich in die Schlange, nachdem er seinen Mantel in der Garderobe losgeworden war.

An den Wänden des großen Raumes waren weiß gedeckte Tische aufgereiht. Darauf waren Platten mit Gebäck und belegten Semmeln. Lukas spürte, dass er hungrig war. Er nahm sich eine Semmel und fing an zu essen. Er sah sich um. Männer und Frauen jeder Altersstufe standen um die Tische, aßen, redeten, viele schienen sich zu kennen. Lukas wusste, dass er in diesem Kreis ein Außenseiter war.

Drei Damen mittleren Alters standen an einem Tisch. Im Gespräch erklärte eine den anderen, dass sie Bezirksrätin sei und, wenn sie das wolle, an jedem Tag zu mindestens drei solcher Veranstaltungen gehen könne. »Unsereiner soll ja über alles informiert sein.«

Lukas ging mit seinem Kaffee weiter, stellte sich an einen anderen Tisch, hörte weitere Banalitäten. Er wunderte sich, dass niemand über das Thema der Tagung sprach. Die Hirne schienen besetzt mit Alltagskram. Zuvor hatte schon der frühere Landtagspräsident Alois Glück seine Eröffnungsrede gehalten. Das hatte Lukas im Programmheft gesehen. Danach hatte es eine Podiumsdiskussion gegeben mit vier Ärzten, die an entsprechenden Kliniken mit Kindern und Jugendlichen arbeiteten. Eigentlich hätte es doch reichlich Stoff für Diskussionen geben müssen, dachte Lukas.

Nun sollte der Vortrag einer Professorin beginnen, die ärztliche Direktorin der Klinik für Psychiatrie, Psychosomatik und Psychotherapie des Kindes- und Jugendalters der Goethe-Universität Frankfurt war. Sie schien Lukas noch relativ jung, und er wartete mit Spannung darauf. Das Thema hieß: »Wissenschaftlich fundierte Diagnostik und Therapie in der praktischen Umsetzung unter Versorgungsbedingungen«.

Lukas' Hoffnung, dass er nach diesem Vortrag mehr über seinen Sohn wissen und mehr Verständnis für ihn haben würde, sank bei den ersten Sätzen. Er bemühte sich, konzentriert zuzuhören, aber der Vortrag erschöpfte sich im Abstrakten. Immer wieder schweiften Lukas' Gedanken ab zum Alltag mit seinem Sohn. Dass bei David eine Störung seiner Entwicklung vorlag, war Lukas bewusst, aber er hatte gehofft, dass Paulina recht behalten würde, die immer noch sagte, dass David sich bis zum zweiten Lebensjahr ebenso gut entwickelt habe wie Cosima und dass er nur eine längere, schwierige Phase habe.

Lukas sah das anders. Jedenfalls hatte er völlig andere Erinnerungen. Aber er brachte es nicht fertig, Paulina zu widersprechen. Die Entwicklung Davids war anders verlaufen als bei Cosima. David hatte sich gegen das Stillen gewehrt. Wenn Paulina ihn anlegte, streckte er sich widerstrebend durch und wandte das Köpfchen ab. Er strampelte immer ungeduldig, bis Paulina ihn wieder in sein Bett legte. Als sie ihm schließlich statt der Brust die Flasche anbot, war er auch ungeduldig, sichtbar unglücklich. Paulina legte ihn schließlich zum Trinken ins Bett und gab ihm dort die Flasche. Auch ihr war allmählich klar geworden, dass David offenbar keinen Körperkontakt wollte.

Nur einmal hatte er bei Lukas auf dem Arm friedlich getrunken. Das war in Grannys Garten gewesen. Cosima und Paulina spielten im Sandkasten, als David unruhig wurde und weinte. Lukas holte sein Fläschchen aus dem Thermosbehälter, nahm David auf den Arm und ließ ihn trinken. Er bemerkte, dass David in die Sonne blinzelte, die durch die Bäume schien. Die Reflexion des Sonnenlichts in den Blättern schien ihm zu gefallen. David schaute und schaute und trank seelenruhig seine Flasche leer. Als Lukas ihn aufrichtete zum Aufstoßen, begann er sofort zu protestieren. Lukas musste ihn wieder so in seine Arme legen, dass er weiterhin in die Sonne blinzeln konnte, und Lukas ließ ihn gewähren. Ihm fiel auf, dass David seinem Vater höchstens einen kurzen Blick schenkte, in die Sonne wollte er aber andauernd sehen.

David krabbelte nie. Er lernte früh, zu gehen, wenn auch mit schwerfälligen, schwankenden Schritten. Bekamen sie Besuch, verkroch er sich in eine Ecke, blieb dort hocken und verschränkte die Arme über der Brust. Wenn ihn jemand ansprach, den er nicht kannte, antwortete er nicht.

Einmal war er zu einem Kindergeburtstag eingeladen. Paulina und Lukas war klar gewesen, dass er sich wehren und schreien würde, aber sie wollten es versuchen. David war still, aber er kroch sofort hinter einen großen Sessel, irgendwann fand er ein Buch, in dem er hingebungsvoll blätterte. Vor und zurück. Vor und zurück. Paulina erklärte, dass David eben sehr scheu sei. Und dass er sein seltsames Verhalten schon noch ablegen werde, wenn er erst in den Kindergarten, dann in die Schule komme.

Lukas hatte vor allem ihr Argument beeindruckt und auch stumm gemacht, dass David in falsche Hände geraten könne, dass man ihn für eine Therapie seinen Eltern wegnehmen und dadurch noch unglücklicher machen werde. Nie hatte Paulina eine Anregung in der Richtung zugelassen, egal, von wem sie kam. Erst jetzt war etwas in ihr aufgebrochen.

Die Ärztin schaltete den Beamer für die Powerpoint-Präsentation ein, und Lukas las und hörte von niederschwelligen Anlaufstellen, von Versorgungslandschaften, Leistungserbringern, Vernetzung der Versorgungssysteme. Ihm wurden die neuesten wissenschaftlichen Erkenntnisse zur Gestaltung von Versorgungssystemen für Menschen mit

Autismus dargelegt und die Probleme der Versorgungsforschung erläutert. Die Ärztin heftete ihren Blick unverwandt auf die Fakten und Daten, die sie praktisch vorlas, obwohl jeder der Anwesenden selber lesen konnte.

Lukas ermüdete das. In seinem Kopf drehten sich die Konzepte und Begriffe, er konnte nichts davon aufnehmen. Dennoch wartete er darauf, dass diese Medizinerin endlich etwas erzählen würde, das mit einem Kind wie David, das offenbar die Welt nicht verstand, zu tun hatte. Ein Kind, das von seinen Eltern nicht in den Arm genommen werden wollte. Das sich weigerte, mit anderen Kindern zu spielen, nicht einmal mit den Geschwistern, das brüllte und wie wild mit den Händen flatterte, wenn es nur geringfügige Abweichungen von seinen täglichen Ritualen gab.

Lukas sah sich um. Einige Teilnehmer verließen den Saal, andere kamen herein. Als Lukas aufstand und nach draußen ging, sah er viele der Teilnehmer beim Kaffee um die runden Tische stehen. Sicher wussten alle im Auditorium, um was es ging. Hatten Fachkenntnisse, brauchten keine Beschreibung eines autistischen Kindes.

Erst als Lukas sich an den einzelnen Info-Ständen umsah, entdeckte er erfreut, wie viele Anlaufstellen es gab für betroffene Eltern. An Ständen wie dem Autismuskompetenzzentrum Oberbayern fand er engagierte Mütter, die ihm seine Fragen beantworten konnten. Plötzlich schien es ihm, als nähme der Vortrag der Professorin Gestalt an. Er sah in den unterschiedlichen Initiativen seine Erlebnisse mit David beschrieben, seinen und Paulinas Alltag. Plötzlich wusste er, dass er auf dem richtigen Weg war. Viele Eltern hatten oft erst nach langen Irrwegen die richtige Diagnose für ihr Kind und damit Hilfe gefunden. Und er selbst entdeckte hier die

Beweiskette, dass er mit seiner Zuversicht, David helfen zu können, gar nicht so falsch lag. Eine Mutter berichtete ihm auf seine Frage nach der Einschulung, dass ihr Sohn mithilfe einer ausgebildeten Schulbegleiterin den Unterricht in der Grundschule gut bewältige.

Lukas spürte eine unglaubliche Last von sich abfallen. Bei allem ihm eigenen Optimismus hatte er sich in schwierigen Situationen mit David oft gefragt, ob sein Sohn überhaupt in die Schule gehen, eine Ausbildung machen, selbstständig leben könne. Endlich wusste er, dass David Chancen für die Zukunft hatte. Lukas brannte nun förmlich darauf, mit Paulina und David zur Beratung in die Kinderpsychiatrie zu gehen. Ihm wurde klar, dass er und Paulina keine Ahnung oder doch nur wenig Ahnung hatten von dem, was David von anderen Kindern unterschied. Sie würden endlich erfahren, was mit ihrem Jungen los war.

Lukas war Granny unendlich dankbar, dass sie ihm die Einladung verschafft hatte. Vor allem die betroffenen Eltern hatten ihm geholfen, gaben ihm Hoffnung. Er fühlte sich geradezu glücklich, befreit von einer mehrjährigen Spannung. Endlich konnte er einmal loslassen.

An der Rezeption des Sheraton nannte man Lukas umstandslos die Nummer von Maxines Zimmer. Doch die eigene Stimme schien Lukas seltsam verändert. Leblos. Was tat er hier? Eben noch war er erfüllt gewesen von den Hoffnungen für seinen Sohn, und nun war er hier, um eine Frau zu treffen, die vor zehn Jahren einmal wichtig für ihn gewesen war. Warum machte er sich nicht sofort auf den Weg nach Hause? Zu Paulina. Oder zu Granny. Um zu erzählen, ihnen die Kraft weiterzugeben, die er in sich spürte.

Es war wegen Maxine. Er war hier, um Maxine zu sehen. Nach zehn Jahren sollte er sie wiedersehen. Ihre Stimme am Telefon hatte ihn berührt. Er hatte daran gedacht, wie sie ihn beim Skifahren in Nakiska jubelnd überholt hatte, wie sie bei endlosen Spaziergängen am Bow River ihm ihr Calgary zeigen wollte. Schließlich konnte er sie, die nun einmal in München war, nicht sich selbst überlassen. Er konnte und wollte nicht mehr zurück.

Doch sahen die Leute hinter dem Tresen ihn nicht seltsam an? Hatte der Mann, der ihm die Zimmernummer nannte, nicht ein Flackern in den Augen gehabt?

Lukas ging am Lift vorbei und nahm die Treppe, er wollte nicht auf engem Raum mit jemandem eingesperrt sein, er brauchte Bewegung. Er spürte, dass es nicht nur die körperliche Anstrengung war, die sein Herz heftig pochen ließ. Vor der Tür hielt er inne, dann klopfte er.

Als Maxine öffnete, schaute er verwirrt zu Boden und ging an ihr vorbei in den großen Raum, in dem es nach schwerem Parfum roch. Lukas merkte, wie Maxine hinter ihn trat, aber er rührte sich nicht.

Eine rasche Bewegung hinter ihm ließ ihn kurz erschauern. Maxines Hand umklammerte seinen Arm. Und dann war ihr Mund fest auf seinem, ihre Zunge fordernd, befehlend, ihre Arme umschlossen ihn.

Lukas packte Maxines Handgelenke, zog ihre Arme entschlossen weg von seinem Hals, und Maxine ließ ihn los. Sie trat einen Schritt zurück und sah Lukas belustigt an. Vielleicht war sie auch überrascht, Lukas wusste es nicht. Er atmete tief durch.

»Lass dich doch erst einmal ansehen«, sagte er leise, fast bittend.

»Ist es schwierig – ich meine – wegen deiner Familie?«, fragte Maxine, immer noch lächelnd.

»Es ist meinetwegen«, antwortete Lukas, und er wusste nicht, ob er diese Worte überhaupt ausgesprochen hatte. Seine Stimme schien ganz unten im Hals zu stecken. Lukas presste den Handrücken gegen den Mund, der ihm verletzt erschien. Er fühlte sich elend.

Maxine ging zur Minibar und holte eine Flasche Champagner heraus. Geschickt und ohne zu spritzen entfernte sie den Verschluss und schenkte vorsichtig zwei Gläser voll. Sie war konzentriert, ganz bei sich; vielleicht wollte sie ihm Gelegenheit geben, sie in Ruhe anzusehen.

Er nahm wahr, dass Maxine dasselbe rotblau karierte Hemd trug, dieselben engen Jeans, die sie bei der Calgary Stampede getragen hatte. Damals, vor zehn Jahren, als Lukas wieder zurück nach Deutschland fliegen musste. Sie hatten nur von ihrer Liebe gesprochen, und Maxine hatte geweint und war sicher gewesen, vor Sehnsucht nach ihm zu sterben. Wollte sie ihn heute daran erinnern? Den Abschied wieder heraufbeschwören? Sogar die Haare hatte sie zu Zöpfen geflochten, und um den Hals trug sie den türkisfarbenen Perlenschmuck, der ihm auch heute wieder auffallend schön erschien.

»Maxine, es ist zehn Jahre her, warum bist du gekommen?«

21

Sie sassen in einem Halbrund, Franziska Ruge, Pierre Valbert, Lukas und Paulina. Der Notar an seinem Schreibtisch befand sich ihnen gegenüber, genau in der Mitte. Mit ungefähr zwei Meter Abstand. Eine junge Frau saß etwas abseits an einem Computer.

Paulina sah verstohlen zu Pierre. Noch nie hatte es in ihrem Kopf derart gedröhnt. Gestern Abend, es war schon spät gewesen und Lukas immer noch nicht daheim, hatte Pierre noch angerufen.

»Kannst du mit mir reden? Nur einen Moment?«, hatte er ins Telefon geflüstert. Er klang wie ein kleiner Junge, der ein Geheimnis preisgibt.

Paulina war gerührt. Es konnte kein Zufall sein, dass Pierre ihr nahe sein wollte, wo Lukas wahrscheinlich in irgendeinem Hotelzimmer mit Maxine zusammen war. An sein Handy ging er jedenfalls nicht, und Paulina hatte ihm so kühl wie möglich auf die Mailbox gesprochen, dass er den Notartermin am kommenden Morgen nicht vergessen solle, wo immer er jetzt sei.

»Wir können ruhig reden«, hatte Paulina liebevoll zu Pierre gesagt. »Lukas trifft eine Freundin aus Kanada.

Offenbar dauert das etwas länger. Pierre, es ist wunderbar, deine Stimme zu hören.«

»Paulina«, sagte Pierre fast flehend, »es geht um morgen früh, um den Notartermin. Ich wollte dich eigentlich überraschen. So war es auch mit Franziska Ruge abgesprochen. Sie hat dich ja lieb gewonnen wie eine Tochter; das hat sie jedenfalls gesagt, und ich glaube es ihr. Sie begreift viel mehr als andere. Doch ich quäle mich mit dem Gedanken, dass du dich vielleicht überfahren fühlen könntest von mir. Paulina, ich will dir sagen, dass ich dir einen großen Teil meines Hauses vermache. Franziska Ruge kann etwa 1,8 Millionen Euro für den Kauf des Hauses aufbringen. Dann hat sie aber keine Rücklagen mehr. Mein Haus ist auf knapp drei Millionen Euro geschätzt worden. Ich habe mit Frau Ruge und dem Notar gemeinsam überlegt, wie wir es ermöglichen könnten, dass der Kauf dennoch zustande kommt. Ich hatte die Idee, dir den Gegenwert des Geldes zu schenken. Das bedeutet, dass dir das gesamte Dachgeschoss des Hauses durch Schenkung gehört. Dazu die Hälfte des Gartens, alles in allem ein Wert von 1,2 Millionen.«

Paulina wusste noch, dass sie rasch hatte auflegen müssen, denn Lukas war nach Hause gekommen. Sie hörte ihn im Wohnzimmer herumgehen, den Schrank öffnen; offenbar nahm er sich etwas zu trinken. Er wollte alleine sein, soviel war klar. Paulina hatte auch nicht den leisesten Wunsch, mit ihm zu sprechen. Nach dem Anruf von Pierre fühlte sie sich auf eine schöne Weise wahnsinnig.

Sie war ins Bad gegangen, hatte sich langsam ausgezogen, Stück um Stück. Als täte sie es für Pierre. Sie hatte geduscht, das Haar gewaschen, auf die Geräusche im Haus gelauscht. Die Familie in der Wohnung unter ihnen hatte Besuch; man hörte Schwatzen und Lachen. Von woanders her meinte sie die Beatles zu hören. ›Hey Jude‹. Es gab ihr einen Stich. So viel Leben wie hier würde es vielleicht nicht mehr geben, wenn sie erst in der Renatastraße wohnten.

Die Donnersbergerstraße schien ihr liebenswert und verzaubert im nächtlichen Licht. Liebe Donnersbergerstraße. Paulina hätte schluchzen können vor Sentimentalität. Hatte sie denn keinen Verstand? Mehr Glück als Verstand. Warum auch nicht. Wo war ihre Zeit geblieben? Achtundzwanzig Jahre war sie schon alt. Nach Davids Geburt waren ihr büschelweise Haare ausgefallen. Zwei Weisheitszähne hatte man ihr gezogen. Die Mandeln entfernt. Alles so hinterhältige Botschaften: Paulina, du wirst langsam alt.

Dennoch hatte ihr Pierre ein Rätsel aufgegeben. Paulina versuchte gar nicht erst, sich vorzustellen, was beim Notar passieren würde. In ihrem Leben begann es gefährlich kompliziert zu werden. Da war David. In der Klinik würden sie vielleicht bittere Dinge erfahren. Dann war Maxine in Lukas' gegenwärtiges Leben, in ihr gemeinsames Leben gekommen, sicher nicht ohne Grund. Irgendetwas war zwischen den beiden.

Lili hatte auch Probleme, die sie offenbar mit Paulinas Hilfe zu lösen versuchte. Warum sonst rief sie dauernd an? Seit sie beide von zu Hause ausgezogen waren, hatte Paulina nur selten etwas von ihrer Schwester gehört.

Das Einzige, was klar schien, war der Abschied von der Donnersbergerstraße. Bald würde sie hier weggehen, umziehen in das Haus von Pierre, von dem er ihr einen Teil schenken würde. Morgen. Sie, immer besitzlos, besaß mit einem Mal eine Immobilie. Den Teil eines Gartens in Nymphenburg. Warum machte Pierre das alles? Sie sah sein feines Gesicht vor sich, die kurz gestutzten Haare, das energisch geschnittene Kinn, das gar nicht zu ihm zu passen schien. Passte denn Paulina zu ihm? Oder waren sie einander ähnlich?

Darauf wollte Paulina sich in jedem Fall vorbereiten. Sie fand eine Probetube für eine Gesichtsmaske, starrte in den Spiegel, der eine nackte Paulina mit grünem Gesicht zeigte. Spinatwachtel, dachte Paulina, und sie musste grinsen, was alles noch schlimmer machte.

Als sie ins Bett gegangen war, hatte Lukas bereits geschlafen. Seine Arme waren um die Bettdecke geschlungen wie um eine Geliebte.

Im steif-eleganten Büro des Notars war es still geworden. Eben noch hatten alle der sachlichen Stimme des Notars zugehört, der mit ruhiger Präzision die Besonderheiten im Verkauf des Anwesens von Dr. Pierre Valbert erläuterte. Franziska Ruge schaute ihren Enkel an, der mit dunklen Augenringen neben Paulina saß und ab und zu seine Fingergelenke knacken ließ. Er wusste, dass seine Großmutter dieses Geräusch nicht ausstehen konnte. Also musste er arg mitgenommen sein, sonst hätte er das Knacken unterlassen.

Paulina wirkte unbeteiligt. Sie sah sich in dem Raum um, als wolle sie sich die Umgebung genau einprägen. Und sie sah großartig aus. Franziska Ruge war verblüfft. Nicht einmal bei der Hochzeit hatte Paulina so attraktiv ausgesehen. Ihr Haar war streng hochgesteckt, sodass Paulina noch größer wirkte. Franziska bemerkte auch, dass Paulina Make-up und eine Spur Rouge aufgetragen hatte. Das hatte sie noch nie gesehen. Sogar die Wimpern waren getuscht, auch eine Seltenheit bei Paulina. Sie trug das Wollkleid, das Lukas ihr zum Geburtstag geschenkt hatte. Franziska hoffte, dass das ein gutes Zeichen war.

Ob Lukas sah, dass er eine auffallend schöne Frau hatte? Er war heute ein Rätsel für Franziska. Er hatte sie kurz und stumm umarmt. Kein Wort von der Renovierung des Hauses, die er mit Begeisterung vorangetrieben hatte, obwohl das Anwesen ihnen de facto noch gar nicht gehörte. Pierre Valbert hatte allerdings immer versichert, dass sich eine Lösung für die finanzielle Situation finden lassen werde und dass niemand anderes als die Familie Ruge für den Kauf des Hauses infrage komme. Mit Hilfe des Notars, mit dem Pierre Valbert einige Gespräche geführt hatte, war dann die Lösung gefunden worden, von der Franziska gerne gewusst hätte, was Lukas darüber dachte.

Alle Beteiligten unterschrieben nun die Urkunden, auch Lukas unterschrieb, ohne mit der Wimper zu zucken. Dann verabschiedete er sich vom Notar, von Pierre Valbert und von seiner Großmutter. Paulina gab er ebenfalls die Hand wie einer Fremden und sagte mit belegter Stimme: »Gratuliere.«

Sie waren alleine im Wartezimmer, doch Paulina wäre es lieber gewesen, wenn ein paar andere Eltern mit Kindern den Raum bevölkert hätten. So allein fühlte sie sich hilflos, nervös. Es war ihr, als würde ihre Welt heute völlig neu geordnet. Und sie selbst konnte nicht mit entscheiden, musste alles akzeptieren.

David hatte seine Zinnsoldaten mitgebracht. Paulina sah geduldig zu, wie er in einer Ecke sein Regiment aufstellte. Lukas hatte sie und David daheim abgeholt. Nach dem Notartermin war er nicht mehr zu Hause aufgetaucht. Auch bei seiner Großmutter war er nicht gewesen. Jetzt hatte er sich neben Paulina auf einen Stuhl gesetzt.

Paulina fragte nicht. Der Gott unserer Zeit ist der Psychiater. Wo hatte sie das nur gelesen? Seit sie auf dem Weg in die Heckscher-Klinik waren, ging ihr der Gedanke nicht mehr aus dem Kopf. Sie brauchte nicht nur eine Diagnose für David. Auch sie selber müsste dringend mit jemandem sprechen. Ob es einen Psychiater gab, der sie verstand? Sie bräuchte dringend jemanden, der Ordnung in das Chaos ihrer Gefühle brachte oder ihr dabei half.

Wie konnte sie um eine Zukunft für David kämpfen, wenn sie selbst nicht wusste, wohin sie gehörte?

»Was du auch denkst, was du auch vorhast – ich gehöre zu David, und David gehört zu mir, und du gehörst zu David, und David gehört zu dir.«

Lukas sagte das und stellte jedes einzelne Wort auf wie David seine Zinnsoldaten.

Paulina sah aus dem Fenster, das von der niedergehenden Sonne bestrahlt wurde. Sie hörte Schritte auf der Treppe, Stimmen auf dem Gang, wieder Schritte, die sich näherten. Die Tür öffnete sich und eine Schwester bat sie in das Behandlungszimmer.

22

Franziska gab Mavie ihr Fläschchen. Die Kleine hatte Tränen in den Augen, schluchzte noch ein bisschen, doch dann zog sie zielstrebig am Sauger der Flasche. Wahrscheinlich hatte Mavie beim Erwachen Schmerzen gehabt. Sie bekam Zähne und fieberte leicht.

Franziska nahm sich vor, gleich mit Mavie auf dem Arm in der Wohnung herumzuspazieren. Vielleicht konnte die Kleine dann wieder einschlafen. Es war rührend für Franziska, zu sehen, wie Mavie immer wieder aussetzte mit dem Trinken, um sie anzulächeln.

In diesem Lächeln suchte Franziska nach den Gesichtszügen ihres früh verunglückten Sohnes Viktor, des Vaters von Lukas. Er hatte auch diese vorbehaltlose Lebensfreude gehabt. Schon in Lukas hatte sie immer wieder Spuren Viktors gefunden.

Der Schmerz, in den der Verlust ihres Mannes und ihres Sohnes sie gestürzt hatte, wurde dadurch verschlimmert, dass sie nicht begreifen konnte, dass beide nicht mehr da waren. Dass sie auch die Schwiegertochter nicht mehr sehen würde und den jüngsten Enkelsohn. Franziska hatte versucht, sich zurückzuziehen. Sie wollte keine neue Liebe mehr, keine engen Beziehungen. Sie glaubte, sie müsse sich vor der Liebe schützen, da diese Menschen ihr sonst wieder weggenommen würden. Einen Teil ihrer Energie verwendete sie auf ihren Beruf, die Schule, auf die Kinder mit ihren Begabungen und Problemen. Doch ihr eigentlicher Lebensinhalt war, ihren Enkel Lukas zu fördern, zu behüten und zu lieben. Dann kam Paulina dazu, die drei Kinder, Franziska konnte wieder weinen. Vor Freude, vor Glück. Franziska weinte und weinte, es war wie eine Reinigung. Danach war sie beruhigt. Die Sympathie für Paulina, die anregenden Gespräche mit ihr und Lukas waren wunderbare Erfahrungen, Entschädigungen. Lieben, geliebt werden. Von ihrer Familie. Trotz aller Tode und Verluste hatte sie immer noch und wieder eine Familie.

Mavies Augen fielen zu. Franziska legte die Kleine in ihr Bett und hörte den Schlüssel im Schloss gehen. Paulina kam mit David zurück. Diesen Moment würde sie niemals vergessen, diese Spannung lähmte sie geradezu.

Franziska half David beim Auskleiden. Er legte seinen Beutel mit den Zinnsoldaten nicht aus der Hand, wechselte beim Abstreifen der Ärmel mit dem Beutel von der rechten Hand in die linke, und dann führte er unter dem Tisch sein Bataillon wieder ordentlich zusammen.

»Die genaue Diagnose haben wir noch nicht«, sagte Paulina, die dankbar für die Tasse Tee war, die Franziska ihr reichte. »Auf jeden Fall bleibt unser David immer auffällig. Er kann nicht geheilt werden. Er hat eine Autismus-Spektrum-Störung. Seine Sprachentwicklung ist verzögert. Seine Begabungen konnten auch noch nicht prognostiziert werden. Aber das wird uns der Professor alles noch genau erklären, wenn die Untersuchungen abgeschlossen sind.«

Paulina brach in Tränen aus. Sie weinte sich die Anspannung der letzten Stunden von der Seele. Franziska legte ihren Arm um Paulina, die sich für einen Moment an ihre Schulter lehnte.

»Und die Schule?«, fragte Franziska vorsichtig. »Wird David in eine Regelschule gehen können?«

»Der Professor hat uns Hoffnungen gemacht, aber es entscheidet sich erst nach eingehenderen Untersuchungen. Es gibt Schulbegleiter oder Schulbegleiterinnen, die dazu ausgebildet sind, einen autistischen Schüler zu unterstützen, seine Defizite weitgehend auszugleichen.«

Paulina schnäuzte sich und legte dann ihren Kopf wieder an Franziskas Schulter. »Ich bin so froh, dass wir in der Klinik waren. Der Professor hat versucht, uns zu erklären, was David denkt und fühlt. Und warum er so handelt, wie er es eben tut. Lukas und ich werden lernen, David zu motivieren. Der Professor hat gesagt, dass du auch helfen kannst, noch dazu als Lehrerin. Wenn David von uns allen unterstützt wird, kann er in die Schule gehen.«

»Ich habe mir ein Buch über Psychotherapie und Beratung bei Menschen mit Autismus besorgt«, sagte Franziska, »das hat eine junge Medizinerin geschrieben, die selber Autistin ist. Sie hatte das Glück, schon in der Schule und während des gesamten Studiums von einer Therapeutin begleitet zu werden. Stell dir vor, ein autistisches Mädchen, das Medizinerin wird. Paulina, David hat Chancen.«

»Das glaube ich auch«, sagte Paulina, und sie musste wieder weinen. »In den letzten beiden Jahren hatte ich immer Angst um Davids Zukunft. Wie wird es weitergehen mit ihm? Wie wird er leben können? Wird er seine auffälligen Verhaltensweisen auch als Erwachsener beibehalten? Was wird aus ihm, wenn ich nicht mehr stark genug bin, ihn von der falschen Rolltreppe abzuhalten? Und wenn er auch als Teenager noch wie wahnsinnig schreit? Wie lange kann ich ihn behüten? Alle – außer Lukas und dir – schämen sich seiner, denk nur an Cosima.«

In diesem Moment kam Cosima herein, gefolgt von Michiko. Cosima war selig, bemerkte nicht Paulinas verweintes Gesicht. Michiko verabschiedete sich gleich, winkte kurz und schloss behutsam die Tür hinter sich.

Cosima berichtete freudestrahlend: »Mami, Granny, ich war mit Michiko Sushi essen, im Karstadt, unten im Markt! Und dann hat sie mir noch eine Schmuckrolle gekauft. Schaut mal, blau mit pink, da kann ich alle meine Ringe reintun, und hier kommen die Armbänder rein.«

Cosima rollte ihr Geschenk auf, holte aus ihrem Zimmer den Schmuck und verteilte ihn sorgfältig in der Stoffrolle. Immer wieder nahm sie ein Teil heraus und schob es in eine andere Tasche.

Franziska und Paulina lächelten sich an.

Cosima umarmte Franziska. »Ich habe heute viel auf, Granny. Sonst würde ich gerne mitkommen zu dir.«

Franziska streichelte sanft Cosimas Gesicht. »Das weiß ich, meine Süße. Aber ich bleibe heute Abend noch ein bisschen. Ich helfe der Mama, das Abendbrot herzurichten.«

»Ui, Granny, du isst mit uns zu Abend. Klasse.«

Cosima ging strahlend in ihr Zimmer. Sie warf sogar David eine Kusshand zu, obwohl sie wusste, dass er nicht darauf reagieren würde. So war es auch.

»Siehst du, wie gut Cosima sich entwickelt?« Franziska strahlte Paulina an. »Du wirst sehen, sie wird bald ihren Bruder unterstützen.«

»Ach, Granny, du bist so positiv. Wenn ich dich nicht hätte.« Paulina legte Franziska für einen Moment die Hand auf den Arm.

Franziska sagte lächelnd: »Nun, ich habe ja eine starke Konkurrenz bekommen. Pierre Valbert würde für dich sogar sein Leben riskieren, glaube ich.«

Paulina spürte, wie sie rot wurde. Das durfte Franziska ruhig mitkriegen. »Ich kann noch gar nicht begreifen, was ich heute beim Notar gehört habe. Das ist alles viel zu schnell gegangen. Aber ich bin Pierre dankbar, ich kann gar nicht sagen, wie sehr.«

»Ist es wirklich nur Dankbarkeit, Paulina, ist es nicht mehr?«

Paulina sah erschrocken Franziska an. »Wie meinst du das, Granny?«

»Ich kann mir gut vorstellen, dass Pierre ein wunderbarer Freund ist. Gütig, zärtlich, intelligent, kultiviert, kreativ. Er hat zumindest auf den ersten Blick alles, was man sich wünscht von einem Mann. Und dir legt er es zu Füßen. Ich kann dich verstehen, Paulina. Ich glaube, ich könnte mich in Pierre Valbert auch verlieben.« Dieses Bekenntnis war Franziska herausgerutscht. Sie hatte es leise gesagt und wusste nicht, ob Paulina es überhaupt mitbekommen hatte.

»Granny«, sagte Paulina beklommen, »Granny, ich weiß ja überhaupt nicht, wie es um mich und Lukas steht. Ich glaube, er ist im Moment mit Maxine zusammen, die er aus Kanada kennt und die hier in München ist, um ihn wiederzusehen. Er will mit mir darüber nicht reden, aber ich habe Maxine gesehen. Sie ist sehr hübsch. Ich finde sie sympathisch. Vielleicht liebt Lukas sie immer noch.«

»Liebe – das ist ein so schillernder Begriff. Ich glaube,

dass es häufig eher Verliebtheit ist, die sich für eine Weile vielleicht wie die große Liebe anfühlt. Aber gleichgültig, ob Liebe oder Verliebtheit, so ein Gefühl kann eine Krise auslösen.« Franziska beugte sich zu Paulina, strich ihr über die Wangen. »Der Tag war schwer für dich, Liebes, aber wenn ich dich als Großmutter und als Urgroßmutter um etwas bitten darf – überstürze nichts. Gib Lukas eine Chance und bitte Pierre um Geduld. Es kommt bestimmt alles ins rechte Lot.«

Granny stand auf, Paulina ebenfalls. Die beiden Frauen umarmten sich kurz, lächelten sich an. Dann begann Franziska, den Tisch zu decken für das Abendbrot. Paulina holte alles aus dem Kühlschrank, was ihr geeignet schien. Sie spürte, dass ihre Augen brannten.

Im Bad kühlte sie das Gesicht mit kaltem Wasser. Das Brennen der Augen war gemildert. Auf dem Weg in die Küche sah sie David unter dem Tisch.

Die ganze Zeit, in der Paulina mit Granny und Cosima im Wohnzimmer gesessen hatte, hatte er bewegungslos auf dem Boden gehockt. Das wusste Paulina. Wahrscheinlich hatte er sich keinen Millimeter bewegt.

Als Paulina sich neben ihn setzte, hob er den Kopf, aber sein Gesicht war völlig ausdruckslos.

Paulina zog ihn zu sich hoch, streichelte sein blasses, verschlossenes Gesicht, küsste ihn sanft auf die Wangen. Was für ein hübscher Junge David doch war.

»Du warst heute so tapfer in der Klinik«, sagte Paulina zärtlich. »Es gibt viel zu lernen in der nächsten Zeit. Für dich und für uns. Da sind auch viele Menschen, die dir helfen können. Und ich helfe dir, und Papa und Granny helfen dir auch. Wir alle zusammen.«

Paulina hielt David an sich gedrückt, obwohl sie wusste, dass er solche Berührungen nicht mochte. Aber manchmal war ihr Bedürfnis, ihm nahe zu sein, stärker als die Rücksicht. Sie wusste, dass sie mit David nicht schmusen konnte wie mit Cosima oder Mavie. Dennoch hatte sie Sehnsucht danach, immer. Sie hatte den Arzt gefragt, ob David lernen könne, andere Menschen zu verstehen, sich zu öffnen. Der Arzt hatte gemeint, er wisse das nicht mit Bestimmtheit, aber nach seiner Kenntnis und Erfahrung sei das nicht möglich. Man könne keine absolute Prognose abgeben.« Diese sachliche, ruhige Auskunft hatte Paulina wie ein Schlag getroffen. Ihr David, ihr geliebter Junge, würde nie begreifen, was seine Mutter fühlte, für ihn fühlte? Dass sie angefüllt war von Liebe und Zärtlichkeit für ihn und jeden Tag neu auf ein Zeichen von ihm wartete, dass auch er sie lieb hatte?

Wie gern hätte sich Paulina in ihr Bett verkrochen. Doch das ging jetzt nicht. Noch nicht. Vor allem wollte sie David nicht durch einen Gefühlsausbruch erschrecken. Paulina hatte das Gefühl, in ihrem Leben gefangen zu sein. Der Weg zu Lukas war ihr zumindest im Moment versperrt. Pierre erwartete, dass sie sich für ihn entschied. Ja, das wollte er in Wahrheit. Paulina wusste es. Aber Pierre war ebenso wie Lukas nicht offen, beide waren verschlossen wie Austern. Franziska zeigte Paulina am ehesten einen Weg. Doch zu sich selbst kommen musste Paulina alleine. Sie musste stark werden. Unabhängig. In sich selbst ruhen. Dann konnte sie für ihre Familie ein Gewinn sein.

Für heute wollte sie wenigstens ihrem Sohn ein kleines Stück Freiheit schenken.

»Jetzt lass ich dir ein Bad ein, David, ja?«

»Wellen«, sagte David ernst. »David mag Wellen.«

Paulinas Handy klingelte. Es war Pierre.

»Wie geht es dir? Was ist mit David? Kannst du kurz erzählen?«

»Lieb, dass du anrufst. Franziska ist bei mir. Sonst würde ich mich ziemlich allein fühlen.«

»Ich würde gern kommen, Paulina.«

Paulina lächelte unwillkürlich. »Ich weiß, Pierre. Doch für mich ist nichts mehr einfach. Ich weiß nicht, wo Lukas ist. Was er über deine Schenkung denkt. Er redet nicht mit mir. Das Schlimmste ist, dass ich nicht weiß, was ich von ihm erwarte.«

»Paulina, lass dir Zeit. Ich kann und darf von dir auch nichts erwarten. Aber helfen kann ich dir immer. Wenn David Therapien braucht, Paulina, tu alles für ihn, wir haben genug Geld, auch für eine Langzeittherapie. Was haben dir denn die Ärzte gesagt?«

»David wurde zunächst einer Kinderpsychologin vorgestellt. Sie untersuchte ihn, und ich wunderte mich, wie lieblos, wie unsensibel sie vorging. Na ja, David wehrte sich, zeigte mit allen Facetten, wer er ist, und die Psychologin sagte vor David laut und irgendwie siegessicher zu uns, dass David autistische Züge habe, dass die Symptome eindeutig seien.«

Paulina ging mit dem Handy am Ohr an die Badezimmertür, schaute vorsichtig hinein und sah, dass David immer noch zufrieden sein Wellenspiel genoss. Auch Cosima war noch mit ihren Blättern beschäftigt, die sie sorgsam in ihrer krakeligen Kinderschrift ausfüllte. Granny war bei ihr, und sie besprachen offenbar die Aufgaben. Mavie brabbelte in ihrem Bett vor sich hin, aber wahrscheinlich nicht mehr lange, und sie würde ihren Brei einfordern.

»Entschuldige, Pierre, ich habe grad mal nach den Kindern geschaut. Also, die Psychologin hat ziemlich laut geredet, und plötzlich ist David davongerannt. Pierre, du glaubst nicht, wie schnell der war. Raus aus dem Zimmer, raus aus dem Flur, irgendwo stand eine Tür auf, David ist rausgerannt, wir natürlich hinterher, da ist er schon hingeflogen, hat getobt und geschrien ...«

»Paulina«, unterbrach sie Pierre, »glaubst du, David hat verstanden, was die Psychologin gesagt hat?«

»Ja, Pierre, irgendetwas in der Art ist passiert. David hat sie panisch angeschaut, und dann ist er weg.«

»Hat David sich wehgetan?«, fragte Pierre.

»Nein, er hat sich nur die Knie aufgeschlagen. Er wurde untersucht. Wir kamen zu einem Arzt, der sich als Professor Vorndamme vorstellte. Im Gegensatz zu der Psychologin war er ruhig und behutsam. Und Lukas hatte David auf dem Arm.«

»Es war bestimmt eine seelische Tortur für David«, sagte Pierre mitleidig.

»Das sogenannte normale Leben ist für David hart, das dürfen wir nie vergessen. Er kann von uns nur wenig Sicherheit bekommen. Vielleicht können wir ihm helfen, die Kraft und Klugheit zu finden, die tief in ihm verborgen liegen«, überlegte Paulina.

»David ist in meinen Augen schon jetzt eine ausgeprägte Persönlichkeit«, sagte Pierre bestimmt. »David lebt in einer eigenen Welt. Es wird schwierig sein, ihn zu verstehen. Ich denke, man darf auch nicht immerzu versuchen, von ihm Antworten zu bekommen. Das würde ihn maßlos anstrengen, glaube ich.«

»Du hast David schon immer gut verstanden«, sagte Paulina glücklich. »Wir beide werden dich oft besuchen.«

»Eine gute Idee«, meinte Pierre fröhlich. »Übrigens«, fügte er hinzu, »ich habe einen Vertrag mit Foodwatch. Ich arbeite künftig für sie als Rechtsberater. Das ist eine spannende Aufgabe. Ich fühle mich wie erlöst. Das Leben geht weiter.«

Cosima kam aus ihrem Zimmer, gefolgt von Franziska, die mit Cosima das Bad ansteuerte zum Händewaschen.

»Sprichst du mit Pierre?«, fragte Cosima und: »Wann kommt der Papa?«

Paulina verabschiedete sich und legte das Handy auf die Kommode. David war freiwillig aus der Wanne geklettert und hatte sich in sein großes Badetuch gewickelt. Sein dünner Hals, die mageren Schultern und die dünnen Ärmchen schauten aus dem Frottee heraus, und David bibberte vor sich hin. Doch das gehörte offenbar zum Wellenspiel, er rubbelte sich zufrieden ab und schaffte es allein, seinen Schlafanzug anzuziehen.

Sie setzten sich um den Tisch und Paulina fütterte Mavie. Von ihrem Hochstühlchen aus versuchte sie vergeblich, in ihren Breiteller zu patschen. Da er für sie unerreichbar war, kam Mavie mit ihrem Breimund Cosima oder Granny, die neben ihr saßen, bedenklich nahe.

Paulina machte sich daran, zwei Einkaufstüten auszuräumen, die Lukas, wohl in Eile, vor die Tür gestellt hatte.

Cosima schaute zu, räumte einiges in den Kühlschrank. »Wenn Tinas Mama einkauft, steht auf den Sachen immer ›Ja‹. Warum steht auf unseren Sachen nicht ›Ja‹?«

»Da müssen wir den Papa fragen«, sagte Paulina verwirrt.

Franziska lachte und meinte, dass sie die Tüten kenne; die Waren seien wohl billiger. »Lukas ist durch seine Arbeit nah dran an der Natur. Der kauft nur biologisch wertvolle

Sachen, die bekommt man eher bei Basic. Kinder, ich muss jetzt los, sonst macht ›Vollcorner‹ zu und ich habe morgen früh keine frische Milch.«

Während Paulina die Kinder zu Bett brachte, waren ihre Gedanken bei Lukas und bei Pierre. Eigentlich hatte Paulina keine Entscheidungen getroffen. Wenigstens nicht bewusst. Und dennoch gab es jetzt Pierre unwiderruflich in ihrem Leben. Und für Lukas war Maxine eigens aus Kanada gekommen. Er hatte zwar gesagt, dass sie in Mailand bei einer großen Firma einen Vertrag bekommen werde, aber sie war in München gewesen. Und nun wollte Lukas wohl seine männliche Überlegenheit beweisen, seine Unabhängigkeit. Warum sonst war er kaum zu Hause?

Paulina stellte sich vor, dass Lukas und sie an einer Kreuzung stünden und für jeden von ihnen führten andere Wege in verschiedene Richtungen. Paulina spürte, dass sich in ihr etwas geändert hatte. Sie war nicht mehr so unbedingt auf Lukas konzentriert wie früher, nicht mehr darauf aus, mit ihm zu schlafen. Am Anfang war Lukas in sexueller Hinsicht für sie eine Art Gott; mit den Freunden vor ihm war sie nie zufrieden gewesen. Jedenfalls hatte sie keine sexuellen Wünsche oder Empfindungen gehabt. Sie hatten nie etwas ausgelöst in ihr. Als dagegen Lukas sie zum ersten Mal an sich zog, hatte sie ein Feuer gespürt, das zwischen ihren Schenkeln brannte und sich ausbreitete.

Pierre dagegen hatte sie niemals als jungen Gott gesehen, sondern als schwachen, kranken Menschen – und dennoch hatte sie ihn stark erlebt, mutig, unkonventionell. Als einen Mann, der sie begehrte, und zwar nicht nur körperlich, sondern auch mit geistigem Interesse. In Pierres Nähe war Paulina auf eine neue Weise glücklich. Etwas, das ihr früher gefehlt hatte, war nun da. Sie genoss den Augenblick mit Pierre, und zwar völlig rechenschaftslos, und sie hoffte, dass dieses Gefühl ihr nicht wieder genommen würde.

Das Telefon klingelte, und da die Kinder am Einschlafen waren, beeilte Paulina sich, abzunehmen. Sie hörte die Stimme einer Dame, die sich für die Störung entschuldigte.

»Haben Sie einen Moment Zeit, Frau Ruge? Ich habe Sie heute Nacht um drei Uhr im Fernsehen kennengelernt.«

»Hey«, sagte Paulina erfreut, »meine Freundin hat es auch mitbekommen. Die haben tatsächlich zu dieser Unzeit den Film wiederholt.«

»So ist es, und deshalb rufe ich Sie an. Ich habe eine Agentur, ich vermittle Schauspieler, und ich finde, dass Sie eine gute Schauspielerin sind. Oder sagen wir – Sie könnten eine werden. Ich würde Sie gerne unter Vertrag nehmen. Oder sind Sie schon …?«

Paulina lachte, bemühte sich dann aber, leise zu sprechen. »Ich habe gerade meine drei Kinder ins Bett verfrachtet, ich kann keine Ausbildung vorweisen. Mit mir können Sie keinen Staat machen.«

Die Dame lachte auch. »Ich bin schon ziemlich alt, und ich habe Erfahrung in meinem Beruf. Einige gute Schauspieler sind seit Langem bei mir unter Vertrag. Vielleicht schauen Sie mal auf meine Webseite, Agentur Bertram. Ich wollte Sie fragen, ob Sie nicht einmal bei uns vorbeikommen können? Ihre Kinder können Sie mitbringen, wenn Sie sonst nicht weg können.«

»Das ist tatsächlich ein wunder Punkt«, sagte Paulina entschlossen zu der fremden Frau. »Eines meiner Kinder braucht besondere Aufmerksamkeit. Ich kann meinen Sohn nicht überallhin mitnehmen.«

Paulina war über sich selbst erstaunt, als sie das aussprach. Was ging es diese Frau an, was mit David los war? Ein bestimmter Ton in der Stimme war es gewesen, der Paulina bewogen hatte, offen auszusprechen, was sonst nicht ausgesprochen wurde. Paulina fühlte sich, als habe sie sich freigeschwommen. David und sie – sie brauchten sich nicht zu verstecken.

»Doch«, sagte nach einer kurzen Sekunde des Schweigens die Stimme, »doch, zu mir können Sie Ihren Sohn mitbringen. Passt es Ihnen am Freitag, fünfzehn Uhr?«

Die Dame nannte ihr noch die Adresse und verabschiedete sich. Paulina war selbst erstaunt, wie ruhig sie war. Keine Rakete wurde gezündet in ihr. Doch es war etwas geschehen. Es gab eine Möglichkeit.

23

»Zehn Jahre sind eine Menge Zeit. Warum bist du gekommen?«

Das hatte Lukas Maxine gefragt. Sie hatte ihren Kopf mit den Mädchenzöpfen eng an ihn gedrückt und ihm lange keine Antwort gegeben. Doch ihre Hände kannten sich aus, ihr Mund und ihr Körper, und irgendwann sagte sie atemlos, dass sie wissen müsse, unbedingt wissen müsse, ob es sich noch genauso anfühle wie damals; sie könne es nirgends sonst wiederfinden.

Beide Männer, mit denen Maxine zusammen gewesen war, hatte sie in der Collegezeit kennengelernt. Einer war etwas älter gewesen, ein Orthopäde, der sie nach einem Skiunfall operiert hatte. Sie hatten sich ineinander verliebt, und Maxine hatte geglaubt, dass seine Fürsorge, seine Geduld und seine Fröhlichkeit wichtiger wären als die Fremdheit, die sie fühlte; mit der Zeit würde sie sich an ihn gewöhnen. Das war ein Irrtum gewesen. Und ihr zweiter Freund, ein Kommilitone, hatte sie mehr geliebt als sie ihn. Es hatte ihr anfangs gefallen, wie fantasievoll er sie umwarb, und als er ihr vorschlug zusammenzuziehen, war sie einverstanden. Doch es zeigte sich schnell, dass ihr Freund derart eifersüchtig war, dass Maxine das Leben mit ihm nicht ertrug. Überall sah er Rivalen, unterstellte ihr Affären. Seine schlechte Laune und die Wutausbrüche ließen Maxine nach einem knappen Jahr flüchten.

»Was für ein Glück, dass ich in beiden Beziehungen nicht schwanger geworden bin.«

Maxine wollte in Europa leben, wenigstens für zwei Jahre. Ihr Vater war in den Fünfzigerjahren aus Rom nach Toronto zum Studium gekommen, und kurz vor Maxines Geburt war die Familie nach Calgary umgezogen. Maxine war immer bestrebt gewesen, mit der Verwandtschaft in Italien verbunden zu bleiben. So hatte sie nach ihrer zweiten Trennung beschlossen, nach Italien zu gehen, und der Vertrag mit Unilever in Mailand entsprach ganz ihren Wünschen. Ab dem nächsten Monat würde Maxine in Mailand leben.

Lukas wusste nicht, was er dazu sagen sollte. Er hatte im Moment wirklich andere Sorgen. David. Sein Kleiner hatte ein hartes Leben. Er würde vielleicht nie ein besseres haben. Und wenn Paulina und er sich noch so sehr anstrengen würden.

Lukas machte sich auf den Weg zu seinem Auto. Er fühlte sich müde. Es tat ihm gut, allein durch die schlafenden Straßen zu gehen. Er kannte den Arbeitsplan für die kommende Woche. München war seine Stadt. In jeder Ecke. Durch seinen Beruf war ihm seine Heimatstadt noch viel vertrauter geworden. Es gab große Gebiete, um die er sich Tag für Tag kümmerte. Er versuchte die Stadt vor Schaden zu bewahren, indem er ihre grünen Lungen pflegte. Sie reinigte, bepflanzte, zu neuem Leben brachte. Das war notwendig. Jeden Tag neu.

Beim Gehen durch die Straßen hatte Lukas schon immer gut über sich nachdenken können. Lautlos mit sich selber reden. Sich prüfen. Er musste sich fragen, was mit seinen Gefühlen los war und was werden sollte. Schon allein wegen David. Seit Maxine gekommen war, kannte er sich nicht mehr aus.

Auch Lili wartete schon seit zwei Wochen auf eine Antwort von ihm. Sie hatte ihn mehrfach angerufen; ziemlich verzweifelt hatte sie geklungen. Sie hatte sich mit ihrem Chef wieder mal gestritten, und jetzt, so glaubte sie, drohte ihr die Kündigung.

Lili wollte sich nicht bei Paulina melden. Wahrscheinlich genierte sie sich. Lukas hatte Lili gesimst, dass sie ein Haus gekauft und jetzt unglaublich viel zu tun hätten, alle. Renovieren, Umzug vorbereiten. Trotzdem musste er sie mal anrufen. Lukas wollte ihr sagen, dass Lili doch in jedem Fall Paulina ins Vertrauen ziehen könne, da war die Verbindung schon abgebrochen, und jetzt fragte er sich, ob er Paulina überhaupt mit Lili belasten solle. Paulina hatte schließlich nur wenig Zeit für sich, brauchte auch mal Ruhe.

Allein Granny, das Haus und der Umzug dahin, das waren stabile Größen gewesen, an denen Lukas sich bislang hatte festhalten können. Doch wenn er an Paulina und Maxine dachte, war er sich nicht mehr sicher. Maxine hatte keine Rechte auf ihn. Er hatte ihr niemals etwas versprochen. Eigentlich war damals in Kanada Lotta seine Hauptfrau gewesen, auch wenn er niemandem davon erzählte. Maxine hatte sich bald, nachdem sie zusammen gekommen waren, zu großen Szenen aufgeschwungen - er sei die Liebe ihres Lebens und so. Lukas war anfällig dafür gewesen. Er liebte wilde Freude und heiße Tränen, wie Maxine sie draufhatte.

Gut, er begehrte sie. Aber nur für den Augenblick. Das war nie anders gewesen. Lukas beruhigte sich damit, dass er nie rückfällig geworden wäre mit Maxine, wenn Paulina nicht mit diesem Pierre angebandelt hätte. Dafür, dass sie ihm zurückgeholfen hatte ins Leben, beschenkte der sie mit einer fetten Million. Lukas hielt diese Geschichte für Bullshit.

Er würde nach Hause gehen, er würde sich um seine Arbeit kümmern, um Granny und um die Kinder. Lukas dachte, dass er im Grunde ohnehin nur seine Kinder und seine Großmutter liebe. Maxine und Paulina waren ihm fremd, er musste sie von sich fernhalten, sonst würde er wahrscheinlich verrückt werden. Wie Bob Dylan: »Seein' my reflection. I'm hung over, hung down, hung up!«

Am nächsten Morgen ging Lukas rasch die Donnersbergerstraße hinunter. Einkaufen würde er auch nach dem Umzug weiterhin hier. Er kannte die Leute in den kleinen Läden, deren beengte Fülle ihm lieber war als die gähnende Größe des Kaufhofs, wo man niemanden fand, der eine Ahnung von Handwerksbedarf hatte. Er kam sogar billiger weg, wenn er bei einem Fachmann kaufte, worüber er, als er das feststellte, verwundert war.

Granny hatte ihr gesamtes Vermögen in das Haus gesteckt. Sie konnte von ihrer Pension gut leben, und für Lukas war es wichtig, dass er von seinem Verdienst auch etwas zur Renovierung beisteuern konnte. Paulina hatte sogar etwas vom Haushaltsgeld gespart. Unglaublich. Überhaupt überraschte es ihn, wie gut Paulina mit der Renovierung klarkam. Sie verglich Preise, wählte Solides, aber dennoch Schönes aus. Man merkte, dass sie seit ihrer Kindheit gelernt hatte, die kleinste Ausgabe gut zu überlegen. Paulina konnte mit wenig Aufwand überraschende Effekte erzielen. Gemeinsam mit Michiko strich sie alle Wände in tiefem Rot, die kleine Küche ebenfalls, das Bad wurde getüncht, als sei es grauweiß marmoriert – Lukas hatte sich nicht vorstellen können, dass diese Räume mit den Dachschrägen so edel aussehen würden.

Für den ersten Stock war ein zartes Gelb ausgewählt worden. Die Wände wurden in einer Spezialfarbe gestrichen, die abwaschbar war. Mit den großen Kindern hatten sie die Farben für deren Zimmer ausgesucht. Cosima wollte unbedingt das Rot des Dachgeschosses, David hatte nach langem Zögern und Nichtverstehen auf ein ziemlich leuchtendes Blau gedeutet, was nach dem Streichen erstaunlich gut aussah. Mavies Zimmer hatte einen hellrosa Anstrich bekommen.

Im Parterre, in Grannys Wohnung, war helles Mint tonangebend. Die großen Räume wirkten hell und frisch, Grannys zum Teil alte Möbel sahen kostbar aus vor dem Mint der Wände, aber auch, weil sie viel Platz hatten. Die Wohnhalle war feudal geworden, anders konnte das nicht genannt werden. Es war der erste Raum im Haus, der schon eingerichtet war. Granny wohnte aber noch in der Frundsbergstraße. Bis sie alle umziehen konnten, würden noch zwei oder drei Wochen ins Land gehen. Granny würde wahrscheinlich als Erste in ihr neues Zuhause einziehen können. Lukas war glücklich, dass Granny einen so schönen Rahmen haben würde. Er war vom ersten Tag an bemüht gewesen, seiner Großmutter jeden Wunsch zu erfüllen. Mit zwei Freunden zog er die Renovierung durch. Alles an den Wochenenden und Abenden. Granny hatte für die Verpflegung gesorgt, die Speisekammer und die Gästetoilette selbst gestrichen.

Das war ihr so gut gelungen, dass sie Größeres plante.

Mit einigen ihrer Freundinnen strich sie die Kellerräume in einem gebrochenen Weiß. Lukas hatte damit gerechnet, dass die Damen nach dem ersten Raum entnervt aufgeben würden. Aber nein. Sie nannten sich »Renatastraßengang«, hatten sich eine Anleitung zum Renovieren besorgt und arbeiteten im Übrigen nicht völlig uneigennützig. Sie wollten in den schönen Räumen ein Studio für ihre Fitness und Spielorte für die Kinder einrichten.

Obwohl Paulina Lukas hin und wieder um Rat fragte, wenn sie bei den Renovierungsarbeiten nicht weiterwusste, ging sie ihm aus dem Weg. Sie vermied es, gemeinsam mit ihm im Bad zu sein, kam erst ins Bett, wenn Lukas schlief oder wenn sie dachte, er wäre schon eingeschlafen. Lukas wusste nicht, ob es ihr Misstrauen wegen Maxine war, das sie so ablehnend machte, oder ob sie in Pierre Valbert verliebt war und es weder sich noch ihm eingestehen wollte.

Einmal, es war einige Tage nach dem Besuch beim Notar, hatte Lukas Granny gefragt: »Hast du eine Ahnung, wieso Pierre derart großzügig ist? Wieso er Paulina dieses üppige Geschenk gemacht hat?«

Granny nahm die Farbrolle von der Wand, drehte sich um zu Lukas und sagte ruhig: »Ich glaube, er liebt sie.«

Paulina, dachte Lukas. Paulina, was tust du in diesem Moment? Bist du in unserer Wohnung, oder hütet Michiko die Kinder, und du liegst in den Armen von Pierre, in seiner gläsernen Wohnung? Bist du mit ihm glücklicher? Denkst du, dass ich nicht wüsste, was mit euch beiden los ist? Gehörst du überhaupt noch zu mir? Habe ich noch eine Chance? Paulina, ich würde dir gerne sagen, dass alle und alles, Lotta und Maxine, meine Wünsche, meine Träume und Fantasien nur dazu da waren, mich vorzubereiten auf dich.

»Lukas, mein Lieber«, holte ihn da Granny sanft aus seinen Gedanken. »Du solltest Paulina unbedingt selbst fragen, denn harmlos ist es sicher nicht, was die beiden verbindet. Rede mit ihr. Du hast ihr doch sicher auch viel zu sagen. Hat sie dich schon nach Maxine gefragt? Du solltest die Dinge nicht einfach so weiterlaufen lassen, auf so etwas wie ein Wunder oder auf eine Eingebung vom Himmel warten. Der ist leer, das weiß ich aus Erfahrung.«

Lukas antwortete nicht, doch er stürzte sich wieder verbissen in die Arbeit.

Es war gegen elf Uhr, als er endlich in der Donnersbergerstraße ankam. Im Hausflur hörte er bayerische Blasmusik, die Ederin bugsierte mühsam ihren Mann in die Wohnung und riet ihm, pfeilgrad ins Bett zu gehen, da sie ihn nicht mehr riechen könne. »Du bsuffans Waagscheidl!«, rief sie und bedachte Lukas vorsorglich auch noch mit einem strafenden Blick.

Als Lukas die Tür aufschloss, sah er, dass die Wohnung dunkel war, und er bemühte sich, leise zu sein. Er sehnte sich nach einem kalten Bier, fand auch eines im Kühlschrank. Er sah unter der Tür, dass im Schlafzimmer Licht war, Paulina hatte ihre Leselampe an. Wie lange hatte er schon nicht mehr mit ihr gesprochen? So stumm wollte er nicht länger weitermachen.

Er nahm vor der Tür den schwachen Orangenduft wahr, der von Paulinas Kleidern ausging, die im Schlafzimmer frei an einem Ständer hingen. Einen Kleiderschrank hatten sie nie besessen, auch in der neuen Wohnung war keiner vorgesehen. Paulina würde das nicht stören. Sie hatte oftmals gesagt, sie wünsche sich riesige Zimmer mit so wenigen Möbeln wie nur möglich. Sie hatten jetzt acht Jahre in diesen drei kleinen Zimmern gelebt, die schon Ähnlichkeit mit einem Pferch hatten.

Im Bad erblickte Lukas sein Gesicht im Spiegel. Es war bespritzt mit weißer Farbe und sah aus, als trüge es eine Maske. Sein Mund war verkniffen, die Augen hatten tiefe Ringe, sahen matt und starr aus. So wollte er nicht aussehen. Er brauchte endlich mal wieder Schlaf und Zuversicht. Und Ruhe. Immerhin war er als Mitbesitzer eines netten Hauses im Grundbuch eingetragen.

Lukas ließ warmes Wasser ins Waschbecken laufen, tauchte seinen Kopf unter und schäumte sich Gesicht und Haare ein. Nachdem er sich frottiert hatte, war er sich schon ein wenig ähnlicher. Er wusste, er könne Paulina jetzt leidenschaftlich lieben, wenn sie das zuließe. Und wenn nicht? Dann würde er mit dem Mond reden, diesem gleichgültigen Patron, an dessen Kräfte so viele glauben. Der würde ihm wenigstens nicht widersprechen. Und ihm keine reinhauen.

Paulina drehte sich nicht um, als Lukas ins Bett kam. Er duftete frisch, so hoffte er, und er schob sich vorsichtig zur Mitte des Bettes. Dennoch veränderte Paulina ihre Haltung nicht.

Plötzlich fragte sie kalt: »Hast du mit Maxine geschlafen?«
»Hast du mit Pierre geschlafen?«, gab er zurück.

24

Lili hätte schreien mögen. Unaufhörlich schreien. Sich die Ohren zuhalten und loslegen. So, erzählte ihre Mutter gerne und oft, habe sie es als kleines Mädchen gemacht. Schreien, damit jemand käme, sie zu retten.

Was für ein kranker Sommer. Lili kam sich vor wie Hiob. Ebenso wie er haderte sie mit Gott. Der antwortete nicht. Sie musste noch diese Woche zu ihrem Psychiater. Der Mann war weit über sechzig und sah klein und mickrig aus, und sie brauchte jemanden, bei dem sie auch heulen konnte. Er musste ihr auch etwas Tröstendes sagen. Immerhin knöpfte er ihr hundertzwanzig Euro für weniger als eine Stunde ab.

Auf jeden Fall musste Lili herausbekommen, was es mit diesem Hauskauf auf sich hatte. Franziska Ruge hatte bei einem Telefonat mit Melanie Mertens davon gesprochen, dass die Familie ein Haus gekauft habe, um zusammenwohnen zu können. Es sei das Haus von Pierre Valbert in der Renatastraße. Nicht mal mit einer Andeutung hatte Paulina Lili eingeweiht. Warum? Es musste ihr doch viel bedeuten. Und derartige Verhandlungen zogen sich doch monatelang hin. Mindestens. Wieso kam Pierre Valbert dazu, den Ruges sein Haus zu verkaufen? Von Franziska Ruge kam das Geld.

Warum wusste bisher niemand, dass sie so reich war? Elegant und vornehm sah sie schon immer aus; die wirklich Reichen gaben sich oftmals bescheiden. Lukas war jetzt nicht mehr nur ein Landschaftsgärtner mit knappem Einkommen – er war Erbe eines Hauses in Nymphenburg. Die Hälfte davon gehörte Paulina. Da musste etwas zwischen Paulina und Pierre vorgefallen sein. Darauf würde Lili ihr letztes Hemd verwetten. Aber eine heimliche Liebschaft sah Paulina so gar nicht ähnlich. Sie hatte nie eine Affäre gehabt.

Doch dass im Hause Ruge etwas in Unordnung geraten war, glaubte Lili zu ahnen. Sie hatte ja schon vor Wochen Lukas angerufen, um ihn auf einen Kaffee einzuladen. Es war ihr ein Bedürfnis gewesen, einmal mit ihm alleine zu sein, ihn behutsam auszufragen. Aus Paulina konnte man nichts herauskriegen, wenn sie nicht reden wollte.

Lukas war aber auch merkwürdig kurz angebunden gewesen und hatte noch gesimst, überhaupt keine Zeit zu haben, da er am Renovieren des Hauses sei. Lili hatte gar nicht nachgefragt, Renovierung des Hauses – wessen Hauses denn? Vielleicht half er einem Freund. Lili vergaß diese Bemerkung auf der Stelle wieder. Sie war so sehr mit sich selbst beschäftigt, dass sie Lukas gar nicht richtig zugehört hatte. Weitere Versuche, Lukas mobil zu erreichen, waren vergeblich gewesen; er war nicht an sein Handy gegangen, und zurückgerufen hatte er auch nicht.

Die Einladung Franziska Ruges zur Housewarmingparty in die Renatastraße hatte Lili daher völlig überrascht. Dass Pierre Valbert so eine teure Adresse hatte, war ihr auch nicht bekannt gewesen.

Paulina war immer da, wenn Lili eine Zuhörerin brauchte. Zuhören konnte sie, aber selbst erzählen, das tat sie nicht.

Lili vergaß in ihrer Erbitterung, dass sie nur allzu gern von sich selbst geredet hatte. Dass sie bisher Paulinas Leben gar nicht so spannend gefunden hatte wie ihr eigenes. Doch jetzt, da Paulina offenbar »Sesam öffne dich« gesagt hatte und vor einer goldenen Zukunft stand, war Lili auf dem Tiefpunkt ihres Lebens angekommen. Sie fühlte sich zurückgesetzt, nicht ernst genommen.

Sie spürte, wie ihr Herz ganz hart und schnell schlug. Das war das Schlimmste, nicht einschlafen zu können, weil Gedanken an die Ereignisse der letzten Zeit Lili in einen tiefen Strudel von Neid hineinzogen. Es konnte sich doch nicht alles umkehren, sodass Paulina neben ihrer Familie noch ein komfortables Haus bekam, während Lili in allen Bereichen ihres Lebens Niederlagen hinnehmen musste. Soviel war klar, wenn Lutz Becker Schluss machte mit ihr, dann war sie auch ihre Position in seiner Produktionsfirma los. Damit war sie so ziemlich am Ende.

Es war Lili nie bewusst gewesen, wie sehr sie sich ihrer Schwester unterlegen fühlte. Paulina, diese mausgraue Person, die keine Uni von innen gesehen hatte, eine blasse Hausfrau mit drei Kindern – was war passiert, dass sie einen derartigen Aufschwung genommen hatte? Und wo war Lili? Wurde ihr Aktionsradius nicht immer geringer? Verlor sie ihre Arbeit, stand sie vor dem Nichts?

Während Paulina alles in den Schoß gefallen war und auch weiterhin fiel, musste Lili kämpfen. Sie konnte sich nirgends etablieren. Und die Tatsache, dass sie schwanger war, dass in ihr ein Kind unaufhaltsam wuchs, das interessierte niemanden, am wenigsten den Erzeuger.

Wieder hätte Lili am liebsten geschrien. Ja, es wäre jetzt gut, das Fenster zu öffnen und hinauszuschreien, dass Lili ihr gesamtes bisheriges Leben zuerst dem Ehrgeiz ihrer Eltern geopfert hatte und dann einem eitlen, egozentrischen Filmproduzenten, der nie seine Familie verlassen würde. Der ihr Chef war und sie nur noch loswerden wollte, seit sie schwanger war. Lili spürte schon jetzt die Anzeichen, dass er sie nicht mehr schützte in der menschenfressenden Filmfirma, in der sie es allein nie schaffen würde, ihre Position zu behalten.

Dabei war Lili unheimlich stolz gewesen, dass sie den Abschluss in Filmwissenschaft machte und die Promotion, während ihre Schwester sich mit Kinderkriegen beschäftigte. Sie war fast drei Jahre jünger als Paulina, und sie hatte sich immer begehrenswerter gefunden. Auch hübscher. Ihr Gesicht war weicher und symmetrischer als das von Paulina, und alle Leute hatten sie süß gefunden. Paulina hatte solches Lob nie gebraucht. Wenn Lili ehrlich war, hatte sie sich ihrer Schwester immer überlegen gefühlt. Ihre Eltern hatten Lili auch immer mehr geliebt als Paulina.

Ach, die Eltern. Deren Ehe war auch nur noch ein Trauerspiel. In einer solchen Öde wollte Lili nie enden. Die beiden hatten sich nichts mehr zu sagen.

Mit ihrer Mutter traf sie sich gelegentlich auf einen Kaffee. Melanie arbeitete inzwischen frei und hatte auch angefangen zu übersetzen. Gott sei Dank schien das gut zu laufen. Immer mehr Verlage schickten ihr Manuskripte. Offenbar hatte Mama einen guten Namen in der Verlagsbranche. Einige von Mamas Freundinnen waren ihr treu geblieben. Man machte zusammen Yoga, ging in Ausstellungen, abends ins Literaturhaus.

Lili hatte in letzter Zeit festgestellt, dass das feine Gesicht der Mutter zwar wie bisher blass war und sehr schmal, doch ihre Augen wurden nun mit Lidstrich und reichlich Wimperntusche betont und funkelten lebendig. Außerdem hatte Mama beim letzten Treffen sündteure Stiefel angehabt; die hätte sie sich früher niemals gegönnt. Genau wie Lili wusste sie nichts von Paulinas Neuigkeiten, war mit der Einladungskarte überrascht worden. Mama hatte dann Paulina angerufen, aber längst nicht alles erfahren, was sie hatte wissen wollen. Natürlich war auch ihr unklar gewesen, wieso sie plötzlich in die Renatastraße eingeladen wurde. Doch Paulina war einem ausführlichen Gespräch ausgewichen. Sie wisse nicht, wie sie die Arbeit mit dem Umzug schaffen solle, hatte sie gesagt, sie könne nicht länger telefonieren. »Außerdem, das Ganze ist eine Überraschung, aber die Adresse stimmt«, war die rätselhafte Auskunft Paulinas gewesen.

Am Einladungsabend war Lili gemeinsam mit Melanie in der Renatastraße angekommen. Der Anblick des Hauses übertraf ihre Erwartungen. Irgendwie passte es zu Paulina, und Lili hätte sich gern mit einer Entschuldigung verdrückt. Doch ihre Neugierde war schließlich stärker. Das Haus stand hell und nobel unter jagenden Wolken, die großzügigen Fenster waren erleuchtet bis ins Dachgeschoss. »Und hier wohnt unsere Paulina?«, hatte Mama geradezu andächtig gefragt. Es war kein Zweifel möglich, auf allen drei Klingelschildern stand der Name Ruge. Die selige Stimmung ihrer Mutter war Lili unerträglich gewesen. Sie hatte heftig auf alle drei Klingeln gedrückt.

25

Sie hörten die Stimme von Lukas aus der Sprechanlage: »Das Haus ist zwar noch nicht fertig eingerichtet, aber die Klingeln funktionieren schon alle drei! Kommt doch rein in unsere Riesenbaustelle. Wohnlich ist es bisher nur in Grannys Wohnzimmer, erste Tür links.«

Der Raum hatte locker achtzig Quadratmeter nach Lilis Schätzung. Das war ja unglaublich. So ein anregendes Zimmer, Lili fühlte sich augenblicklich daheim, obwohl sie das gar nicht gerne zugab. Schon das Mint der Wände war die Farbe einer jungen Frau, und die wenigen, offenbar geerbten Antiquitäten standen neben bequemen modernen Polstern. Da keine Liege zu sehen war, gab es bestimmt noch ein Schlafzimmer, und die moderne Küche schloss sich offen an den Wohnraum an. Den Übergang bildete ein großer Kamin, dessen Feuer von Lukas betreut wurde. »Ich habe aber auch schon Scheite reingeworfen«, berichtete Cosima stolz.

Melanie war fassungslos. »Das ist ja alles großartig hier. So ein schönes Haus. Paulinchen, warum hast du uns nie etwas erzählt? Gehören wir nicht mehr zu dir?«

»Man muss nur ein schönes Haus haben, und schon bin

ich für dich jemand anderes, und das wollte ich nicht«, bemerkte Paulina.

Lili gab sich einen Ruck. »Raus mit der Sprache, wen hast du denn umbringen müssen, um an so ein Haus zu kommen?«

Melanie schaute Lili überrascht an. »Jetzt werde aber bitte nicht geschmacklos, Lili!« In liebevollem Ton wandte sie sich an Paulina. »Ich sterbe auch vor Neugier, das muss ich zugeben. Komm, mach vor dem Essen noch eine kleine Hausführung. Bei der Gelegenheit kannst du uns erzählen, ja?«

Nach der Hausbesichtigung gab es das Abendessen. Franziska und Paulina hatten sich überlegt, es solle Raclette geben. Die Kinder liebten es ohnehin, und es benötigte wenig Vorbereitung.

Es war heute das erste Mal, dass die Ruges eine zehnköpfige Familie problemlos um einen Tisch setzen konnten. Robert Mertens schien niemand zu vermissen, nicht einmal die Kinder fragten nach ihm. Dafür war Pierre Valbert gekommen. Paulina hatte ihn dazu überredet. Er gehöre doch nicht zur Familie, hatte er zunächst gemeint. »Und wenn ich dir sage, dass ich glücklicher bin, wenn du kommst? Wir haben doch ohnehin kaum noch Zeit, uns zu sehen.«

»Paulina, ich will kommen. Ich will es mehr als alles andere.«

Cosima und Michiko brieten auf dem Raclette-Ofen Bananen und kleine Steaks. Nach anfänglichem Stirnrunzeln machte David mit. Er sortierte Würstchen zu Würstchen und Steak zu Steak. Die Bananen bekamen eine eigene Ecke zugewiesen. Paulina war glücklich, dass er etwas gemeinsam mit den Geschwistern machte. Das geschah eigentlich nie. Es war ihm, wie immer, nicht anzumerken, ob er glücklich war bei dem, was er da tat. Oder wenigstens zufrieden. Er hatte auch angesichts der vielen Gäste sein unbeteiligtes, nachdenkliches Gesicht.

Paulina wusste, das sie das Verhalten Davids nie berechnen konnte. Das gehörte zu ihrem Leben. Sie konnte auch nicht absehen, wie David reagieren würde, wenn die ganze Familie aus der Donnersbergerstraße umziehen würde. Sie hatten ihm heute schon erklärt, dass in diesem Haus bald alle gemeinsam wohnen würden, er, Cosima und Mavie, Mama, Papa und Granny. David hatte zugehört, er war auch widerspruchslos mitgekommen in die Renatastraße, aber ob er etwas begriffen hatte, war ihm nicht anzumerken. Am Tag vor dem Umzug würden sie es ihm wieder erklären, in allen Einzelheiten, und am Morgen des Umzugstages noch einmal.

Lukas öffnete die große Flasche Champagner, die Pierre mitgebracht hatte. Er schenkte die Gläser voll, und die Erwachsenen stießen miteinander an. Paulina bemerkte, dass Lili es sich nicht nehmen ließ, Pierre dabei tief in die Augen zu sehen.

Lili hatte Pierre noch nie vorher zu Gesicht bekommen. Nach Lukas' knappen Bemerkungen hatte sie sich einen Neureichen vorgestellt mit Siegelring und farbenfrohem Seidentuch im Hemdausschnitt. Doch dieser Mann hatte eher Ähnlichkeit mit dem Schauspieler Liam Neeson. Er war groß, hatte ein offenes, gut geschnittenes Gesicht, das Sensibilität und eine gewisse Melancholie ausstrahlte. Den hätte Lili sich selbst erobern mögen, doch nun hatte Paulina ihn für sich eingenommen. Sogar so sehr, dass er ihr ein halbes Haus vermachte, wie sie inzwischen wusste.

Auch Lukas erschien Lili attraktiver als früher. Sein Haar war mittlerweile schulterlang, fast so lang wie das von Paulina, er sah mager aus, ernst. Er wirkte sehr auf Paulina bezogen, was Lili noch nie so aufgefallen war. Schließlich waren die beiden schon ewig zusammen. Und sie hatten drei Kinder miteinander. Lili fühlte sich ziemlich elend. Sie wollte Aufmerksamkeit von diesen Männern.

An Lukas und Pierre gemessen, war ihr Lutz, für den sie ihre Unabhängigkeit aufgegeben hatte, ein wabbeliger, älterer Mann, der sicher ein großartiges Gespür für Filmstoffe hatte, gut mit Regisseuren und Schauspielern konnte, der alle Welt kannte – aber liebte er sie? Hatte sie sich nicht immer etwas vorgemacht? Sie war doch nur eine von vielen gewesen. Es gab etliche Frauen, die ohne Umschweife mit ihm ins Bett steigen würden, egal, wie dick und ältlich er war.

In der Firma war mehr oder weniger bekannt, dass Lutz mit Lili zusammen war. Aber war das noch so? War sie noch verliebt? Lutz würde sich nie scheiden lassen, das war ihr inzwischen klar. Und wenn sie zu sehr drängte, entfernte er sich. Aber wollte sie auf Dauer wirklich so eine Beziehung? Sicher, sie kam mit Lutz in der Welt herum, und auf Reisen war sie seine Frau. Aber in München blieb er kaum eine Nacht bei ihr.

Es war Lili keineswegs entgangen, dass die Gesichter mancher Kolleginnen wieder hoffnungsvoll strahlten, wenn sie in Beckers Büro gerufen wurden. Doch so war das nun einmal. Es gab keine Loyalität, wenn es um Männer ging. Nicht unter Kolleginnen, schon gar nicht unter Freundinnen und nicht einmal unter Schwestern.

Lili wusste, dass sie Becker verlieren würde. So oder so.

Doch sie wollte einen Mann haben, einen, den sie an sich binden konnte, noch ehe ihre Schwangerschaft erkennbar wurde. Das konnte durchaus Lukas sein, mit dem sich Lili schon des Öfteren ins Bett geträumt hatte. Pierre Valbert schien ihr zu sehr in sich zu ruhen, der passte doch gut zu Paulina.

Plötzlich schoss eine Angst in ihr hoch, die sie noch nicht kannte. Die ihr völlig neu war. Sie fürchtete, sich übergeben zu müssen. Speiübel war ihr auf einmal. Was wäre, wenn auch in ihrem Bauch ein krankes Kind heranwachsen würde, ein Kind wie David? Vielleicht lag die Krankheit in irgendwelchen Genen, die Paulina und Lili gemeinsam hatten. Sie musste darüber dringend mit Paulina und Lukas reden.

Lili atmete tief durch. Es gab Ärzte. Es gab pränatale Diagnostik. Sie würde nicht blind in ihr Elend rennen wie Paulina. Niemand wusste bisher von ihrer Schwangerschaft. Bis auf Lutz natürlich, der entsetzt war; er würde sich hüten, darüber zu reden. Er hatte Lili schon im ersten Gespräch einen Abbruch vorgeschlagen, was ihm später wieder leidtat, aber inständig gebeten, ja angefleht hatte er Lili, das gut zu überlegen. Ein Kind werde ihr und sein Leben vollkommen verändern. Er hatte ihr nichts versprochen. Im Gegenteil. Die Rechnung für den Abbruch werde er natürlich bezahlen. Lili war selbst unsicher gewesen, ob sie ein Kind von Becker haben wollte oder nicht.

Lili hatte in letzter Zeit oft das Gefühl, ihr ganzes Leben liege in Scherben vor ihr. Manchmal hatte sie eine ungeheure Wut auf Lutz.

Als sie Lukas mit leeren Flaschen in die Küche gehen sah, folgte ihm Lili mit ihrem Glas.

»Kann ich dir etwas helfen?«, fragte sie ihn und legte ihm die Hand auf den Rücken. »Das ist ja fantastisch«, sagte Lili leise und verschwörerisch zu Lukas, »ein Glück für euch, dass Paulina von Pierre so ein fürstliches Geschenk bekommt.« Lili wusste selbst nicht, warum sie so redete, aber irgendetwas trieb sie vorwärts.

Lukas antwortete nicht, sondern holte neue Flaschen aus dem Kühlschrank und schien mit großem Interesse die Etiketten zu lesen.

Lili schaute ihn teilnahmsvoll an. »Entschuldige, was ist zwischen Paulina und Pierre, Lukas?« Sie wartete nicht lange auf eine Antwort, ging zurück zu den anderen.

Lukas blieb zurück. Er fühlte sich wie zermalmt durch Lilis Frage. Seit letzter Nacht fragte er sich ständig, ob Paulina ihn nicht mehr haben wollte. Sein Stolz verbot ihm, Paulina direkt zu fragen. Aber es war doch so – das Geschenk Pierres war eindeutig überdimensioniert. Und ungerechtfertigt, hoffte Lukas. Aber warum nahm Paulina es an? Lukas wusste, ein Haus war Paulinas Lebenstraum. Aber trotzdem, bisher hatte ihr das Leben mit ihm und den Kindern doch auch genügt. Es lag wie ein Schatten auf seinem Gemüt. Lukas verstand die Situation nicht. Liebte Paulina ihn noch?

Was war denn wirklich zwischen Paulina und Pierre? Früher hatte Paulina öfter mal von Pierre erzählt, daran erinnerte er sich wohl, aber er hatte vielleicht nicht richtig zugehört, er hatte so viel gearbeitet in den letzten Monaten, dass er die neue Bekanntschaft Paulinas nicht ernst genommen hatte. Und nun war es vielleicht zu spät. Pierre war ihm wie ein altes, hilfloses Baby erschienen; er war keine Gefahr, nicht als Mann. Aber seitdem er ihn damals beim

Notar zum ersten Mal gesehen hatte, wusste er es besser. Pierre war attraktiv und irgendwie sympathisch, gestand er sich ein. Außerdem hatte er Geld, jedenfalls mehr als Lukas. Lukas fürchtete sich davor, in eine klägliche Eifersucht zu verfallen. Schließlich war Paulina in all den Jahren nie untreu gewesen. Und außerdem hatten sie doch die Kinder.

Lukas nahm zwei fränkische Bocksbeutel in die Hand und stellte nach kurzem Überlegen eine Flasche zurück in den Kühlschrank. Er wollte Pierre fragen, ob er den Müller-Thurgau mochte. Granny liebte ihn, das wusste Lukas, und Paulina mochte auch Frankenwein, weil er meist trocken war und erdig, wie sie sagte.

Am Tisch saß niemand mehr. Granny, Melanie und Paulina waren mit den Kindern am Couchtisch, die beiden großen spielten mit Michiko Memory. Als Lukas sich umwandte, sah er Pierre mit Lili auf der Empore stehen. Lukas war irritiert. Was wollte Lili von Pierre? Sie kannte ihn doch gar nicht. Lukas hatte plötzlich keine Lust mehr, den aufmerksamen Gastgeber zu spielen. Wenn die da oben was trinken wollten, würden sie schon herunterkommen.

Lili war hin- und hergerissen zwischen ihrem Kopf, der ihr sagte, dass sie im Haus der Ruges nur Gast war, nicht der Mittelpunkt des Geschehens, wie sie es seit ihrer Kindheit für normal hielt. Ihre Eitelkeit dagegen diktierte ihr, dass Pierre, wenn sie es geschickt anfing, sich doch für sie interessieren musste. Schließlich war sie im Gegensatz zu Paulina frei, als Akademikerin mit ihm auf Augenhöhe, mit ihr konnte sich Dr. Pierre Valbert überall sehen lassen.

Lili war zu Pierre auf die Galerie getreten. »Ich hoffe, Sie sind nicht vor mir geflohen«, sagte sie leise, aber mit ihrem strahlendsten Lächeln. »Ich freue mich ja so, dass ich den berühmten Pierre Valbert endlich kennenlernen darf. Sie sind ja jetzt sozusagen Familienmitglied geworden. Wir reden von nichts anderem mehr, aber Paulina hält uns sehr kurz mit Informationen.«

Lili gelang es nicht, Pierres Blick einzufangen. Sie sah, dass seine Augen auf Paulina ruhten, die unten in der Halle lächelnd verfolgte, wie Michiko und Cosima gegen David verloren, der beim Memoryspiel alle Kärtchen abräumte.

Granny und Melanie spielten mit Mavie, die guter Laune war und sich ausgiebig dafür loben ließ, wie wunderbar sie schon laufen konnte.

Sie war gut anderthalb Jahre alt, und ihr Aktionsradius vergrößerte sich mit jedem Tag. Wollte man ihre Aktivitäten bremsen, setzte sie die Kraft ihrer Stimme ein.

»Entschuldigen Sie meine Unaufmerksamkeit«, sagte Pierre freundlich zu Lili, als er sich ihr endlich zuwandte. »Wissen Sie, ich habe in diesem Haus viele Jahre gelebt, immer war dieser Raum leer und still, und heute ist alles so bunt, lebendig und warm. Das fasziniert mich.«

In diesem Moment schaute Paulina hoch zur Empore, zu Pierre, und Pierre sah sie an. Es war ein Blick, der aus Paulinas Innerstem heraus leuchtete.

Lili dachte, dass alles einfach war, dass sie es nur noch nicht gewusst hatte. Paulina und Pierre waren zusammen, und gleichgültig, wie sich ihre Zukunft gestalten würde, sie, Lili, musste sich zurückhalten. Und sie musste begreifen, dass Paulina ein spannendes Leben in einem großzügigen Rahmen vor sich hatte, während sie, Lili, derzeit am Ende war. Verzweifeln würde sie deshalb noch lange nicht. Sie brauchte jetzt eine Pause. Musste sich sammeln und alles gut durchdenken. Sie musste stark sein.

Mit einem Lächeln wandte sich Lili ab, so, als wolle sie Pierre bei seinem Flirt mit Paulina nicht stören. Sie verabschiedete sich eilig und flüchtig von Paulina, Granny und ihrer Mutter, erklärte, dass sie noch zu einer Party bei Freunden aus der Filmszene erwartet werde. Lukas bekam noch eine richtige Umarmung, dann war Lili weg.

26

Lukas überlegte, warum Lili plötzlich gehen wollte. Er hätte gerne gewusst, was das sollte, die Frage nach Paulina und Pierre. Doch dann war er froh, dass Lili gegangen war; er fand sie anstrengend. Er war müde, er hatte kaum geschlafen letzte Nacht, weil er Paulina begehrt und es dennoch nicht gewagt hatte, sie zu berühren. Er wusste nicht, ob sie wirklich eingeschlafen war. Jedenfalls hatte es keine Reaktion auf seine Nähe und sein behutsames Streicheln gegeben. Als er am Morgen aufwachte, war das Bett neben ihm leer. Er hatte aus der Küche das Krähen Mavies und Cosimas beleidigtes, gedehntes Maulen gehört. Über allem Paulinas Stimme. Liebevoll, voller Kraft für den Tag. Noch wenige Tage, und sie würden alle hier wohnen, Granny und er mit seiner Familie. Und Michiko.

Lukas spürte, wie sich ihm die Kehle zuschnürte, er musste schlucken. Er sehnte sich heftig nach den Zeiten vor Maxines Besuch zurück. Er hatte Maxine nicht zurückweisen wollen, weil sie ihn geliebt hatte und vielleicht noch liebte. Liebe kann auch Enttäuschung bedeuten, dachte Lukas. Das hätte er Maxine sagen müssen. Er schalt sich einen Idioten. Gott, wenn ich es vermasselt habe, dann lass mich jetzt bitte klar denken. Ich liebe sie doch, alle da draußen liebe ich, die ganze Familie, das ganze Chaos. Lass mich weiter mit ihnen leben, Pläne für die Zukunft machen, für David vor allem.

Lukas schreckte auf aus seinen Erinnerungen. Er warf die Spülmaschine an und ging zurück zu den anderen. Er wollte zum Aufbruch mahnen. Morgen war zwar Sonntag, aber die Kinder mussten trotzdem ins Bett.

Melanie redete mit Granny. Jahrelang war sie seltsam gewesen, na ja, sagen wir mal – schwach, was Freundlichkeit betraf. Doch jetzt war Melanie weich. Sie wirkte kleiner als sonst. Paulina saß auf ihrer anderen Seite und hatte ihr den Arm um die Schultern gelegt. Das hatte Lukas noch nie zuvor gesehen.

Lukas war seit Langem klar, dass Paulina noch nie ein enges Verhältnis zu ihrer Mutter gehabt hatte. Es war ihr nicht leichtgefallen, sich das einzugestehen. Lukas wusste, dass es eine Schreckensvorstellung für sie war, eines ihrer Kinder könnte sie später einmal ablehnen.

Nein, Paulina trug ihrer Mutter nichts nach. Sie hoffte jedenfalls, dass es ihr gelingen würde. Schließlich hatte Melanie Mertens eklatante Fehler gemacht. Viel zu lange war sie bestrebt gewesen, ihren Mann als den Besten, Stärksten und Klügsten erscheinen zu lassen, wohl, weil ihr der äußere Schein wichtiger war als die Wahrheit. Heute verstand Melanie sich selbst nicht mehr, soviel war Paulina klar. Sie konnte sich vielleicht auch nicht verzeihen. Warum nur war sie so lange nicht fähig gewesen, sich für Paulinas Familie zu öffnen? Warum hatte sie Lukas abgelehnt?

Manchmal, wenn sie Cosima beobachtete, wie sie sich für David schämte und ihn verachtete, machte sich Paulina Gedanken, ob Cosima den Hochmut von ihren Eltern geerbt hatte.

Dass der Vater Paulinas rigorose Abwehr einfach so hingenommen, sich nicht mit einem Wort gewehrt hatte, machte Paulina endgültig klar, dass der Vater Schuldgefühle und Angst hatte. Paulina fragte sich manchmal, wie ihre Seele die Verletzung verwunden hatte.

Franziska war mit Mavie auf dem Arm in ihr Schlafzimmer gegangen und hatte sie dort in ihr Reisebett gelegt. Melanie war ihnen gefolgt. Die beiden Frauen waren allein in dem Raum mit dem schönen Sprossenfenster, in dem ein gepolstertes Bett stand mit einer passenden Sitzbank davor. »Da kann ich die Bettwäsche tagsüber reintun«, sagte Franziska.

»Franziska«, sagte Melanie zögernd. Sie hörte, dass ihre Stimme belegt klang. »Franziska, ich würde mich so gerne entschuldigen für mein oft unfreundliches Verhalten ...«

Franziska sah Melanie an. Sie schien wirklich bekümmert zu sein. Da musste Franziska plötzlich lachen. Melanie lachte erst zögernd mit, dann richtig vor Erleichterung. Es gefiel ihr außerordentlich gut, als Franziska im Rausgehen leise sagte: »Darauf trinken wir. Da müssen wir wohl etwas hinunterspülen.«

Lukas stellte neue Gläser auf den Couchtisch und schenkte aus den Bocksbeuteln ein. Pierre kam dazu. David saß zwischen Paulina und Cosima, die erst jetzt die Obstschale entdeckte, die Granny mit Süßigkeiten gespickt hatte. Hocherfreut begann sie, diese Schätze zu sichten. Granny meinte: »Bei den Pralinen lässt du dich aber beraten. In einigen ist Alkohol, nichts für dich.«

»Ich weiß schon. Aber die rosa und die weißen Pralinen haben nur Creme drin. Und die schmecken am besten. Außerdem« – jetzt sah Cosima triumphierend die Eltern an – »ich habe schon mal Mongscheri gegessen, mit den Kirschen, und da ist Alkohol drin, und es schmeckte mir trotzdem.«

»Siehst du, wir ziehen uns eine Alkoholikerin groß«, sagte Lukas zu Paulina, doch sie lächelte ihn nur kurz an und deutete auf David, der neben ihr saß und an ihre Schulter gesunken war. Er schlief fest.

Melanie verabschiedete sich. »Kann ich euch beim Umzug helfen? Soll ich die Kinder übernehmen? Ich könnte mit Cosima und David in die Bibliothek, eigens für Kinder, gehen.«

Cosima erklärte unumwunden: »Ich komme aber nur mit, wenn David und Mavie nicht dabei sind.«

Lukas und Paulina sahen sich kurz an. »Dann kommst du wohl auch nicht mehr mit ins Wellenbad?«, fragte Lukas streng. Paulina war froh, dass Lukas Cosima zurechtwies.

Am nächsten Tag kam Cosima nachdenklich heim. Beim Essen stützte sie den Kopf auf und stocherte mit der Gabel im Möhrengemüse herum, das sie sonst gern mochte.

»Schmeckt es dir nicht, Cosima?«, fragte Paulina, die Mavie mit Möhrenbrei fütterte.

Cosima bemühte sich sofort, ein paar Happen zu essen. Doch dann legte sie die Gabel hin. Sie musste erzählen. »Der Lorenz hat heute einen Vortrag gehalten.«

»Der Junge, der neben dir sitzt, ja? Was für einen Vortrag denn?«

»Er war mit seinen Eltern in den Ferien im alten Ägypten, und darüber hat er einen Vortrag gehalten.«

»Seltsam«, meinte Paulina, »seit wann haltet ihr denn Vorträge in der Schule? In der ersten Klasse.«

»Der Lorenz wollte das unbedingt. Da hat Frau Tief gesagt, dann soll er es halt machen.«

»Und, konnte er das?«

»Ja. Er hat uns von den Püramiten erzählt und von den Mumien, die liegen da drin im Grab. Und die sind eklig, weil denen haben sie den Bauch aufgeschnitten und alles rausgenommen, was drin ist. Ihhhh. Und ich habe den Lorenz gefragt, wo denn das ganze fiese Fleisch von denen hinkommt. Da hat der Lorenz gesagt, das wird im Supermarkt verkauft.«

Paulina wischte Mavie den Mund ab und versuchte sich vorzustellen, wie Lorenz vor der Klasse referierte. Sie traute es ihm zu. Ihr war schon öfter aufgefallen, dass Lorenz sich gut ausdrückte.

David hatte neuerdings auch seinen Wortschatz bereichert. Auf dem Weg zum Kindergarten war ihnen Bea begegnet, eine von Grannys Freundinnen, begleitet von einer Duftwolke, als hätte sie sämtliche Tester in einer Drogerie ausprobiert. Und als Bea David die Hand gab, sagte sie: »David, das ist aber mal ein schöner Name.«

David hatte prompt erwidert: »David, das ist aber mal ein schöner Name.« Und seitdem teilte David bei jeder Begrüßung auf die Frage, wie er denn heiße, mit: »David, das ist aber mal ein schöner Name.«

Cosima hatte immer noch den Kopf in die Hände aufgestützt.

»Woran denkst du?«, fragte Paulina ihre Tochter.

»Ich möchte einen Vortrag halten in der Klasse. Ich bin auch so gut wie Lorenz. Ich weiß aber nicht, worüber ich reden soll.«

»Hm«, machte Paulina und fing an zu überlegen. Das war neu an Cosima. Paulina war bisher nicht bewusst gewesen, dass Cosima ehrgeizig war, sich mit ihren Mitschülern verglich.

Plötzlich hellte sich Cosimas Gesicht auf. »Ich könnte über Venedig sprechen. Dass alle sich auf einen Stuhl setzen und zuschauen, wie es langsam absäuft.«

»Woher weißt du das denn?«, wollte Paulina wissen.

»Papa hat das gesagt, als wir am Lido waren.«

27

Mavie war erwacht und rief laut nach der Mama. Als Franziska die Kleine hochhob, war Mavie überrascht, dass nicht Paulina, sondern Granny an ihrem Bett auftauchte. Mavie behielt ihr Schmusetuch, das intensiv nach ihr roch, eng an sich gedrückt.

Franziska wusste, dass Mavie sich zu einem Mamakind entwickelt hatte, das im Moment ganz auf Paulina fixiert war. Sie wusste auch, wie viele Fortschritte Mavie in den letzten Monaten gemacht hatte. Sie lief schon sicher auf ihren dicken Beinchen, hatte sich die Wohnung bis in die letzten Winkel erobert. Ihr strahlendes Lächeln verteilte sie jetzt eher sparsam und nur an enge Angehörige. Außer Mama und Papa konnte sie zu Cosima Ima sagen, David hieß bei ihr Avi und Granny Änni.

Paulina hatte heute ein Gespräch in der Agentur Bertram. Frau Bertram wollte sie unbedingt mit einem Regisseur und seinem Produzenten bekannt machen. Es ging um die Besetzung eines Fernsehfilms, und Frau Bertram konnte sich Paulina gut für eine der Hauptrollen vorstellen. Franziska würde es Paulina gönnen und sie nach Kräften unterstützen, wenn wirklich ein Vertrag zustande käme. Paulina hatte mehrfach gefragt, ob es Franziska nicht zu viel werde, die Kinder zu hüten. Jetzt, mitten im Umzug. Aber Franziska hatte sich gefreut, dass sie bei den Kindern sein konnte.

Zur Begrüßung zog Mavie Franziska kräftig an einer Haarsträhne.

»Änni.«

»Au, Mavie, lass los.« Franziska versuchte mit einer Hand die kleine Faust zu lösen.

»Änni«, sagte Mavie und zog.

»Mavie« Franziska wurde lauter, denn die Kleine hielt die Haarsträhne erbarmungslos umklammert und fand Gefallen daran, kräftig zu ziehen.

»Auaaaa!«, schrie Franziska vergeblich.

David kam unter dem Tisch hervor, stellte sich neben Franziska und Mavie, die mit der freien Hand auch noch einen von Franziskas Ohrringen packen wollte.

David sah Mavie finster an. »David, schrei mit Mavie herum!«, befahl er sich selber. »Lass Granny los, dumme, dumme Mavie. Stimmt's oder hab ich recht.« David schrie so laut, dass Mavie verdutzt Grannys Haare losließ.

Franziska stellte sie rasch auf dem Boden ab und fuhr sich durchs Haar. »Das hast du prima gemacht, David! Wenn du mich nicht gerettet hättest, fehlte mir womöglich ein ganzes Haarbüschel. Mavie hat ja erstaunlich viel Kraft in ihrer kleinen Faust.«

David schaute Granny für einen Moment rätselhaft an, dann ging er zurück unter seinen Tisch. »Soldaten. David hat Granny gerettet, stimmt's oder hab ich recht. David hat Granny gerettet, stimmt's oder hab ich recht.«

Franziska hatte sich einen Stuhl vor den Tisch gestellt und

setzte sich darauf, bereit, Mavie von den Soldaten fernzuhalten. Mavie hatte nämlich mitbekommen, dass jedes Mal etwas los war, wenn sie die Soldaten durcheinanderwarf. Erst gestern Abend hatte David sich laut beklagt. »Meine Soldaten. Das sieht ja alles anders aus, gestern sind sie noch marschiert.« Er hatte so trostlos unter dem Tisch hervorgeblickt, dass es Franziska wehtat. Dennoch musste auch David lernen, dass es in der Wohnung noch andere Menschen gab und dass nicht immer alles so blieb, wie es war.

David kam wieder unterm Tisch hervor. Er zeigte seiner Granny zwei Soldaten, einen größeren, dicken und einen kleinen, zarten. »Der hier«, er zeigte auf den großen, »das ist Großvater. Er sagt David ist krank. David ist dumm.« Er redete weiter zu dem großen Soldaten. »Du willst alles Schlimme sagen über David. David muss in die Klinik. Sagst du. Ich grabe dich ein. Deinen Mund. Alles. Kopfüber.«

David versenkte die Figur mit dem Kopf nach unten in eine kleine Schachtel, die er fest zudrückte. Er gab die Schachtel Franziska und blickte streng zu ihr hinauf.

»Der ist tot. Der Opa. Er mag Papa nicht. Er mag mich nicht. Ich will ihn nicht besuchen. Er ist böse zu mir. Der Opa kann mitgehen in das neue Haus. David will nicht mitgehen. Gaaar nicht mitgehen.«

Er stand auf, nahm eine von Mavies Milchflaschen, füllte sie mit Wasser, setzte einen Sauger darauf und sog und trank. Dabei sah er Franziska wieder streng an.

»Ich gehe nicht in die Renatastraße. Ich bleibe hier. Frau Eder bleibt auch hier und Herr Eder. Und die Frau Ramsauer. Und Michiko.«

»Nein, David«, sagte Franziska vorsichtig, »der Opa geht nicht mit in das neue Haus. Aber Michiko kommt mit in die

Renatastraße. Sie hat es dort viel schöner als hier. Und du auch. Du hast dort ein Zimmer ganz für dich allein. Und es gibt ein Bad mit einer sehr großen Wanne.« Franziska deutete um sich herum einen großen Umfang an.

David warf die Babyflasche mit einer harten Bewegung weg. Er stellte sich vor die Wohnungstür, sah Granny finster an und schrie: »Nein! David nicht hier rausgehen. David nicht Renatastraße gehen. Nie! Nicht!«

Er tat Franziska leid. Sie hatte nur noch einen Trumpf, mit dem sie ihn zu beruhigen hoffte. »Dein Papa baut dir im Garten einen Teich, einen richtigen Teich. Stell dir das einmal vor, David.«

David stand immer noch an der Tür. »Nie! Nicht!«, sagte er.

Franziska sah den Jungen fast bittend an. Nun hatte sie ihm alle Überraschungen verraten, obwohl sie wusste, dass man mit David nicht verhandeln konnte. Oder nur sehr schwer.

Er sagte ihr seine Meinung. »In dem Haus wohnen keine Leute«, sagte er, immer noch misstrauisch und ganz elend. »Es ist ein leeres Haus. Tot und leer.«

Erst verschränkte er die Arme vor seinem Körper, doch dann ging er mit den Fäusten auf Franziska los, die sofort seine Handgelenke festhielt. Schließlich barg er seinen Kopf in den Armen, und Franziska ließ seine Hände los.

»Nicht in das neue Haus. David will nicht in das neue Haus.«

David weinte, doch er wischte sich die Tränen sofort wieder ab. Sein Gesicht wurde ausdruckslos, er wehrte sich nicht mehr.

Franziska hätte mit David gemeinsam weinen können, so

leid tat er ihr, aber sie verbot es sich. David würde lernen, das Haus in der Renatastraße anzunehmen, so wie er auch den Kindergarten schließlich akzeptiert hatte.

David rollte sich auf dem Boden zusammen. Er schob seinen Daumen in den Mund. Sie konnte sich schon denken, wie er litt, das war ja zu sehen, aber begreifen konnte sie David nur im Ansatz. Er war in der Donnersbergerstraße daheim, so sehr, wie es ihm möglich war, und diese Heimat verteidigte er. Seine Gegner waren die Menschen, die ihm vertraut waren. Sie machten eine schreckliche Unordnung, überall. Davor fürchtete er sich maßlos.

Franziska sah traurig zu, wie David sich nach wenigen Augenblicken aufraffte, in panischer Angst jeden einzelnen seiner Soldaten in die Holzschachtel legte und sie mit einem alten Handtuch sorgsam zudeckte. Dann rollte er sich wieder unter dem Tisch zusammen, die Holzschachtel eng an seinen Körper gedrückt.

28

Lili hatte Lukas auf dem Handy angerufen. Er war gerade dabei gewesen, neuen Mitarbeitern Schutzmaßnahmen und Sicherungen an elektrischen Anlagen zu erklären, weshalb er eigentlich gar nicht hatte drangehen wollen.

»Du, ich kann gerade nicht. Kann ich dich zurückrufen?«

»Entschuldige, Lukas, es ist vielleicht eine Dummheit von mir, aber ich muss dich unbedingt sprechen. Kannst du in einer Stunde bei mir sein?«

»Lili, ich fahre von hier aus direkt in die Renatastraße...«

»Da kannst du von meiner Wohnung aus auch noch hinfahren. Komm. Es ist wichtig.«

In der Diele von Lilis Wohnung waren flache, weiße Isarsteine zu einem großen Herz ausgelegt. Die Türen zur Küche, zum Wohnraum und zum Schlafzimmer standen weit offen. Lukas sah Kerzen, es roch nach Kerzen. Brennende Kerzen standen auf dem Dielenschrank, in der Küche sah er welche auf Tisch und Anrichte. Lukas suchte Lili im Wohnraum und sah auf dem Klavier und den drei Beistelltischen Kerzen. Als er schließlich im Schlafzimmer, das gleichzeitig Bibliothek war, nach Lili ausschaute, leuchteten Kerzen auf einer Treppenleiter.

Lili trug etwas Kurzes, Schwarzes. Ihre Augen glänzten aus dunklen Höhlen. Lukas war ratlos.

»Was ist los? Warum ist das so gruftig hier?«

Für einen Moment stutzte Lili, doch dann warf sie sich Lukas in die Arme, er roch ein starkes Parfum und konnte fast nicht atmen.

»Ich weiß, Lukas, dass ich dir wie eine Idiotin vorkommen muss. Man ist immer verloren, wenn man einen Mann hoffnungslos liebt. Aber einmal muss ich es dir doch sagen —«

Lukas versuchte, Lilis Hände von seinem Hals wegzunehmen, sie anzusehen, sie zu fragen, was sie denn da rede, ob sie vielleicht betrunken sei. Doch da begann Lili zu weinen.

»Ich kann nicht mehr davonlaufen, hörst du, ich habe mich lange genug versteckt.«

Lili wandte Lukas ihr Gesicht zu. Es war nass von Tränen, die Augen waren schwarz verschmiert. Wie ein Clown sah Lili aus, wie ein kindlicher Clown. Doch Lukas wusste immer noch nicht, was das sollte. Das ganze Kerzentheater und die Tränen galten wohl ihm. Aber warum, was war los mit ihr?

Lili begann, sein Gesicht zu streicheln, sie schien verzweifelt, sagte, dass sie nicht mehr ein noch aus wisse.

»Entschuldige, ich kann einfach nicht aufhören, zu weinen. Ich heule mir schon den ganzen Tag die Seele aus dem Leib. Es tut mir so weh, dich und Paulina zu sehen, und ich bin allein. Ich bin so verdammt allein, Lukas.«

Lukas hatte sich von ihren Armen befreit. Er hielt Lili ein Stück von sich weg. »Lili«, sagte er so ruhig, wie er konnte, »Lili, du verwechselst deine Sehnsucht nach Nähe mit Liebe. Du bist enttäuscht von Lutz, aber ich kann dich davon nicht heilen.«

Behutsam nahm Lukas Lilis Hände, er hob ihren Kopf, damit sie ihn ansah. Lukas hatte das seltsame Gefühl, dass Lili zum ersten Mal ehrlich war, zu ihm, zu sich selber. Ihr Gesicht war nackt, obwohl es stark geschminkt war.

Er strich Lili die Haarsträhnen aus dem Gesicht. »Lili, ich liebe Paulina, ich bin mit ihr zusammen. Ich möchte nichts mit dir anfangen, ich kann es auch nicht. Ich mag dich, ich will dir gerne helfen, aber du bist für mich Paulinas Schwester, die Schwester meiner Frau, verstehst du das?«

Lili begann wieder, verzweifelt zu weinen. Das Schluchzen erschütterte ihren Körper.

Lukas fasste Lili am Oberarm, sein Ton war härter. »Lili, du musst jetzt nicht vor Selbstmitleid zerfließen. Du hattest doch sonst immer so viel Courage. Horch doch einmal wirklich in dich hinein. Und dann gib dir selbst die Antwort, dass du auf dem Holzweg bist. Du musst dir selber helfen, Lili. Ich kann es nicht.«

Lukas ging zur Tür. Er blieb stehen und sah Lili an, die an der Wand lehnte und versuchte, sich die Wimperntusche vom Gesicht zu wischen. Lukas musste grinsen.

»Lili, jetzt mach keinen Scheiß. Du bist gerade mal Mitte zwanzig. Das, was dir im Moment passiert, ist noch lange keine Katastrophe.«

Morgen war der Umzug. Auf dem Weg nach Hause dachte Lukas wieder an David, dem der Umzug einiges abverlangen würde. Eine völlig neue Umgebung und die Aufregungen eines Umzugs waren für David eine Zumutung. Er würde damit nur schwer fertig werden.

Michiko wollte David und Mavie übernehmen. Das war eine große Erleichterung. Trotzdem würde David zu kämpfen haben. Er musste in einem Zimmer schlafen, das er noch nicht kannte. Wie er die erste Nacht wohl erleben würde? Lukas nahm sich vor, den Küchentisch als erstes Möbelstück in der Küche aufzustellen. Dann könnte David dort wieder Stellung beziehen. Vielleicht würde ihm das ein wenig helfen, sich einzugewöhnen.

Michiko hatte sich ihr Zimmer japanisch eingerichtet, streng, minimalistisch. Sie hatte die Sachen in einem asiatischen Laden bekommen; sie waren im Angebot gewesen. Die Sitzkissen, die weiche Matratze auf der festen Bastmatte – es würde David vielleicht gefallen. Ihm war sicher wichtig, dass Michiko dort wohnte.

Die Umzugsleute waren losgefahren, die Donnersbergerstraße war leer geräumt. Nachdem der letzte Mann mit einem Karton auf der Schulter verschwunden war, ging Lukas noch mal durch die leere Wohnung. Er fand Paulina im Schlafzimmer am Fenster; sie stand da und blickte hinaus. Obwohl sie keine Zeit hatten und losmussten, hinter dem Umzugswagen her, sagte Lukas, dass er ein paar Dinge von Paulina wissen müsse. »Damit ich mich entscheiden kann, ob ich unten bei Granny einziehe oder oben bei dir und den Kindern.«

Lukas hatte nicht so barsch reden wollen, aber er war unsicher. Er spürte, dass er Paulina mit seiner ganzen Seele liebte, aber er wusste nicht, was mit Paulina passiert war. Lukas hatte immer in dem Gefühl gelebt, Paulina sei stark, dass sie davon aber kein Aufhebens mache. Natürlich hatte er nie ein Wort darüber verloren, aber Paulina hatte ihm imponiert. Er war stolz auf sie gewesen. Und dann kam dieser Pierre. Sag mir endlich, was los ist mit dir und Pierre, hätte er Paulina anschreien mögen. Aber das konnte er nicht. Er würde es ebenso wenig fertig bringen, ihr von Maxine zu erzählen.

Paulina zog frierend die Schultern zusammen. Sie sah Lukas an und dachte, dass er hübsch aussehe. Diese Nachdenklichkeit, Schmerzlichkeit gefiel ihr an ihm. Aber warum sprach er jetzt von Trennung? War ihm Maxine doch so wichtig geworden, dass er Freiraum wollte für sich und Maxine? Sie hörte sich mit belegter Stimme sagen: »Ich kann das nicht für dich entscheiden. Du musst wissen, was du tust.«

Lukas war angefüllt mit Fragen, er fühlte sich hilflos und wütend, weil er keine Antworten bekam. Welcher Mann schenkte einer Frau eine millionenschwere Immobilie? Einfach so. Immer wieder bedrängte Lukas diese Frage. Er war voller Vertrauen gewesen. Fast zehn Jahre lang. Er hatte Paulina begehrt, und auch sie wollte keine Kuschelehe. Bei Grannys Einladung hatte er die Blicke gesehen zwischen Paulina und Pierre, liebevolle Blicke, vielleicht freundschaftliche Blicke – er wusste es nicht. Es gab Lukas einen scharfen Stich, dass er nicht mehr wusste, wer Paulina war.

»Glaubst du ernsthaft, ich spiele in deiner Liga?«, sagte Paulina plötzlich. »Für deinen Geisteszustand gibt es ein Fachwort: Projektion! Du projizierst dein Verhalten auf mich. Möchtest du mir nicht endlich etwas sagen?«

Wenn ich jetzt nicht rede, wenn mir jetzt nicht auf der Stelle etwas Gescheites einfällt, was Paulina zu mir zurückbringt, dann verliere ich sie, dann entscheidet sie sich für Pierre, und ich kann ihr noch nicht einmal Vorwürfe machen. Lukas war in Panik, er bekam keine Luft oder glaubte, dass er keine bekäme. Da ging Paulina entschlossen an ihm vorbei zur Tür. Sie warf sie hinter sich zu, dass es in der leeren Wohnung wie ein Peitschenschlag knallte.

29

Lukas saß mit Granny in ihrer Wohnküche. Sie hatten die Küchenmöbel in dem hellen Mint streichen lassen wie die Wände und zusammen mit dem hellen Holz der alten Bank, der Stühle und des Tisches aus Kirschbaumholz, alles noch von Grannys Eltern, war die Küche ungewöhnlich frisch und licht. Im Raum klang die Stimme von Joan Baez, die seit den Sechzigern die erklärte Lieblingssängerin Grannys war. ›The Night they drove Old Dixie down.‹

»Stört es dich, soll ich leiser machen?«

»Damit bin ich doch aufgewachsen«, sagte Lukas mit leichtem Lächeln.

Granny goss Tee ein. Sie hatte ein Baguette aufgeschnitten, Schinken, Käse und Oliven bereitgestellt. Lukas nahm sich davon, aß aber nicht. Granny wischte sich den Mund mit einer Serviette ab. Sie sah Lukas nachdenklich an.

»Und jetzt, wo wir endlich ein Haus haben, was sie sich immer gewünscht hat, jetzt spricht sie nicht mehr mit mir. Keine Silbe über Pierre, sie hat mich einfach stehen lassen und ist gegangen. Granny, was soll ich tun?«

Lukas schaute schuldbewusst, hilflos. Granny tat ihm leid. Vor allem Granny. Sie hatte alles für ihn getan, ihr gesamtes

Geld steckte in diesem Haus, und nun drohte alles auseinanderzubrechen. Aber das würde er ihr niemals sagen. Sie war für ihn immer die Größte gewesen. Wenn sie sich seiner Probleme angenommen hatte, und das hatte sie getan, war ihm immer geholfen worden. Doch jetzt schien auch sie ratlos. Seine Gefühle wurden übermächtig. Er legte den Arm um Granny, streichelte sie, drückte sie fest an sich.

»Granny, es tut mir so verdammt leid. Ich bin schuld an allem.«

Franziska Ruge schaute ihren Enkel offen an. Sie schüttelte den Kopf. »Mein lieber Junge, mein Lukas, so einfach ist es nicht. Ich habe es schon lange kommen sehen ...«

»Du sagst, du hast es kommen sehen – dann muss da doch etwas sein, Granny. Was läuft zwischen Paulina und Pierre Valbert? Weißt du es? Dann sag es mir. Bitte, Granny. Ich werde sonst verrückt.«

Franziska streichelte die kräftige Hand ihres Enkels. Sie hatte die silberfarbenen Nägel, die gebräunte Haut schon bewundert, als Lukas noch ein Kind war. Ein besonders hübscher Junge war er gewesen mit seiner olivfarbenen Haut, den dicken Locken. Immer temperamentvoll, in jedes Wasserbecken hatte er springen müssen, schon als er noch längst nicht schwimmen konnte. Wie begeistert war Franziska von dem Enkelsohn gewesen. Und als dann nur noch sie beide zurückblieben, war es ihr nicht schwergefallen, noch mal die ganzen Schuljahre zu begleiten. Im Gegenteil, es hatte ihr geholfen. Ruhiger war sie gewesen als zuvor als Mutter.

Auch Paulina war ihr nahe. Sie war ernsthaft, intelligent und kultiviert. Die gemeinsame Verehrung für Joan Baez hatte ihre ersten Gespräche geprägt. Franziska war verblüfft, wie gut sich Paulina auskannte, dass auch sie alles wusste über Woodstock, über die Protestaktionen weltweit, besonders aber in Vietnam und Polen. »Dass man eine so begabte Künstlerin einsperrt, weil sie sich für die Freiheit des Einzelnen einsetzt, das ist eine Blamage für Amerika«, hatte Paulina damals gesagt. Franziska war noch heute froh für Lukas, dass er eine so ungewöhnliche Frau gefunden hatte.

Nun war eine wirkliche Krise da. Nach fast zehn Jahren. Sicher, Krisen gehörten zu jeder Ehe. Trotzdem, dachte sie, geht es doch immer mit dem Teufel zu. Ausgerechnet an diesem Tag, auf den sie fast ein Jahr lang hingelebt hatten, ausgerechnet an diesem Tag mussten ihre beiden Kinder so miteinander kämpfen.

Pierre Valbert. Ja, er war faszinierend. Als Franziska ihn zum ersten Mal sah, als sie mit ihm über die Wünsche Paulinas sprach, die düstere winzige Wohnung des Paares einzutauschen gegen ein Haus, da war sie von seinem Verständnis für die Träume einer jungen Frau angetan. Von seiner kultivierten Sprechweise, von dem gepflegten Äußeren, den schönen Zähnen, dem jungenhaften Lachen. Franziska, du bist bald siebzig, hatte sie sich vorgehalten, denn Pierre konnte so hinreißend lachen, dass Franziska sich sagen musste, dass Pierre nicht sie meinte, sondern sich nach langem Leiden wieder in das Leben verliebt hatte. Er konnte eine Frau zum Glühen bringen.

Paulina? Franziska Ruge wusste nicht, ob Lukas, damals etwas über zwanzig, wirklich begriffen hatte, wer Paulina war. Aber intuitiv wusste er, wen er an seiner Seite hatte. Ob er aber Paulinas Bedürfnisse erkannte, ihre Träume, ihre Visionen – da hatte Franziska Zweifel. Allein, wie Pierre sich hinneigen konnte zu Paulina, nicht nur körperlich, das war keine Taktik, keine Gewohnheit, das war eine neue, frische, noch durch keinen Alltag verdorbene Bewunderung.

Franziska glaubte nicht, dass Paulina mit Pierre geschlafen hatte. Das war es ja wohl, was Lukas befürchtete. Für einen noch jungen Mann wie ihn war das offenbar Anfang und Ende einer Beziehung.

Sie wandte sich Lukas zu, sah ihn wieder an. »Du sprichst von Pierre. Paulina ist von ihm fasziniert. Ich im Übrigen auch. Und daher weiß ich, dass Paulinas liebevoller Umgang mit Pierre in keiner Weise geheuchelt ist oder falsch. Sie hat ihn lieb gewonnen. Und Pierre ist kein hemmungsloser, verlogener Mensch. Er ist, so sehe ich es wenigstens, ein kranker Mensch, aber ein guter. Er hat zweifellos eine Krankheit, aber er spricht nicht darüber. Du weißt ja, wie die Geschichte anfing.«

Franziska holte eine Flasche Cassis, goss sich ein Glas davon ein. Lukas wehrte ab, nahm sich ein Bier aus dem Kühlschrank.

»Ich muss unbedingt wieder Eis machen mit diesem wunderbaren Cassis«, teilte Franziska ihrem Enkel mit, der in sein Bierglas starrte und zusah, wie der Schaum in sich zusammenfiel. Das passierte ihm sonst nie.

»Granny, du hast doch neulich die Kinder gehütet. Hat Paulina dir gesagt, was sie vorhatte?«

Franziska war erstaunt. »Nicht einmal das hat Paulina dir berichtet? Nun, sie hatte einen Termin in der Agentur Bertram. Paulina hat gute Chancen, eine Hauptrolle in einem Zweiteiler zu bekommen. Gut möglich, dass sie bei den Probeaufnahmen schon eine Zusage kriegt. Dann wird Paulina oft zum Drehen wegmüssen, vielleicht sogar verreisen. Ich habe ihr natürlich meine Hilfe zugesagt. Es ist für mich ja so leicht möglich, bei den Kindern zu sein.«

Franziska sah ihren Enkelsohn aufmerksam an. »Wenn Paulina dir davon nichts gesagt hat, dann muss sie sehr verletzt sein ... Lukas, was war mit Maxine? Tisch mir aber kein Märchen auf. Du weißt, dass ich dich liebe, aber Unehrlichkeit könnte ich auch dir nicht verzeihen – egal, wie die Wahrheit aussieht. Also, was war mit Maxine?«

»Ich war in Kanada mit ihr zusammen.«

»Und?«

»Ich habe mit ihr geschlafen. – Jetzt.« Lukas begann ein wenig zu stottern, sagte, dass er eigentlich nur neugierig auf Maxine gewesen sei. Dann habe sie ihn mit ihrer leidenschaftlichen Wiedersehensfreude so beeindruckt, dass er nicht mehr die Kraft gehabt habe, wegzugehen. »Ich konnte sie doch nicht einfach sitzen lassen im Hotel. Ich habe mir gar nicht so viel dabei gedacht, Granny, ehrlich. Und dass ich Paulina verlieren könnte, daran habe ich auch nicht gedacht. Ich habe ja kein Verhältnis mit Maxine. Und will auch nie eines haben.«

»Gratuliere. Hast du dir mal überlegt, wie Paulina mit diesem Gedanken fertig werden soll? Sie muss das Leben mit dir und den Kindern doch durchhalten. Schon allein wegen David. Wie soll sie dir denn vertrauen? Sie muss doch annehmen, dass deine Gefühle gelogen sind. Was bedeutet dir denn Maxine? So einfach, wie du es darstellst, kann es doch nicht sein.«

Lukas beugte sich vor zu Franziska, als könne sie ihn sonst nicht verstehen. »Es ist mir passiert, Granny, verstehst du denn nicht? Es ist mir passiert, aus dem Augenblick heraus, wegen der Zeit in Kanada, was weiß denn ich. Aber ich liebe meine komplizierte Paulina, und zwar mit allem, was ich habe.«

Franziska nahm einen kräftigen Schluck Cassis, atmete hörbar ein. »Lukas, wenn du nicht willst, dass Pierre gewinnt – und ich glaube, er ist kurz davor –, wenn du Paulina behalten willst, dann musst du mit ihr reden. Das ist deine einzige Chance. Sonst geht es mit euch beiden den Bach runter. Das wäre nicht nur für David eine Tragödie, das weißt du. Ich weiß, Männer reden nicht gerne über ihre Gefühle. Über die seelischen Verletzungen, die sich Mann und Frau zufügen können. Aber wenn es so weit ist wie jetzt bei euch, wenn ihr euch beide mit euren Gefühlen so verletzt habt, dann müsst ihr offen miteinander reden. Und zwar bald.«

Vernichtet saß Lukas da. Seine Arme hingen lang an ihm herunter. Er sah seine Großmutter mit dem Ausdruck kindlicher Verzweiflung an.

»Aber wenn es schiefgeht – wir beiden bleiben zusammen, oder?«

30

»So, jetzt habe ich Zeit für Sie«, sagte Professor Vorndamme zu Paulina und Lukas, nachdem er sie begrüßt hatte. Er setzte sich hinter seinen Schreibtisch, zog nach kurzer Suche Davids Akte aus einem Stapel.

»Wir sind unserer Sache so sicher, wie wir es derzeit sein können. Unserer Meinung nach leidet David an einer sogenannten Autismus-Spektrum-Störung, einhergehend mit einer Verzögerung seiner Sprachentwicklung. Hinzu kommt bei David eine mentale Entwicklungsstörung mit unklarer Begabungsprognose.« Professor Vorndamme sah Paulina und Lukas freundlich an. »Das bedeutet, ihr Sohn ist tatsächlich krank. Trotzdem sind wir optimistisch, was seine Zukunft angeht.«

Paulina und Lukas saßen dem Professor stumm gegenüber. Lukas verdaute das Gehörte etwas schneller als Paulina.

»Was bedeutet das denn für unser Kind?«, fragte Lukas. »Kann er überhaupt eine Schule besuchen?«

Paulina hatte sich auch gefangen, und eine Frage beschäftigte sie schon lange: »Wie kann ich herauskriegen, was David fühlt? Was denkt er? Wie kann ich ihn motivieren, damit sich sein Zustand bessert?«

»Das sind zwei wichtige Fragen ganz unterschiedlicher Natur, liebe Frau Ruge. Wenn es Ihnen recht ist, beantworte ich erst mal die Frage Ihres Mannes. Ich bin zuversichtlich, was die Schule angeht. David wird Unterstützung brauchen, aber die gibt es glücklicherweise heutzutage. Kinder mit seiner Diagnose haben unter Umständen Anspruch auf sogenannte Schulbegleiter. Das sind qualifizierte Leute, die mit den Kindern am Unterricht teilnehmen und nur für sie da sind. Ihnen helfen, wo sie Defizite haben.«

»Herr Professor, das werden wir niemals bezahlen können«, wandte Lukas ein. »So viel werde ich nie verdienen, und wir haben noch zwei weitere Kinder.«

»Machen Sie sich nicht zu viele Sorgen. In dieser Lage sind die meisten Eltern. Unser Sozialstaat ist zwar überall auf dem Rückzug, auch hier, aber es gibt immer noch Budgets für Menschen wie David. Es gibt zwar Papierkrieg, aber wir helfen Ihnen dabei.«

Professor Vorndamme wandte sich freundlich Paulina zu. »Ihre Fragen sind weit schwieriger zu beantworten. Unsere Arbeit ist ja deshalb so kompliziert, weil wir an die Patienten nicht so leicht herankommen. Wir haben es nicht mit einer Krankheit zu tun, die man heilen kann. Aber wir können dem Patienten helfen, gut mit der Krankheit zu leben. Der Umgang mit David wird allerdings immer schwierig sein. Ihn kennenzulernen macht viel Mühe. Und es gibt bestimmte Regeln, die man befolgen muss.«

»Was für Regeln sind das denn?«, fragte Paulina.

»Darüber ist viel Gutes und Richtiges gesagt und geschrieben worden. Dazu gebe ich Ihnen nachher einige Hinweise. Ich fasse nur die wesentlichsten Punkte zusammen. Das ist zum Ersten ein pedantisch geregelter Tagesablauf, auf den sich David einstellen kann. Das bedeutet tatsächlich, dass Sie morgens nach dem Aufstehen den Tag mit ihm strukturieren müssen. Keine oder möglichst wenige Ausnahmen. Der zweite wichtige Punkt sind Davids Bezugspersonen. Er muss eine feste Gruppe haben, auf die er sich verlassen kann.«

Das erste Mal, seit sie das Arztzimmer betreten hatten, warf Paulina einen Blick auf Lukas, der angestrengt vor sich hin starrte. Paulina entschloss sich, kein Blatt vor den Mund zu nehmen.

»Da haben wir ein Problem. Mein Mann und ich haben große Schwierigkeiten miteinander. Ich halte es durchaus für möglich, dass wir uns in absehbarer Zeit trennen könnten.«

Der Professor schaute auf Lukas, dem zwar sichtbar die Kinnlade herunterfiel, der aber kein Wort sagte. Vorsichtig versuchte Professor Vorndamme, in seiner Argumentation der Situation gerecht zu werden.

»Der gemeinsame Alltag und die Regelmäßigkeit des Familienlebens sind natürlich für David wichtig. Das Elternhaus ist seine ganze Welt. Aber wir können David auch dann helfen, wenn Sie Eheprobleme haben. Es ist Ihr gutes Recht, sich Hilfe zu holen. Schließlich müssen Sie eine besonders schwierige Situation bewältigen. Jeden Tag neu. Wenn Sie das nicht mehr schaffen, müssen Sie noch lange nicht an sich zweifeln.«

Paulina und Lukas schwiegen.

»Es gibt eine junge Ärztin«, sagte der Professor, »die hat genau dieselbe Krankheit wie David. Sie ist nicht nur trotzdem Ärztin geworden, sondern hat es sogar geschafft, ein Buch zu schreiben, in dem sie sich mit ihrer Krankheit beschäftigt. Sie schildert darin unter anderem, dass sie es bis heute nicht ertragen kann, ein Martinshorn zu hören. Sie hat dann eine unkontrollierbare Angst, dass ihren Eltern etwas passiert ist. Sie muss dann sofort daheim anrufen, um sich zu vergewissern. Daran sehen Sie, wie wichtig die Eltern sind.«

»Und wenn der Vater seinen Sohn regelmäßig besuchen würde – wäre das nicht auch in Ordnung?«, fragte Paulina.

Professor Vorndamme schaute von Lukas zu Paulina. »Auf mich können Sie zählen. Selbst, wenn Sie sich trennen sollten, bricht hier nicht alles zusammen. Es geht natürlich in erster Linie um David, aber auch Ihre persönliche Situation ist wichtig für uns. Viele Familien lösen sich auf. Auch junge Familien. Aber bei Ihnen ist es ja noch nicht so weit, oder?«

31

Als die Lifttür aufging und Paulina mit einem Arm voller roter Rosen heraustrat, erschien sie Pierre wie ein Engel, und er spürte, wie seine Knie weich wurden. Nichts in seinem bisherigen Leben hatte ihn darauf vorbereitet, solche Freude zu empfinden.

»Mein Gott, was für schöne Rosen. Und wie schön, dich zu sehen, Paulina. Darf ich dir die Blumen abnehmen?«

Sie umarmten sich lange. Endlich sagte Pierre: »Ich glaube, wir gehen jetzt besser rein, ehe die Rosen welken.«

Pierre nahm Paulina bei der Hand, sie gingen an die große gläserne Front der Terrasse und Paulina legte für einen Moment den Kopf an die kalte Scheibe. Vom Turm der Asamkirche hörten sie das Mittagsläuten.

Paulina drehte sich zu Pierre um. »David wird nie so sein wie andere Kinder. Er wird immer Hilfe brauchen, Pierre, immer.«

Pierre zog Paulina fest an sich. »Ich bin sicher, er hat einen Schatz an innerer Weisheit und Kraft, auf den er sich stützen kann.«

Paulina, von ihren Gefühlen und Pierres Worten überwältigt, küsste ihn vorsichtig auf die Wange. Da wandte er den Kopf zu ihr und küsste sie auf den Mund. Paulina hatte das Gefühl, eine Grenze zu durchbrechen, die bisher für sie tabu gewesen war. Ihre unausgesprochene, aber völlig selbstverständliche Treue zu Lukas war seit Maxines Auftauchen infrage gestellt. Es war kein Bruch, aber Paulina fühlte sich im Recht, wenn sie hier war, bei Pierre. Sie wollte mit ihm die Stunden teilen, die sie für sich hatte, wollte mit ihm reden und auch vieles andere mit ihm gemeinsam erleben.

»Paulina, du musst mir eines versprechen, dass du immer mit deinen Sorgen zu mir kommst. Ich will für dich da sein.«

»Siehst du mich so? Bin ich deine Schutzbefohlene? Da irrst du dich gewaltig. Ich habe eine ausgesprochen unheilige Sehnsucht nach dir. Und ich habe etwas Zeit organisiert, Pierre.«

Die Sonne schien in den Raum, tauchte alles in ein warmes Licht, und Pierre sah so leuchtend, so schön aus in diesem Licht. Sie war unendlich glücklich, bei ihm zu sein, sie nahm seine Hand und legte sich mit ihm auf das weinrote Polsterbett. So eine himmlische Liegestatt hatte Paulina noch nie gesehen. Pierre küsste sie lange. Paulina streifte sich die Kleider ab und zog auch Pierre aus. Sein Körper war schlank und fest, die Haut leicht olivfarben und samtig. Paulina fand, dass sie beide schön aussahen in ihrer Nacktheit. Pierre ließ seine Hände über Paulinas Körper wandern. Immer wieder. Paulina fand ihn einzigartig, absolut einzigartig. Sie drängte sich an ihn, umschloss sein Gesicht mit ihren Händen, sog seine Lippen in ihren Mund. Heute könnte sie dem Vater verzeihen.

Es klingelte. Zweimal hintereinander, fordernd.

Paulina sprang erschrocken auf, raffte ihre Kleider zusammen und lief ins Bad. Sie sah noch, wie Pierre sich etwas überzog und zur Sprechanlage ging.

Paulina musterte abwesend die schwarze Äderung auf dem weißen Marmor des Badezimmers. Sie sah sich im Spiegel mit rot durchblutetem Mund, sah die spezielle Mischung aus Lust und Angst in ihrem Blick. Es war einfach gut und gleichzeitig so lächerlich – aber sie war froh um das Klingeln, sie konnte denken, zur Besinnung kommen. Sie war nicht bei Pierre, weil sie Trost brauchte, weil Lukas sie betrog. Sie wollte sich nicht rächen. Sie begehrte Pierre und sehnte sich nach ihm, es war ihre Idee und Entscheidung, sich auf ihn einzulassen. Doch es war ihr nicht möglich, auch wegen ihrer Kinder. Vor allem wegen David sollte sie nicht so weit gehen.

Paulina zog sich an. Den dünnen Body, den langen, weichen Pullover, die Strumpfhosen, die Stiefel. Mit jedem Kleidungsstück wuchsen in ihr die Vorsätze, ihren Kindern, ihrem David, Vater und Mutter zu erhalten. Als sie die Stiefel anhatte, mit deren Absätzen sie noch größer erschien, sah sie Pierre, der dicht hinter ihr stand. Er küsste ihren Hals, den Nacken, und Paulina wollte schon wieder nicht mehr, dass er damit aufhörte.

»Wer war das, der da geklingelt hat?«

»Es waren zwei Männer von den Zeugen Jehovas. Ich sagte wie immer, dass ich mosaischen Glaubens sei. Dann geht es am schnellsten, sie loszuwerden.«

Paulina lachte kurz, dann schaute sie erschrocken auf die roten Zahlen an der Wand. Halb drei. Wo war all die Zeit, die sie sich für Pierre gestohlen hatte? Michiko musste um vier in der Hochschule sein.

»Ich werde jetzt gehen, Pierre. Aber ich habe mich in dich verliebt. Ich weiß noch nicht, was das heißt …«

»Aber ich kann es dir verraten«, sagte Pierre, küsste die Innenflächen ihrer Hände, hob Paulina hoch, trug sie auf das Bett. »Es heißt, ich liebe dich, Paulina, und das ist unwiderruflich.«

32

Lukas stand voll bepackt vor der Tür und angelte nach seinem Schlüsselbund. Dabei glitten ihm die Wanderschuhe aus der Armbeuge und polterten auf den Boden. Fluchend bückte er sich danach, worauf auch der prall gefüllte Rucksack auf den Boden fiel.

Seufzend kapitulierte Lukas und stellte die Utensilien neben der Haustür ab. Er schloss auf und stapelte Cosimas Wanderausrüstung an die Wand des Treppenaufgangs. Sie fuhr mit ihrer Klasse ins Landschulheim.

Lukas war unzufrieden mit sich. Offenbar gelang ihm überhaupt nichts mehr. In der Arbeit wurde nichts fertig. Die Woche hatte kaum angefangen, und schon war viel danebengegangen. Waren seine Leute alle unfähig? Oder er selber? Die Kostenkalkulation für die Neugestaltung der Anlagen an der Isar war völlig aus dem Ruder gelaufen, und er hatte nicht die geringste Idee, wie er dagegensteuern konnte.

Im Grunde kannte er die Wahrheit. Er hatte sich zu wenig kümmern können. Zwei Wohnungen renovieren, das passierte eben doch nicht nebenbei. Und dann noch Paulina. Und die Sorgen um David. Er fühlte sich alldem nicht mehr gewachsen.

Gestern, nach dem Gespräch mit dem Professor, hatte er Paulina zur Rede gestellt. Sie hatte sich rundweg geweigert, mit ihm zu sprechen.

»Rede du erst mal mit dir selber, und wenn du damit fertig bist, dann rede ich vielleicht auch wieder mit dir.«

Die rigide Abwehr Paulinas war völlig neu für Lukas gewesen. Er hatte überhaupt nicht gewusst, wie er damit umgehen sollte. Also schwieg er. In der Nacht konnte er nicht schlafen, tagsüber nicht arbeiten. Plötzlich war sein Leben voller Konflikte. Warum hatte er nirgends gelernt, eine Balance zu halten zwischen gepflegten Grünflächen, Kindern, Liebe und Ehe.

Dieser Zustand musste einfach ein Ende nehmen, auch wenn er davor Angst hatte, dass es ein schlechtes Ende sein könnte. Sie mussten reden, Paulina und er.

In der Wohnung wurde er empfangen von seinem geliebten Bob Dylan, ›Tangled Up in Blue‹; das war Lukas' absoluter Lieblingssong. Paulina hatte das Album ›Blood on the Tracks‹ aufgelegt. Wollte sie ihm damit sagen, dass er ein zerstörter Mann war, dass sie keine Zukunft mehr hatten?

Er spürte einen Kloß im Hals, musste schlucken. Er suchte Paulina und fand sie in der Küche, wo sie gerade ein großes Herz aus einem Tortenboden zuschnitt.

»Oh, schön, dass du da bist. Probier doch mal die Himbeercreme, ist sie süß genug für die Kinder?«

Lukas, entgeistert, steckte folgsam den Finger in den rosaroten Brei. »Sehr süß, genau richtig.«

Er hatte bittere Fragen und Vorwürfe erwartet und bekam Himbeerbrei. Der Eisklumpen in seinem Bauch begann zu schmelzen. War es wirklich so einfach? War das die Paulina von gestern, die mit steinerner Miene an ihm vorbeigeschaut hatte?

Offensichtlich nicht. Paulina stand mit fröhlichem Gesicht vor ihm und gab ihm einen Kuss auf die Wange.

»Hast du Cosimas Wanderausrüstung mitgebracht?«

»Ja, es ist noch alles im Treppenhaus.«

»Dann können wir sie nachher raufholen, wenn die Kinder tief schlafen. Granny hat ihr Geschenk auch schon gebracht, damit wir es auf den Geburtstagstisch legen können. Sie hat es lustig eingepackt, aber sie hat mir verraten, dass es eine Ausgabe des ›Bunten Kinderkosmos‹ ist, die dein Vater gesammelt hat. Tiere in Urwald und Wüste. Ich finde es lieb von Granny, dass sie Cosima dieses Buch anvertraut.«

»Ja, daran hängt Granny. Ich durfte den ›Kinderkosmos‹ auch lesen, aber Granny hat mir eingeschärft, dass ich behutsam damit umgehen muss, weil mein Vater so an dieser Reihe hing. Und als ich älter war, hat sie alle Ausgaben wieder weggepackt. Apropos, ich habe haufenweise Geschenkpapier mitgebracht. Ich werde jetzt mal alles verpacken.«

»Prima. Ich mache den Kuchen fertig und schmücke dann den Geburtstagstisch und den Thron für Cosima. Ich hätte Lust, danach noch eine Flasche Wein aufzumachen und auf unsere Tochter anzustoßen. Sie hat es oft schwer als Davids große Schwester.«

Paulina legte die Herzen aufeinander. Vier Lagen Biskuit waren es, und dazwischen leuchtete die Himbeercreme abwechselnd mit der weißen Sahne. Paulina hatte das Gefühl, als werde sich so auch das Chaos ihres Lebens ordnen. Pierre würde sie nicht verlieren, dafür wollte sie sich mit ihrer ganzen Kraft und Fantasie einsetzen. Paulina fühlte sich leicht, frei und mutig. Das Leben war nun mal nicht aus einem Guss, aber alles würde weitergehen. Da war sich Paulina sicher.

»Diese Riesenwanne ist ein wahrer Segen«, sagte Paulina zu Lukas, als sie sich im Bad die Zähne putzten. »Vor lauter Wellenmachen hat David fast schon vergessen, dass er in eine andere Wohnung umziehen musste.«

»Ich glaube, wir haben überhaupt die härteste Zeit mit David hinter uns. Wir wissen jetzt, was ihm fehlt, und wir wissen auch, dass wir ihm helfen können. Diese Unsicherheit vorher war doch das Schlimmste. Ich bin sicher, dass David sie gespürt hat.«

»Natürlich, das glaube ich auch, und das hat ihn aufgeregt. Ich war ja schon selber in Panik, weil ich nicht wusste, wie ich ihn beruhigen kann. Wo das überhaupt alles hinführen sollte. Und jetzt können wir uns endlich vorstellen, dass David eine Zukunft hat. Dass er in die Schule gehen kann, wie andere Kinder auch. Dass wir ihn nicht in eine Klinik geben müssen oder in eine Wohngruppe. Davor hatte ich eine panische Angst. Es tut mir so gut, zu wissen, dass er bei uns bleiben kann.«

33

»Papa, Papa, ich habe Geburtstag. Schon seit vier Stunden.«

Cosima hielt ihrem Vater sanft die Nase zu. Lukas bekam keine Luft und ebenso wenig die Augen auf. Verstört blinzelte er auf den Radiowecker. Vier Uhr in der Früh.

»Bist du wahnsinnig, Cosima, ich bin um diese Uhrzeit praktisch noch blind. Schau doch, ich krieg meine Augen gar nicht auf.«

Cosima war nicht beeindruckt, sie schob Lukas' Augenlider mit dem Daumen hoch. Lukas fuhr auf im Bett. Jetzt war er wach.

»Lass uns doch wenigstens bis sechs Uhr schlafen. Das ist ja grausam. Elternmisshandlung.«

Lukas suchte nach einer Lösung. Paulina war jedenfalls keine Hilfe. Sie schnaufte einmal unwillig, wandte sich herzlos ab und schlief weiter.

Da kam Lukas der rettende Gedanke. Das Wüstenbuch von Granny.

»Gut, du anstrengendes Geburtstagskind, du darfst mich aber nicht bei Mami verpetzen. Also, wenn du ins Wohnzimmer gehst, zu dem roten Sessel, da findest du hinter dem Polster was ganz Schönes! Das darfst du dir mit ins Bett nehmen.«

Die letzten Worte hörte Cosima schon gar nicht mehr, so schnell war sie verschwunden. Lukas drehte sich aufatmend auf die andere Seite. Wenigstens noch eine Stunde. Oder zwei. Am besten drei.

Cosima rannte zum roten Sessel, legte das Kissen zur Seite, und da war es, genau wie der Papa gesagt hatte. Etwas ganz Schönes. Cosima nahm ihr Geschenk, das in knallrotes Seidenpapier gewickelt war, vorsichtig an sich. Viele kleine rote Puppen waren auf das Papier geklebt, dazu rote Federn und Bänder.

»Ist das schön«, murmelte sie. Sie war so versunken, dass sie gar nicht bemerkte, dass David hinter ihr stand.

»Frühstück?«, fragte er streng.

»Es gibt noch kein Frühstück. Und du musst wieder ins Bett. Ich habe Geburtstag. Ich darf aufbleiben. Der Papa hat es gesagt.«

Unschlüssig blieb David stehen. Er schlenkerte mit seinen Armen und überlegte.

»Wellen«, flüsterte er, »ich mache Wellen. Stimmt's oder hab ich recht.«

»Du hast doch erst gestern Wellen gemacht«, flüsterte Cosima zurück.

Cosima begann, behutsam und geschickt das Papier zu lösen, so dass keine der Puppen und Federn zu Schaden kam.

»David hat auch Geburtstag. David darf auch aufbleiben. David hat das Bad sehr gern. Er macht viele große Wellen. Geburtstagswellen.«

Sie hörte erleichtert, wie David ins Bad tappte. Er ließ Wasser in die große Wanne plätschern.

Cosima hatte sich in den roten Sessel gekuschelt. Das Buch war schön. Sie bewunderte den brüllenden Löwen, hatte Angst um das hilflose Impala, das der Löwe bestimmt gleich fressen würde. Wie gut, dass wenigstens die Gibbons in sicherer Höhe von Ast zu Ast sprangen. Und die Elefanten, ganz eng beieinander, die konnten sich auch gegenseitig beschützen, da war Cosima sicher. Alles war ganz echt gemalt. Sie wünschte sich, auch so toll malen zu können. Cosima war sehr froh, dass sie wie die Gibbons und die Elefanten in einer großen Familie lebte. Dass die Eltern und Granny sie beschützten.

Cosima spürte, dass sie fror. Sie wollte es sich aber gemütlich machen mit diesem spannenden Buch, richtig gemütlich. Sie hatte heute Geburtstag, und später würde sie in die Schule müssen. Aber jetzt, jetzt hatte sie eine Zeit ganz für sich allein, und die musste besonders schön sein.

Cosima sah die Holzscheite im Kamin, die ihr Papa eingeschichtet hatte. Beim ersten Anzünden war sie dabei gewesen, vorgestern Abend, und sie wusste noch genau, wie das ging. Papier war da, die Riesenstreichhölzer auch.

Cosima machte sich an die Arbeit. Zuerst musste das Papier zerknüllt werden. Dann wurde es zum Kaminholz dazugesteckt. Cosima machte lieber ein paar Papierkugeln mehr, das Feuer sollte schön brennen. Sie zündete den Papierberg an. Es brannte gut. Cosima war stolz.

Die Flammen schlugen immer höher. Auf einmal stürzte der Feuerberg zusammen. Brennende Bälle fielen aus dem Kamin, direkt vor Cosima hin. Cosima sprang auf. Aua, war das heiß! Die Hitze war überall, es tat so weh. Cosima schrie. Wasser. Das Feuer löschen. Cosima rannte ins Badezimmer, warf sich in die Wanne, zu David.

Der war für den Moment starr vor Entsetzen. Er sprang auf, begann mit den Händen zu flattern. Dann kletterte er so schnell wie er konnte aus dem Wasser.

Er schrie immer wieder: »Cosima keine Wellen! Nein, Nein!«

Lukas stürzte ins Bad, hinter ihm Paulina.

»Um Himmels willen, was ist denn hier los?«

»Cosima keine Wellen«, schrie David noch lauter, »Cosima keine Wellen. Nein, nein!«

David zitterte am ganzen Leib, und Paulina warf ihm ein Handtuch über die Schultern.

»Wickel dich bitte ein, David, und setz dich auf den Hocker.«

David gehorchte, blieb aber bei seinem Mantra: »Cosima keine Wellen, nein, nein!«

»Cosima! Was ist passiert? Bitte, sprich mit mir. Lukas, hilf mir doch, das Kind aus der Wanne zu holen!«

Cosima klammerte sich an Paulina. Sie zitterte, versuchte zu sprechen, konnte aber nur schluchzen. Endlich verstand man etwas: »Kamin brennt, es tut so weh –«

Lukas riss ein großes Badetuch aus dem Regal und tränkte es in der Wanne.

»Ich schau nach dem Kamin. Nicht dass uns hier die Hütte abbrennt!«, rief er im Wegrennen.

Paulina untersuchte die immer noch schluchzende Cosima nach Brandwunden. Tatsächlich, das Nachthemd hatte Feuer gefangen, der Saum war schwarz verkohlt und der rechte Ärmel auch.

»Wo hast du Schmerzen, Süße? Zeig es mir«, bat Paulina, und Cosima deutete auf ihren rechten Fuß. Paulina sah einen breiten rötlichen Streifen, auf dem sich schon eine dicke Blase gebildet hatte.

Lukas kam zurück, schaute sich ebenfalls die Brandwunde an. Er war bedeckt mit rußigen Flocken und meinte, dass sie das Handtuch vergessen könnten, aber das Feuer sei aus. Er beugte sich über Cosima.

»Das sieht nach Glück im Unglück aus, aber es tut bestimmt ganz schrecklich weh, mein armer Schatz«, meinte er und küsste Cosima behutsam auf die Stirn.

»Paulina, wir sollten auf jeden Fall rüber in die Ambulanz vom Rotkreuzkrankenhaus. Zieh bitte Cosima was an, ich gehe runter und wecke Granny. Ich sage ihr, dass die beiden Kleinen alleine sind.«

34

DRAUSSEN WAR ES SCHON ZIEMLICH HELL. IN DAVIDS NEUEM Zimmer gab es ein Fenster, aus dem er, wenn er wollte, die Bäume sehen konnte und die Wolken. Er fand es schön, aus dem Fenster zu schauen. Alles war still, aber dann fingen plötzlich die Vögel an, wie verrückt zu pfeifen. Was die für einen Krach machten. Vorher, in der Donnersbergerstraße, hatte er immer das Rauschen der Autos gehört, manchmal sogar ein Hupen oder Beschleunigen. Das fehlte David. Er sehnte sich schrecklich danach. Ihm fehlten auch die Fenster von der anderen Straßenseite. Wenn sie beleuchtet waren, hatte er sich die Lampen angeschaut, die von der Decke hingen. Ihm war es so vorgekommen, als wären in der kleinen Lampe eine Birne und im anderen Fenster, in der großen Lampe, gleich vier gewesen. David konnte bis vier zählen, auch bis zehn. Manchmal waren Leute hinter den Fenstern aufgetaucht. David konnte sie nicht richtig sehen, aber er hatte sich oft gefragt, ob dort auch ein Papa war, eine Mama, eine Cosima, eine Mavie – und ein David. Er hatte es nicht herausbekommen. Oft hatte er auf sie gewartet.

Hier, in der Renatastraße, war alles anders. David mochte

das nicht. Vor seinem Fenster stand ein großer Baum. Er betrachtete die schwarzen Äste des Baums. In ihnen hatte er oftmals ein Eichhörnchen herumflitzten sehen, einmal sogar zwei.

Gleich am ersten Morgen, als David mit Mama und Mavie zum Kindergarten marschiert war, hatte er das braune Eichhörnchen schon gesehen. Unten am Baum saß es, und erst als David ganz nah bei ihm war, sauste es den Baum hoch. Manchmal jagte ein schwarzes Eichhörnchen hinter dem braunen her.

Das regte David auf. Niemand hatte ihm gesagt, dass Eichhörnchen so schnell in dem Baum herumjagten. Hier war alles durcheinander. Alles durcheinander. Durcheinander. Stimmt's oder hab ich recht.

»Ist es nicht schön hier?«, fragte Mama ihn dauernd. Nein. Nein. Nein. Es war nicht schön. Nirgends hatte er Ruhe. Er hatte Angst.

David befühlte seine Hände. Sie fühlten sich anders an als sonst. Wie Leder. »Du hast Waschfrauenhände«, hatte Granny gesagt. Weil er so große Wellen gemacht hatte. Große Wanne, große Wellen. »Komm, ich bring dich ins Bett, du kannst noch schlafen, es ist erst fünf Uhr«, hatte Granny gesagt. Wenn Granny das sagte, war es für David in Ordnung. Granny war jetzt immer da. Sie schimpfte nicht, wenn er beim Laufen etwas umstieß. Sie schenkte ihm was Schönes, wenn er sich wehtat. Wenn er bei ihr in der Wohnung war, machte sie nie den Staubsauger an. Staubsauger laut. Laut im Kopf. David hatte Angst vor dem Staubsauger.

Schrecklich. Kindergarten. Schrecklich. Behindert. Kinder sagen, David behindert. David dummer Abfalleimer. David kann alleine Zähneputzen. Alleine Schuhe anziehen.

Mantel. Mütze. Alleine auf die Toilette. Aber David möchte lieber nicht. Keine Erzieherin da. Die Kinder würgen David. Einer würgt. Alle sehen zu. Keiner hilft. David ganz allein. Allein.

Granny sagt, David ist so ein lieber Junge. So ein lieber Junge. Lieber als alle.

Paulina machte in Davids Zimmer das Licht an, ging leise an sein Bett und sprach ihn vorsichtig an.

»Aufstehen, mein Schatz. Es ist sieben Uhr. Wir wollen alle miteinander frühstücken. Granny ist auch da. Sie bringt dich heute in den Kindergarten und holt dich auch wieder ab. Heute Nachmittag feiern wir mit Cosima. Du weißt ja, dass deine Schwester sich heute früh verbrannt hat. Sie bleibt hier. Sie hat große Schmerzen. Wir müssen alle lieb zu ihr sein.«

Während Paulina David seinen Tagesablauf erklärte, legte sie ihm Anziehsachen heraus.

»David zieht sich an. Alleine. David zieht sich alleine an.«

»Darüber bin ich froh, David. Jetzt habe ich schon zwei große Kinder.«

»David ist groß. Cosima nicht. David macht Wellen. Gute Wellen. Cosima macht böses Feuer. Cosima ausschimpfen.«

»Aber David«, bremste ihn Paulina, »deine Schwester hat sich wehgetan. Das hätte ein großes Unglück werden können. Und du hast Cosima sehr geholfen mit deinen Wellen. Dafür bin ich dir sehr dankbar, David.«

David schaute angestrengt zur Decke. Dabei zog er mit beiden Händen seine Backen nach unten, um seinen Widerspruch deutlich zu machen.

»Ach bitte, David, lass das jetzt. Zieh dich fertig an, und dann kommst du ins Wohnzimmer zum Frühstück. Es gibt Himbeercremetorte, ausnahmsweise, weil Geburtstag ist.«

»Michiko«, sagte David wichtig, »Frühstück. Michiko Geige. Michiko spielt Geige. Schön. Geige auch für mich.«

»Ist das eine Überraschung?«, wunderte sich Paulina.

»Überraschung«, sagte David streng. »David nicht verraten. Stimmt's oder habe ich recht.«

Lukas zündete die sieben Kerzen auf dem Geburtstagskuchen an. Um ein Haar hätte er sich die Finger verbrannt.

»Investier doch lieber zwei Streichhölzer, mein sparsamer Herr Enkel«, sagte Franziska, »ein Brandopfer am Tag reicht völlig.«

»Ich bin ein Brandopfer«, sagte Cosima stolz.

»Du bist ein dummer Abfalleimer«, widersprach David mit vollem Mund.

»Überleg du dir lieber mal, wem du die Schokoküsse zu verdanken hast, von denen du schon den dritten alle machst«, sagte Lukas, aber es klang nicht so streng, wie er gewollt hatte.

Ein Klopfen an der Tür rettete David vor solch unangenehmen Überlegungen. Es war Michiko, die mit ihrer Violine hereinkam und Cosima einen Kuss gab.

»Cosima, du bist jetzt sieben und alt genug, dass ich dir meinen besten Freund vorstellen kann. Johann Sebastian Bach. Ich spiele die ›Partite in E‹ für dich.«

David, nachdrücklich: »Und für mich! Stimmt's oder hab ich recht.«

Es folgte ein temperamentvoller Vortrag, der allen Ruges gut gefiel. Sogar die kleine Mavie patschte mit ihren schokoladeverklebten Händchen auf die Tischplatte des Hochstuhls.

Inzwischen war es neun Uhr. Paulina hatte Cosima in ihrer Schule entschuldigt. Höchste Zeit für den Alltag. Franziska half David beim Anziehen, dann gingen sie zusammen los.

Cosima sagte, dass sie sehr müde sei und ins Bett wolle.

»Das ist eine gute Idee, meine Süße«, sagte Lukas. »Du musst ja wirklich erschöpft sein nach dem Drama von heute früh. Komm, ich lese dir noch aus deinem ›Kinderkosmos‹ vor.«

Paulina wusch und wickelte Mavie, zog sie frisch an und setzte sie in ihr Laufställchen. Dann ging sie, selbst auch etwas erschöpft, ins Bad, um zu duschen und sich die Haare zu waschen. Als Lukas hereinkam, stand sie, in ein Handtuch eingewickelt, vor dem Spiegel und entwirrte mit den Fingern ihre nassen Haare. Nach einer Weile bemerkte Paulina Lukas im Spiegel.

»Ist noch was? Ich dachte, du wärst schon weg.«

»Ich habe eine Frage, auf die ich eine Antwort brauche, bevor ich gehe.«

»Da bin ich aber mal gespannt. Ich warte ja immerhin schon seit drei Tagen, dass was von dir kommt.«

»Ich wünsche mir nichts so sehr, als dass es mit uns wieder so wird wie früher. Da habe ich mich morgens darauf gefreut, am Abend heimzukommen. Zu dir. Zu den Kindern. Habe ich noch eine Chance bei dir? Möchtest du überhaupt unser altes Leben zurück?«

»Klar hätte ich unser altes Leben gern zurück, aber da sind Dinge passiert, die das unmöglich machen. Bei dir. Und bei mir. Es könnte nur ein neues Leben sein. Es geht nur, wenn wir neu beginnen, Lukas.«

»Das möchte ich ja, Paulina. Und ich will dir auch sagen, dass ich dich schon allein dafür liebe, wie geduldig und klug du mit unserem David umgehst. Du musst wissen, dass ich ihn ebenso liebe wie du, dass ich immer zu David stehen werde, dass ich an eine gute Zukunft für ihn glaube.«

Lukas spürte sein Herz bis in den Hals schlagen. Schrecken und Glück. Er bewunderte seine Frau, sie wusste vieles klarer als er. Ein tiefes, warmes Gefühl für Paulina überkam ihn, und er wollte Paulina aus ihrem Handtuch wickeln, doch sie hielt es fest.

»Eins nach dem anderen«, sagte sie, »geh du erst mal zu deinen Bäumen.«

Dank

Ich danke dem Ärztlichen Direktor des Heckscher-Klinikums München, Herrn Professor Dr. med. Franz Joseph Freisleder, für die Durchsicht meines Manuskripts und für seine Beratung.

Ich danke Herrn Professor Andreas Hamburger für seinen psychologischen Rat.

Dipl.-Psychologin Waltraut Zimmermann danke ich für ihre fachliche Beratung und Fachliteratur.

Meinem Sohn Henrik Scheib danke ich für die Unterstützung bei den Recherchen.

München, April 2011